a construção de noah shaw

Obras da autora publicadas pela Galera Record:

Série A Vingança de Mara Dyer

A desconstrução de Mara Dyer
A evolução de Mara Dyer
A vingança de Mara Dyer

Série Confissões de Noah Shaw

A Construção de Noah Shaw

MICHELLE HODKIN

a construção de noah shaw

Tradução de
Glenda D'Oliveira

1ª edição

— GALERA —
RIO DE JANEIRO
2018

CIP-BRASIL. CATALOGAÇÃO NA PUBLICAÇÃO
SINDICATO NACIONAL DOS EDITORES DE LIVROS, RJ

Hodkin, Michelle
H629c   A construção de Noah Shaw / Michelle Hodkin; tradução Glenda D'Oliveira. – 1. ed. – Rio de Janeiro: Galera Record, 2018.

Tradução de: The becoming of Noah Shaw
ISBN 978-85-01-11429-7

1. Ficção juvenil americana. I. D'Oliveira, Glenda. II. Título.

18-48096   CDD: 813
     CDU: 821.111(73)-3

Meri Gleice Rodrigues de Souza - Bibliotecária CRB-7/6439

Título original em inglês:
The Retribution of Mara Dyer

Copyright brasileiro © 2018 por Editora Galera Record
Copyright original em inglês © 2017 by Michelle Hodkin

Publicado mediante acordo com Simon & Schuster Books for Young Readers, um selo de Simon & Schuster Children's Publishing Division

Texto revisado segundo o novo Acordo Ortográfico da Língua Portuguesa.

Todos os direitos reservados.
Proibida a reprodução, no todo ou
em parte, através de quaisquer meios.

Direitos exclusivos de publicação em língua portuguesa somente para o Brasil adquiridos pela
EDITORA RECORD LTDA.
Rua Argentina, 171 – Rio de Janeiro, RJ – 20921-380 – Tel.: 2585-2000, que se reserva a propriedade literária desta tradução.

Impresso no Brasil

ISBN 978-85-01-11429-7

Seja um leitor preferencial Record.
Cadastre-se e receba informações sobre nossos lançamentos e nossas promoções.

Atendimento e venda direta ao leitor:
mdireto@record.com.br ou (21) 2585-2002.

Aos garotos perdidos, e às garotas que os encontram.

Caveat Emptor

ADVERTÊNCIA: MENÇÕES A SUICÍDIO, HOMICÍDIO, ATAQUES COM armas mortais, ataques com mentes mortais, agressão contra terceiros, autoagressão, transtornos alimentares, transtornos de pensamento, transtornos emocionais, transtornos existenciais, reprovação e julgamento de imagem corporal, reprovação e julgamento de vítimas, reprovação e julgamento de todos os tipos e espécies, humor negro, mau-humor, humor babaca, mutilação, mímica, morte de adolescentes, morte de adultos, morte de figuras de autoridade, morte de Camisas Vermelhas desimportantes. E também sexo. Mas se você precisa ser advertido contra isso, está lendo o livro errado.

Parte I

Antes do amor, do dinheiro,
da fama, dê-me a verdade.

— Henry David Thoreau, *Walden*

Querido amigo,

Peço sinceras desculpas pela falta de missivas minhas, mas a jornada vem se provando longa e, nestes últimos dias, bastante tensa.

Tu de fato admitistes que esta não seria uma empreitada... fácil, embora eu deva confessar que não esperava que isso fosse significar minha chegada a Calcutá como um dos únicos três sobreviventes do barco a vapor Ceres.

O primeiro a desaparecer foi um mercador; ninguém a bordo sabia explicar seu sumiço, e, anteriormente à viagem, o sujeito não era conhecido do capitão ou da tripulação e assim continuou. Fizeram uma busca pela embarcação, e, quando o homem não foi encontrado, o capitão concluiu que só podia ter caído no mar no meio da noite.

Quando o próprio capitão evaporou-se, oito dias mais tarde, ninguém a bordo podia dizer o mesmo.

O Ceres deixou Londres com vinte e um homens embarcados, eu inclusive. Como aconselhado, mantive secreta a natureza de nosso empreendimento a todos que porventura perguntassem, até mesmo aos membros da

Companhia. Antecipo ser questionado, pela manhã, a respeito dos eventos passados nos últimos dois meses, e todos os papéis estão em ordem.

Contei a minha esposa pouco mais que o necessário: que acreditava que esta viagem provar-se-ia profícua, e ainda espero que seja este o caso, embora não seja minha fortuna, mas meu destino — e o de muitos outros — que tenho esperanças de melhorar. Ainda que só tu estejas ciente de tal verdade.

Com todo o meu respeito,
S.S.

1

CONQUISTAR OU MORRER

SOMOS UMA PEQUENA MULTIDÃO SEM LÁGRIMAS, OS SOBREVIVEN-tes de David Shaw.

Imagine só: os cinco reunidos, como um buquê murcho, minha avó o único cardo ainda empertigado.

A seu lado, meu avô se recurva gentilmente sob o grande domo acima de nós, pintado por algum artista terrivelmente famoso séculos atrás. Esta é, no sentido literal do termo, nossa casa ancestral, construída em algum momento do século XVI por Henry, o Sei-Lá-O-Quê. Vovô, também conhecido como lorde Elliot II, foi, em seu tempo, um inglês muito inglês, robusto e altivo, mas alegre e vivaz. Caçador de faisões, raposas, mas não de fortunas — a própria, ele herdou do pai, que por sua vez herdou de seu pai, e assim sucessivamente. Agora, no entanto, ele se acorcunda ao lado de minha avó, a metade do rosto retorcida em uma careta permanente depois de um derrame ocorrido há dois anos. Tentei curá-lo quando me dei conta de que era algo que eu podia fazer. Não deu certo. Ainda não sei por quê.

Seus olhos azuis-claros estão anuviados, fixos em nada, enquanto ele se apoia na bengala, a mão trêmula. Vovó quase não consegue disfarçar seu prazer diante da visão de nossa família trajada de preto e parada na grandiosa escadaria da grandiosa entrada enquanto fingimos esperar pelos carros, à vista de todas as pessoas em luto passando a pé.

Pouco importa que meu avô não possa descer a escada — Lady Sylvia não podia estar menos preocupada.

Imagine, se conseguir, uma versão mais ríspida e cruel da atriz Maggie Smith e terá uma vaga ideia de quem é minha avó. Acrescente a isso uma dose nada saudável de toxina botulínica, e aí está.

Parado ao lado do que restou de minha família, nunca me senti tanto como um estranho. Enquanto o criado particular de vovô o ajuda a descer até o carro, minha madrasta, Ruth, segura firme na mão de minha irmã Katie; ela faz isso mais para benefício de minha irmã do que de si mesma. Ruth parece bem, na verdade, suportando este horror como se fosse um dia qualquer na presença de meus avós — sendo uma reles americana e, ainda por cima, a segunda mulher de papai, ela teve anos de prática. Minha irmã, porém... Seus olhos azuis, da cor do oceano, estão opacos e sem vida, encarado o nada, e como está vestida de preto, ela própria parece quase morta; mal nota quando nossa madrasta se adianta para seguir até a capela sozinha. Devíamos acompanhá-la, mas minha avó insistiu neste arranjo (carros separados para segundas esposas), e Ruth ou não se importava o suficiente para protestar, ou sabia que não adiantaria de nada.

A capela do século XVIII fica dentro do terreno da propriedade, a apenas meio quilômetro de distância da casa — seu coruchéu perfura o céu inglês (cinzento, sem sol, sapecado aqui e ali por um ou outro corvo). Uma floresta bem-planejada e cuidada ajuda a obscurecer as ruínas da abadia do século XII que a precedeu. Vovó acha que as ruínas são desagradáveis ao olhar, nenhuma surpresa aí, mas o Fundo Nacional para Locais de Interesse Histórico ou Beleza Natural firmou, em dado momento, um acordo com algum antepassado sem grana — bancar e manter castelos não é barato —, impedindo, assim, que minha avó ferrasse com o que não deve ser ferrado. Sou bastante apegado às ruínas; quando criança, tentei algumas vezes, e sem muita seriedade, cometer suicídio por lá, sempre retornando de expedições feitas após o horário de visitação turística com joelhos cortados de maneira pestanejante e uma eventual fratura aqui ou ali.

— Muito bem, crianças. — Minha avó bate palmas quando o automóvel para. — A carruagem vai dar início à procissão quando todos estiverem reunidos na capela. Tudo o que vocês precisam fazer é esperar até que o caixão tenha sido levado para dentro, e depois os dois vão se sentar no banco da frente, à esquerda. Entendido?

A voz indiferente e desprovida de emoção ecoa a de meu pai. Ela fala como se não fosse a morte de seu filho que estamos aqui para lamentar, mas a encenação de uma peça que nos preparamos para apresentar. Se eu fosse capaz de sentir qualquer coisa no momento, acho que poderia odiá-la.

— Certo, vovó — responde Katie.

Minha vez.

— Entendido — digo.

— Perfeito. — Ela alisa os próprios cabelos cuidadosamente arrumados e os de meu avô, bem como o terno dele. As portas da capela já estão abertas, e uma pequena multidão aguarda a carruagem fúnebre dentro e fora dela. O criado particular sai de nosso automóvel agora estacionado a fim de ajudar vovô, e quando a porta se abre...

O ar está pesado de som, mais batimentos cardíacos do que sou capaz de contar, o ritmo de, no mínimo, uma centena de pulsos se acelerando, o próprio ar parecendo inspirar e expirar com cada respiração atrás das paredes de pedra. Posso ouvir os coraçõezinhos dos pássaros — corvos, faisões, pombas —, diferentes dos da águia que corta o céu acima de nós. A porta nodosa de madeira e ferro se abre, e é como se tivessem partido uma colmeia ao meio: sussurros e tosses e ecos, cada nota explosiva e chocante. O impulso antigo e entorpecido de tapar as orelhas com as mãos e gritar, como (muito ocasionalmente) eu costumava fazer quando criança, se faz presente, mas meus ouvidos nunca foram o problema. É minha mente.

Para se ter uma ideia do que é estar em minha pele:

Os sons que eu não deveria ser capaz de escutar viajam pela superfície de meus pensamentos. Tudo é ruído até eu me concentrar, até que algo capture minha atenção, mas o que está acontecendo aqui e agora não se parece em nada com o normal. Está mais para um ataque, uma confusão de sons, como estar cercado por instrumentos sendo esmagados. É suficiente para me distrair das dezenas de cabeças viradas sobre seus respectivos ombros, observando nosso Tão-Aguardado cortejo. E, surpresa, entre elas está a de Ganso.

O volume do barulho deixa minha visão embaçada por um instante — multidões são sempre terríveis, mas a situação hoje, em particular, está ainda pior —, e Ganso não passa de um chumaço de cabelos louros e um sorriso aberto, flanqueado pelos borrões de Patrick e Neirin. Sinto sua mão bater em meu ombro, como uma trovoada.

— Que azar, parceiro — diz Ganso, a voz grave e incrivelmente ressonante elevando-se acima do ruído.

— Sentimos muito — adiciona Patrick. Um aceno simples de cabeça por parte de Neirin.

Aqueles três rostos, nada semelhantes em conduta ou traços: Ganso, leve e esguio e barulhento; Neirin, moreno e suave e inocente; e, por fim, o ruivo e sardento Patrick.

Patrick e Neirin parecem ter parado no tempo — as feições iguais a como eram há quase três anos, quando parti de Westminster. Seus rostos me trazem lampejos de lembranças: Ganso me mostrando o dedo do meio em Yard; Patrick enrolando o primeiro cigarro com concentração furiosa; Neirin atacando problemas matemáticos, o rosto franzido por conta do foco.

E então eu, empunhando um sabre para abrir champanhe, espirrando centenas de libras líquidas goelas abaixo. Apagando o cigarro em um chapéu antigo tipo casquete para o horror coletivo dos professores e estudantes reunidos no refeitório, e nós quatro no escritório do pai de Patrick, usando um iPad para cheirar carreirinhas de cocaína que ele pescara, um pouco timidamente, do bolso.

Não éramos um quarteto. Para isso, precisaríamos ter um laço criado por segredos, e eu não compartilhava os meus. Segredos distanciam você do resto do mundo, por isso era eu quem sempre sugeria a grande maioria de nossas aventuras, para mascarar o fato de que jamais consegui me conectar com eles de verdade, para começo de conversa. Insira um soluço engasgado aqui, por favor.

Uma língua bifurcada estala ao lado de minha orelha.

— Está quase na hora — avisa minha avó, olhando para o criado particular em busca de confirmação, depois para minha madrasta. Com um pequeno aceno enferrujado de cabeça, ela encara o espaço adiante, em direção ao solar, aos velhos estábulos, antiquíssimos, mas reforçados ao longo dos séculos. Do portão, surgem quatro cavalos frísios de pelo negro e brilhoso, um cocheiro de cartola os comandando, e o caixão de meu pai resguardado por uma espécie de proteção retangular feita de madeira negra e vidro atrás.

Não consigo enxergar muito bem de onde estou — minha cabeça continua borbulhando com os sons, murmúrios, as tosses e todo o resto. Mas não com Mara.

A maneira como ela soa, como sempre soou — feito uma nota dissonante, distorcida apenas o suficiente para ser capaz de afetar o restante das notas a cercando —, é impossível de se ignorar. Uma digital auditiva, distintivamente própria, distintivamente Mara. A primeira vez que a escutei, jamais quis escutar outra pessoa.

Olho e tento apurar os ouvidos, procurando aquela nota, enquanto os cascos dos cavalos golpeiam o chão em um trote estável e imponente, os grandes corações pulsando com solidez pelo esforço. Quase posso sentir seu fastio ao se aproximarem, que é a razão pela qual, na metade do caminho, a agitação de terror e fúria em seus corpos reverbera no meu. Quebram o trote, parando, batendo os cascos — um deles recua, o outro dá um passo para o lado, topando com um terceiro. Depois um deles empina, quase arrebentando as rédeas. O rosto de Katie adquire uma cor cinzenta, seu coração correndo da maneira como os cavalos gostariam de fazer.

— Está tudo bem — digo por reflexo, e minha irmã vira a cabeça para mim e semicerra os olhos. Há raiva ali, lutando por um lugar junto à tristeza. O dia de hoje a está transformando, já transformou.

Minha avó segura com força o braço do marido, seu rosto uma máscara de placidez enquanto o sangue congela com ira. Ela olha para o padre, que diz algo aos presentes numa tentativa vã de acalmá-los, pois os cavalos começam a romper em direção à capela, arrancando gritos apesar de ainda estarem a vários metros de distância. Posso sentir sua força no solo. Estão prestes a fazer uma curva abrupta para a direita, se metendo no bosque aos solavancos, pouco antes do receptáculo de vidro com o caixão tombar.

Sei o que vão fazer antes de acontecer porque, naquele instante, escuto Mara; eu a vejo correndo em nossa direção, na diagonal, passando pela cerca viva que resguarda os jardins e pela fonte com a figura do gigante Atlas, e, quando seu caminho começa a convergir com o da carruagem, os cavalos se inflamam com pânico. Meus olhos encontram os de Mara, e ela para. Fita os cavalos, depois a mim.

É por sua causa que estão aterrorizados. Sei disso, ela sabe disso, de modo que se evapora com a mesma rapidez com que chegou.

Não espero ninguém acalmar os animais, tampouco os carregadores recuperarem o caixão para levá-lo até a igreja. Dou as costas ao padre, que tenta encaminhar todos para longe da cena, para dentro do prédio, e consigo sair sem ser notado. Olho para trás uma única vez antes de chegar à mata, o bastante para ver a cabeça lustrosa de Katie mover-se porta adentro, os olhos vazios, os braços amparados por Ruth e meus avós antes do último grupo de pessoas entrar. E depois dou as costas para todos eles, para meu pai, para os restos entorpecidos de minha família, seguindo até Mara.

2

NÃO SEJA SIMPLESMENTE BOM

ESTRADAS PAVIMENTADAS DÃO LUGAR A CASCALHO, QUE DÃO LUGAR a estradas de terra enquanto minha mente desperta com a ideia de revê-la. Mal tivemos oportunidade de ficar a sós desde que chegamos à Inglaterra — minha avó foi contra sua presença no funeral, e Ruth tentou chegar a um acordo: Inglaterra, sim; funeral, não, mas não arredei pé. Não sinto falta alguma de meu pai: ele torturou pessoas que amo, e Mara, acima de todas elas. Parecia-me a coisa certa que ela o enterrasse comigo. Que nos livrássemos dele juntos.

Foi há menos de um ano que Mara me perguntou pela primeira vez a respeito de minha família; tornei-me mais próximo dela do que jamais me senti de qualquer um deles, mas aqui, hoje, agora, não posso deixar de me perguntar se ela se arrepende. É claro que nosso encontro foi arquitetado, planejado, embora não estivéssemos cientes disso na época, e provavelmente não poderíamos ter agido de maneira muito diferente se tivéssemos sabido de antemão, mas, se ela pudesse voltar no tempo... Será que teria desejado me conhecer se soubesse aonde eu a acabaria levando? Para dentro do que eu a acabaria arrastando?

A primeira vez que ela me perguntou sobre meu pai, saíamos de minha casa para nosso primeiro encontro, e, nenhuma surpresa aí, ele não estava lá. Apenas minha madrasta.

— Então, onde estava Papai Riquinho esta manhã?

— Não sei e não me importo. — Mara pareceu um pouco surpresa diante da resposta, e me lembro de ter surpreendido até a mim mesmo: não costumo ser tão óbvio e aberto. — Não somos... próximos — terminei, na esperança de encerrar aquela linha investigativa.

— Claramente — respondeu ela.

Seus olhos estavam fixos em mim, e ela não disse mais nada, apenas esperou que eu continuasse, cheia de expectativa. Escondi-me atrás dos óculos escuros.

— Por que sua mãe não tem sotaque britânico? — perguntou Mara.

— Ela não tem um sotaque *inglês* porque é americana.

— Ai, meu Deus, sério? — Mal conhecia a garota, e ela já havia pegado gosto por me sacanear desde os primeiros segundos.

— Ela é de Massachusetts — expliquei. — E não é minha mãe biológica. — Mara não sabia nada sobre mim, e tudo o que eu sabia sobre ela era que tinha sido a única sobrevivente de alguma calamidade que tirara três outras vidas. E que tinha ouvido sua voz em minha mente na noite em que aconteceu, apesar de ter ocorrido a milhares de quilômetros de distância de mim. No instante em que a vi, sabia que precisava conhecê-la. O que, suponho, significava deixar que ela me conhecesse também.

— Minha mãe morreu quando eu tinha 5 anos, e Katie, quase 4 — revelei com tom neutro. Provavelmente acrescentei alguma versão da frase padrão, "já faz muito tempo, nem me lembro direito". Esperei que ela me oferecesse as platitudes de praxe, mas não vieram. De modo que decidi lhe contar a verdade. Ou parte dela.

— Ruth fez ensino médio na Inglaterra, então foi assim que ela conheceu minha mãe, e as duas continuaram amigas depois que foram para Cambridge.

Procurei meu maço de cigarros quase por reflexo, e coloquei um entre os lábios enquanto contava a Mara a respeito do breve flerte de meus pais e de minha madrasta com a desobediência civil. Ainda fumava na frente de Mara naquela época. Tinha começado aos 11 anos e me dado conta de que conseguia soltar fumaça pelo nariz, como um dragão. Isso me pareceu uma razão boa o suficiente para continuar.

Segui com minha história de vida, medindo as palavras com cuidado por mais algum tempo, e, quando enfim arrisquei olhar para Mara, ela estava curiosa. Havia até mesmo a pequena curva de um sorriso no canto de sua boca. Eu me lembro de querer chocá-la, de modo que lhe contei que mamãe morrera esfaqueada, achando que seria o suficiente.

Uma coisa em Mara que amei de imediato, desde o primeiro momento: ela me olhou sem qualquer indício de pena.

— Em um protesto — acrescentei.

Suas sobrancelhas se franziram, mas o olhar arregalado de horror misturado com *Coitadinho!* que eu esperava ver não estava lá, nem sombra dele.

Com isso, continuei:

— Ela fez meu pai ficar em casa com Katie naquele dia, mas eu estava com ela. Tinha acabado de fazer 5 anos poucos dias antes, mas não me lembro. Nem me lembro muito dela, na verdade. Papai nem fala seu nome e perde a cabeça se outra pessoa a menciona.

"Ruth voltou para a Inglaterra quando soube de minha mãe. Há muito tempo ela me contou que, assim que mamãe morreu, meu pai ficou imprestável. Não conseguia tomar conta de nós, não conseguia tomar conta de si mesmo. Literalmente um desastre. Foi por isso que ela ficou, e eles se casaram, mesmo que ele não a merecesse, mesmo que tenha se tornado outra pessoa. E aqui estamos agora, uma grande família feliz."

É isso que me recordo de contar a Mara aquele dia — mais do que jamais revelara a qualquer outra pessoa, mas não a verdade completa.

A verdade é que me lembro, sim, do dia que minha mãe morreu.

Eu me lembro de como foi o funeral: o ar pesado com o cheiro das flores, o perfume de minha avó e o retrato que tinham colocado na capela, mamãe vestida com um suéter listrado cor de creme e preto, os cabelos presos em um rabo de cavalo bagunçado na base do pescoço. As mangas cobriam-lhe as mãos, e seu queixo estava descansando sobre uma delas. Os olhos tinham ruguinhas nos cantos, e ela exibia um meio-sorriso quase maroto para a câmera. "Você tem o sorriso dela", diziam-me, e eu me lembro de olhar para o rosto de minha mãe dentro do caixão e de me perguntar se aquilo queria dizer que eu o tinha roubado. Eu me lembro da culpa que senti na hora.

Seus olhos estavam fechados, a pele, cerosa, o corpo mal cabia dentro de um vestido que não me recordo de tê-la visto usando antes. Meu pai sentava-se, solene, a meu lado, a coluna reta, o rosto tipicamente impecável agora sombreado por alguns dias de barba por fazer. Ruth chorava sem cerimônia ao lado do padre enquanto falava sobre mamãe. Mal conseguia entender suas palavras em meio às fungadas de nariz e os soluços.

Meu pai, por outro lado... seu rosto era nada. Trazia Katie no colo, e ela estava mais quieta do que lhe era comum, os olhos azuis parecendo ainda mais azuis no rosto pálido, que parecia ainda mais pálido em contraste com o vestidinho preto e os sapatos de boneca. Ruth chorou até não conseguir mais falar, e o padre, com expressão atordoada diante de uma demonstração tão incontida de emoção, a ajudou a voltar ao lugar. Ela se sentou a meu lado e me abraçou, mas me desvencilhei. O cômodo estava repleto de velas, velas enormes, algumas maiores que eu, e assisti quando a cera caiu na pétala de uma flor, me perguntando quanto tempo mais teria de continuar sentado ali com aquela coisa que era e não era minha mãe.

Eu me lembro bem do momento que ela se transformou naquela coisa.

Eu me lembro de seu pequeno suspiro de choque quando alguém a empurrou e passou por ela, e de sua cabeça pendendo para a frente antes da mão que segurava a minha ficar frouxa.

Eu me lembro do vermelho florescendo na blusa sob o casaco.

O que não me lembro é do rosto da pessoa que a esfaqueou. Não me lembro de gritar seu nome nem de chorar. E, enquanto a assistia morrer, não me lembro de ver uma expressão de surpresa em seu rosto, ou medo nos olhos, ou qualquer tipo de tristeza.

O que me lembro de ver foi alívio.

3

O TÔNICO DA SELVAGERIA

UANDO ENFIM AVISTO MARA, ELA JÁ NÃO ESTÁ MAIS DENtro do campo de visão da capela. Ela é uma pequena personagem Brontë, avultada em preto, parada à sombra de uma torre de mármore no topo de uma colina alta; o mausoléu que contém séculos de restos mortais dos Shaw, empoleirado entre as matas e as ruínas em vigília. Minha ausência na capela e presença nas terras da propriedade ou são ignoradas, ou não são consideradas importantes o suficiente para suscitar intervenção, pois ninguém me detém.

Caminho ao longo do rio artificial que pulsa em meio ao terreno. A ausência de som vibra dentro de mim à medida que me distancio da capela. O ar está denso, e até mesmo a água parece extinguir-se sob o ponto onde minha garota está parada.

Mara se debruça sobre a ponte, os cabelos cascateando dos ombros, como se quisessem tocar o rio. Ela projeta uma sombra esguia sobre a água.

— Não pensei — diz, possivelmente para si mesma.

Paro a seu lado, descansando os cotovelos nas pedras antigas.

— No quê?

— Nos cavalos.

— Por que você pensaria? Eu não pensei. Se a culpa é de alguém, então é minha.

Seu rosto está escondido nas sombras — não sei dizer no que está pensando, também não consigo escutá-la —, o ar parece estagnado de uma maneira antinatural, e minha mente está tão silenciosa agora quanto ruidosa antes.

— Ficou tudo bem com eles? — pergunta ela.

— Com os cavalos? Com certeza ficou.

— E com os seres humanos?

— Com certeza ficou tudo certo com eles também.

— Deixei aquelas pessoas surtadas?

— Ingleses não ficam "surtados". Mas tenho certeza de que os convidados ficaram discretamente perplexos.

Ela vira o rosto para mim, finalmente. Seus olhos são imperscrutáveis, mas um feixe de sol toca seu ombro. Sinto o calor através de suas roupas, depois a maciez da pele quando seus dedos tocam minha mão enquanto nos debruçamos sobre o parapeito da ponte juntos.

Não sei o que ela está pensando, mas tudo em que consigo pensar é que a quero contra mim, me rodeando, me envolvendo. Abraço sua cintura, meus dedos escorregando por baixo do elástico de sua saia, buscando contato com a pele.

Ela ergue as sobrancelhas.

— Não vão sentir sua falta?

Trago-a para perto de mim, me abaixando para fazer meus lábios roçarem sua orelha ao falar:

— É possível. Agora me pergunte se estou ligando.

— Você liga?

— Nem um pouco.

Quando chegamos ao mausoléu, a respiração de Mara está acelerada, e sua pele, úmida. Puxo-a para dentro do abrigo da fria cúpula de mármore, entre as colunas que a cercam, e aperto minha boca contra a dela, insistente, exigente. Ela se suaviza contra meus lábios, derrete, e cada momento é explosivo — a língua quente escorregando para dentro de minha boca, os dentes mordendo meu lábio inferior, e então seus ossos e músculos enrijecem quando o corpo se afasta, e a tensão nos meus cresce até tornar-se uma dor furiosa.

— Noah, a gente não devia...

— Não devia...?

Um suspiro resignado.

— A gente não devia estar aqui.

— É precisamente por isso que estamos — respondo. Eu me distancio por um instante agonizante, e a porta chia quando a empurro a fim de abri-la e guiar Mara para dentro.

O mausoléu é bastante espaçoso, quem sabe seja até do tamanho de um estúdio em Nova York. Há um altar de mármore baixo no centro, com palavras em latim e figuras das quatro Fases do Homem gravadas de cada lado: *Infantia. Adolescentia. Virilitas. Senectas.* Com gentileza, eu a aperto contra *Virilitas*, mas ela me empurra de volta.

— É o funeral de seu pai.

— Estou ciente — digo, me curvando para beijar seu pescoço. Quando ela não se move, pergunto: — Você acha isso inapropriado?

— Não é bem... comum.

— Quer voltar?

— Você quer?

Respondo a erguendo pelo quadril para sentá-la no altar e me coloco entre seus joelhos afastados, a saia xadrez repuxada para cima, revelando a palidez das coxas. Uma olhadela lenta um pouco mais para baixo.

Mara levanta as sobrancelhas, e seu queixo cai.

— Sério mesmo?

— Muito.

Ela morde o lábio inferior.

— Não quero que você se arrependa de não ter estado lá.

— Não vou — prometo, escorregando uma das mãos por debaixo de sua saia.

— Como você sabe?

Minha mente retorna ao dia do funeral de mamãe, meu pai encarando o caixão com olhos mortos.

— Meu pai morreu com minha mãe — respondo. — Um monstro tomou seu lugar.

— Eu sei, mas...

— Não, não tem mais nada. Não tem mais ninguém. Ele se foi... Não pode mais nos machucar. Não há mais nada nem ninguém em nosso caminho. — Faço uma pausa, deixando os dedos parados no fecho de seu sutiã. — Devíamos comemorar.

Uma risada escapa da garganta de Mara.

— Não faz muito seu estilo — argumenta.

— Não, mas faz o seu.

Os olhos arregalados de Mara se estreitam até parecerem os de um gato. Ela meneia a cabeça, admitindo minha razão.

— Alguém já disse que você usa sexo como válvula de escape?

— Já, por quê?

— Ah, por nada, não. — Uma pausa domina o ar. Em seguida, Mara arqueia o corpo na direção do meu, move os lábios para os meus e, com gentileza, leva a língua para dentro de minha boca.

Sinto desejo e felicidade me partirem em dois. Sorrimos contra a pele um do outro, e inspiro o cheiro de seu suor salgado; eu a beijo outra vez, na garganta. Nas clavículas. As mãos de Mara se emaranham em meus cabelos, e as minhas chegam a seus seios — ela suga o ar, e só esse som já me deixa tonto de calor. Faz poucas horas desde que a vi assim, mas podiam muito bem já ser anos, séculos. Estou faminto por ela, o tempo inteiro, mesmo agora — quero tudo quanto é parte de Mara, devorá--la, inspirá-la, mas também a quero devagar; enxergar, escutá-la, escutar dentro dela, e por isso me obrigo a parar... a arrastar os dedos lentamente pela pele macia de suas coxas e a me afastar para ver sua expressão.

Só olhar para seu rosto já me desata. As bochechas coradas, a pele reluzente, os lábios vermelhos e inchados dos beijos, a cabeça pendendo para trás, a garganta arqueada sob a cúpula. Mas ela pode sentir que a estou observando e levanta a cabeça, toma minhas mãos e as leva para seus quadris. O som da saia de seda roçando sua pele de seda é como prata em cristal.

Quem é ela? Quem é essa garota que me permitiria fazer isto, aqui, agora? E como tenho permissão de tê-la toda para mim?

Beijo o interior de cada joelho e vou subindo, mais e mais, o áspero de minha face criando vermelhidão em sua pele. E aí ela segura meus antebraços, empurra o corpo para trás, e, em um momento agoniante e reluzente, uma das mãos escapa para baixo da saia, entre as pernas abertas. Depois a calcinha escorrega para o chão.

Um engasgo agudo. Meu. Minha cabeça se abaixa para beijar a pele, toda ela, todo e qualquer pedacinho a meu alcance. No instante que sinto o calor de minha respiração encontrando o calor de seu corpo, minha mente para.

Não estou olhando para Mara — estou olhando para um reflexo em uma poça distante, preta e estagnada debaixo de mim. Para um reflexo que não é o meu. E, então, pulo a seu encontro.

4

A DIREÇÃO DE SEUS SONHOS

NÃO HÁ SOM NEM AR QUANDO A CORDA SE RETESA CONTRA O pescoço de alguém. Dedos arranham minha garganta — não, a garganta *dele* — tentando desfazer o que fez. Depois, seus pensamentos — seus pensamentos, sua voz — invadem e tomam conta de minha mente.

Me ajude me ajude me ajude me ajude me ajude me ajude me aju...

Acima de mim, pedra desgastada se abre para dar lugar ao céu cinzento enquanto um bando de corvos voa lá no alto. É a última coisa que vejo através de seus olhos antes de ouvir Mara gritar meu nome.

Estou dentro de meu corpo outra vez, encarando o teto de mármore branco cheio de veios do mausoléu, não o céu, não pedra molhada e escura. Vejo Mara diante de mim, não vazio.

— O que houve? — A voz está cheia de pânico, urgente, e então me dou conta de que estou arfando, tentando respirar.

— Alguém... — Alguém o quê? Meu pescoço ainda está em carne viva, e levo a mão até ele, buscando a corda que estivera lá há pouco.

— Você viu alguma coisa...

Figuras tremeluzem atrás de meus olhos, imagens estáticas que a visão do menino capturara antes de morrer. Pedra arruinada, azulejos feitos a mão. Um pombo morto, uma pilha de penas e ossos no canto da... torre. Ele se enforcou em uma torre.

— Ele não queria aquilo — revelo, sabendo sem entender como.

— Quem? — As mãos de Mara aninham meu rosto. — Noah, o que aconteceu?

Procuro apoio no altar, e meus olhos recaem sobre a pesada porta de madeira, fechada exceto por uma frestinha.

— Ele se matou *aqui*.

Mara já desceu do altar e se prepara para o que virá em seguida, seu corpo vibrando com adrenalina.

— Quem? — pergunta.

— Não sei.

— Onde?

— Nas ruínas — respondo, guiando-a para a saída.

Jamais fui capaz de ouvir os pensamentos de ninguém antes. Agraciados, Afligidos, Portadores, qualquer que seja a merda de nosso título — quando um de nós está morrendo, ou prestes a morrer, sinto o que eles sentem —, a dor e o terror nos conectam. E vejo o que veem; o suficiente para descobrir onde estão, em geral, mas nunca com tempo o bastante para ajudá-los de fato. Acabei me acostumando a falhar com eles depois de ter visto e sentido, e tantos morrem — há um certo vazio que se infiltra pelas beiradas e ocupa o espaço onde as Emoções deveriam estar. Já nem me sinto mais culpado... se acontece e estou em público, peço licença e invento uma desculpa qualquer (*Foi mal, TPM*), ou me esquivo e digo/faço algo meio babaca. É exaustivo, ser testemunha, ser fração de uma vítima, sempre — e Mara nem tem conhecimento de tudo pelo que passo. Não minto (muito) para ela, mas empurro as coisas sombrias para os recessos mais escuros de minha mente para poder estar com ela, aproveitá-la, sentir, ver e escutá-la, pois já é tarde para essas pessoas. Não posso manter as lembranças escondidas para sempre, mas posso fechar a porta e voltar ao presente.

Mas não hoje. Esse garoto... ele foi diferente. Estive dentro de sua cabeça — *fui* ele, por um brevíssimo instante. Completamente desencarnado.

Continuo tão absorto que nem percebo como Mara tomou a frente e está nos guiando para as ruínas até que o som me avassala.

O ar está encrustado com soluços, pânico, confusão; Mara também pode ouvi-lo, senti-lo. Seu corpo enrijece, ela retesa os músculos, e me dou conta de que está segurando minha mão a fim de *me* acalmar, e não a si mesma. Quando desvio os olhos dela, fico chocado ao notar que já atravessamos a ponte.

O caminho de cascalho se bifurca em direção à capela e às ruínas. Ela me puxa para a primeira — estamos próximos o suficiente agora para enxergar a multidão saindo. O volume está mais alto outra vez, e uma onda de exaustão rebenta em meu corpo.

Dou um passo para trás, trazendo Mara mais para perto de mim.

— Para o outro lado — decido, dando as costas àquela gente.

Seguimos pela mata, evitando olhos e ouvidos, mas uma sensação estranha sobe por minha espinha à medida que nos aproximamos. Passamos por galhos escurecidos, afiados e retorcidos; Mara arranha a bochecha em um deles. O único som é o de ramos sendo esmagados sob nossos sapatos, e fico grato por isso.

E, então, já estamos lá, parados à sombra da antiga abadia. O cheiro de terra fria, úmida, e de camadas molhadas de folhas se engancha em lembranças da infância e tenta trazê-las para a superfície de minha mente. Empurro-as para longe a fim de ver o que Mara está vendo.

Ela ergue a cabeça.

— Este lugar é... maior do que achei que seria. De perto.

— É maior ainda lá dentro — revelo.

Ela faz que sim com a cabeça de maneira automática.

Atravessamos um arco esculpido, e nossos passos ecoam na pedra, reverberando e se espiralando nos arcobotantes. O som vibra em meus dentes. Se não conhecesse este local tão bem, não o teria encontrado com tanta rapidez.

Um pátio gigantesco coberto de grama se abre à esquerda, mas viro à direita, passando por uma fileira de tocos de pedra que um dia foram colunas, em direção ao antigo campanário. Água goteja em algum canto, e o grito de um animal ressoa acima de nós, como uma advertência. Olho para o céu a tempo de avistar, de soslaio, o arco da asa de um gavião, antes de *o* ver.

O caminhar de Mara é firme, tão fluido quanto o de uma pantera, nem enojado, nem amedrontado. Eu tampouco deveria estar sentindo qualquer dessas duas emoções, mas há um cheiro exalado pelo rapaz. Consigo senti-lo em minha boca, acre e selvagem.

Medo.

Coloco a mão à frente a fim de parar Mara, mas meus dedos tocam apenas ar.

O corpo ainda está balançando, quase nada. É a primeira coisa que noto. Depois, o pequeno veio de sangue escorrendo do nariz, passando por cima do lábio, do queixo, antes de a gotinha cair na poça escura, estagnada, sob seu corpo.

Algo em meu estômago se revira. Pela segunda vez, ignoro aquele grito de aviso que passa por cima da torre, e me aproximo de Mara. Ela está tão quieta que não tenho certeza se está de fato respirando.

Já vi cadáveres antes. O garoto e a garota que Jude assassinara no Horizontes para mostrar a Mara e a mim o quanto estava disposto a matar, ponto final. Tinham a mesma idade que nós, as gargantas cortadas, sangue e urina manchando a areia sob seus corpos, e fui imune à cena. Só via-ouvia-sentia Mara. E houve outros, mas de novo, ao lado dela, eles não causavam impacto. Seu silêncio era nada, pois as notas de Mara eram mais altas.

Este garoto, no entanto. Há horror aqui. Uma dignidade violada que arranha minha pele. Forço-me a olhar, a ignorar seu vazio ribombando em meus ouvidos, um buraco negro de som, arrastando tudo ao redor para dentro do silêncio. *Inclusive* Mara. Escuto sua respiração de fora, constante e estável, mas nada mais. Nada de batimentos cardíacos, nada de pulso, nada *dela.*

— *Noah.*

Tenho um sobressalto ao ouvir sua voz.

— O quê?

— Você conhece esse garoto? Já perguntei duas vezes. Você estava olhando fixo para alguma outra coisa. — Ela vira a cabeça, e sigo seu olhar. Vai parar em uma pilha sangrenta de penas brancas e ossos. A presa de um falcão. Um pombo.

— O que você tem?

Balanço a cabeça.

— O problema não sou eu, é ele. — Obrigo-me a olhar outra vez. Os dedos do garoto estão começando a ficar azulados como seus olhos: abertos igual à boca, meio pendente em um arremedo de fala. A corda crepita; aquele som enche minha cabeça.

Depois, a voz de Mara:

— É. Também estou sentindo.

— O quê?

— É como se ele fosse um bloco de gelo — comenta ela, com curiosidade.

— Você o *tocou*?

— Você é mais esperto que isso — responde.

É verdade, ela jamais faria algo assim. Provas, vestígios. Era e sempre seria a filha de um advogado de defesa.

— Aqui, chegue mais perto. — Pousa a mão na minha e sente quando me reteso, ignora. Aproximamo-nos do garoto outra vez, juntos.

Ela tem razão. O frio emana do rapaz, gelando o ar, como se estivesse morto há dias, não meros momentos.

— Você sabe quem ele é? — Mara volta a me perguntar, enunciando cada palavra.

Não sei responder. Meus olhos não param de viajar pelo rosto dele, registrando apenas os menores dos detalhes, recusando-se a juntá-los em um retrato coerente. Não faz sentido, este vazio, minha resistência, aquela sensação de advertência no ar fazendo força contra mim.

— Não tenho certeza — respondo. Há algo de familiar a seu respeito: o sentimento de que é alguém que eu *deveria* conhecer, embora não faça sentido.

A cabeça de Mara vira para o lado.

— Vai ter gente vindo para cá — avisa.

Já deviam estar a caminho. Não fosse pela comoção de antes — os cavalos, o caixão, tudo —, podiam até tê-lo visto acontecendo.

Era o que ele queria. *Queria* ser visto.

Recuo um passo, para longe dele, de Mara, meus pés me carregando por arcos e passagens dos quais não sabia que me lembrava. Mara chama por mim, mas algo me puxa, me faz seguir adiante, tentando ouvir seus últimos pensamentos, em vez da voz de Mara. Meus passos ecoam na pedra até eu estar em frente a um portão de ferro.

Está aberto. Não deveria estar. Conheço este portão, já estive ali quando menino, e na época precisei roubar a chave para poder atravessá--lo e chegar aos degraus. Mas agora está aberto, rangendo com ferrugem quando passo por ele e começo a subir a escada. Musgo e líquen crescem nas pedras úmidas, mas não escorrego; eu me lembro deste lugar e, quando os degraus terminarem, sei exatamente o que vou encontrar.

Chego ao topo e paro. Se olhar para baixo, verei o nó onde o garoto amarrou a corda da qual seu corpo agora pende.

Mas não é o que vejo quando olho. É o rosto de Mara. E nele há medo.

5

A TERRA DESESPERADA

— VOCÊ QUASE ME MATOU DE SUSTO — COMENTA ela, quando desço. Aperto a mão de Mara com mais força que o necessário, e começo a nos levar para fora das ruínas.

— Foi, é?

— Meus gritos de "Pare! Não vá! Desça daí!" não me entregaram?

— Nem escutei. — Ainda não estou ouvindo de verdade. Há um portão que deveria nos levar para perto da casa sem sermos vistos. Tenho certeza de que minha ausência não passou despercebida por inteiro, mas prefiro que minha presença com Mara, aqui, permaneça um segredo.

— Eu estava gritando — continua Mara. Sua voz soa distante atrás de mim.

— Foi mal. — Passo sob uma cerca viva baixa em forma de arco que dá para os antigos viveiros onde ficavam os falcões e o estábulo de pedra.

Ela desvencilha a mão da minha.

— *Foi mal?*

— Você parece um pouco irritada.

— Você está sendo um babaca.

— Sou bom nisso.

Mara para, me forçando a voltar-me para ela. Ela gira o corpo; um galho se parte sob seus sapatos Oxford pontudos.

— Por que você subiu até lá?

— Onde?

Sua expressão muda de irritação para preocupação.

— Noah. O campanário. De onde você acabou de descer agorinha. O que está acontecendo com você?

— Nada — minto. — Só queria ver... O que ele viu. Mais do que vi quando ele estava morrendo.

— Você podia ter caído. — Seu rosto está duro como as pedras a nosso redor.

— Mas não caí. E não teria caído. — Estendo a mão para tocar seu rosto, já esperando que se afaste, mas ela aceita. — Conheço este lugar, Mara. Queria descobrir tudo o que podia, enquanto podia.

— E descobriu?

— Ainda não — respondo, deixando meus dedos correrem pela extensão de seu braço antes de lhe tomar a mão outra vez.

O resfolegar e o pisotear de cascos e os guinchos dos cavalos e aves seguem Mara enquanto continuamos com a maior agilidade que podemos até a entrada de serviço (previamente conhecida como entrada dos serviçais). A porta está trancada.

Eu me lembro de entrar aqui quando criança, de explorar o "Além-Escada" — a antiga cozinha, a ala dos empregados, tudo o que era separado e diferente, desigual da mansão lá em cima, como se fosse parte de um mundo inteiramente distinto. E era. É.

— Vamos ter de entrar pelo salão — aviso, virando a cabeça para olhar em volta. Significa passar pela grande escadaria, pelo salão principal, o centro da casa, o centro das atenções.

— O salão principal — conclui ela.

— Esse mesmo.

— Onde literalmente todo mundo do funeral também vai estar?

— Isso.

— Não tem outro jeito?

— Tem vários, mas a gente precisa chegar lá agora. É o caminho mais rápido, então...

Mara aperta minha mão. Sabe, de alguma forma, que fui ferido. Terá perguntas mais tarde, mas por ora, silêncio.

Até ser quebrado.

A casa vibra com barulho. Todos no funeral foram arrebanhados para dentro, e mais carros chegam a cada minuto, despejando, com precisão alarmante, casais de dinheiro antigo na entrada de cascalho. Entramos com um deles, eu na esperança de ouvir um grave e sombrio *Obrigado pelos pêsames, mas o velório foi adiado*. Não ouvimos. Em vez disso, a lareira está a toda, e uma mesa foi levada para o centro do cômodo, tiranizada por flores e cartões cheios de condolências. Empregados transportam os pratos de vários andares de *petit fours* da Fortnum & Mason de volta para as salas de estar, fechadas para visitantes, mas hoje abertas aos convidados.

Enquanto abrimos caminho em meio à multidão que cresce no salão, minha avó passeia por entre os presentes, falando alto a respeito do clima, do chá, qualquer coisa sem importância em que ela consiga pensar, qualquer coisa para evitar o desagradável incômodo de um suicídio ameaçando estragar o funeral do filho.

Porque ela já deve estar sabendo do acontecido; minha avó é onisciente quando se trata de assuntos da família, e estamos em seus domínios. Poderia ter postergado o espetáculo, mas, em vez disso, provavelmente cobrou favores para adiar a chegada da polícia, ou para mantê-la fora de vista. Se há uma coisa que minha avó jamais vai tolerar, é escândalo.

E seja lá em quais orelhas sussurrou, sejam quais forem as palavras sussurradas... já estão causando o efeito desejado. Há uma explosão de sons martelando em minha cabeça — pulsos acelerados, risos forçados —, mas não consigo identificar ninguém falando sobre o garoto, o que aconteceu com ele, quem era, nada. As pessoas percebem que há algo errado, mas ainda não sabem o quê; e é provável que não fiquem sabendo até estarem livres para murmurar e fofocar no conforto e anonimato de seus lares. Que coisa mais britânica.

No exato instante que penso isso, surge minha avó.

— Noah Elliot — chama, com um sorriso trincado. — Querido — acrescenta para efeito —, estávamos procurando você.

— Perdão — peço, respondendo à polidez forçada com arrependimento insincero.

Ela faz uma pausa, claramente debatendo consigo mesma se deve aceitar as desculpas ou exigir explicações para minha ausência no funeral. Mas isso significaria fazer cena diante de Mara. Minha avó vira os olhos azuis-acinzentados para ela.

— Preciso roubar meu neto de você um pouquinho. Mas, por favor — gesticula com graciosidade —, sirva-se de uma xícara de chá, um aperitivo... Descanse um pouco. Posso pedir a Allegra que prepare a cama para você em um dos quartos do andar de baixo.

Mara abre a boca para responder — para recusar, sem dúvida, no mínimo pelo fato de que ainda é pleno dia —, mas intervenho.

— Concordo, meu amor. — A expressão de Mara é de uma incredulidade tão óbvia diante de meu uso *daquela* expressão que acho quase impossível segurar o riso. — Vá deitar um pouquinho. O dia foi cansativo. Já vou descer para encontrá-la, só... sinta-se em casa.

Um pequeno sorrisinho em resposta a meu desajeitado código para "vá em frente e descubra que porra é essa que está acontecendo aqui". Ela faz que sim com a cabeça e até finge um bocejo.

— Vocês vão ter de me desculpar. Estou um pouco... abalada? — Ela olha para mim, buscando aprovação, e recebe.

— Claro — responde minha avó, uma nota mais aguda na voz quando toma meu braço. E, então, sou levado para longe, lançando a minha garota um sorriso vitorioso por cima do ombro. Demoro um instante para me dar conta de que fui arrastado para um corredor secundário de acesso restrito ao público, decorado com alguns dos muitos bustos de mármore de gerações passadas da família Shaw, que cortam o chão de mármore com longas sombras projetadas.

O ritmo em *staccato* dos saltos de minha avó cessa quando estamos a sós.

— Noah — começa ela, espalmando algo do ombro de meu terno com casualidade. — É hora de discutirmos sua herança.

6

GRILHÕES DE PRATA

AQUELA FRASE ECOA SOB O TETO ARQUEADO, COMO SE AS PRÓprias estátuas a estivessem repetindo.

Sua herança. Uma herança. A herança.

O sol brilha fraco através das muitas vidraças das janelas em arco, transformando as rugas que fazem dobras no rosto de minha avó em uma máscara de luz e sombra. Seria assustadora, quase cartunesca, se não estivéssemos parados ao lado de uma estátua grega de um garotinho nu e sorridente montado em um carneiro.

— Tem certeza? De que a hora é agora? — indago.

Com o queixo erguido, ela recomeça a caminhar.

— O dia de hoje não transcorreu conforme o planejado, estou ciente disso. Mas há assuntos que precisam ser tratados, assuntos que não podem esperar.

Não há sentido em discutir. Não quero saber de meu pai nem do que deixou para trás. O que fez a mim, a Mara... é mais que suficiente. Não preciso sequer abrir a boca; posso atenuar meu sorriso e escutar enquanto minha avó fala, ignorando seja lá o que esteja dizendo.

Ela caminha a minha frente sob o teto alto e solitário, faz uma curva brusca à esquerda, onde uma infinidade de quartos certamente inutilizados aguarda por ocupantes que jamais chegarão. Um deles ganha na loteria: minha avó gira uma maçaneta de vidro reluzente, abrindo a porta para uma cápsula do tempo do século XVIII. As molduras dos tetos são folheadas a ouro, colocando em destaque cada uma das curvas e quinas talhadas com todo o cuidado, as quais são evidenciadas ainda mais por um lustre de cristal grandioso com velas de sebo (apagadas). A luz vem, na verdade, dos retratos iluminados em molduras opulentas de todos os tamanhos e formas. Tudo no cômodo está perfeitamente preservado, preparado para acomodar hóspedes vestidos em coletes e corpetes — e não a mulher de origem asiática em trajes profissionais sentada diante da lareira. Ela parece tão deslocada que, quando pisco, é como se desaparecesse e reaparecesse no instante seguinte.

— Noah, querido, permita-me apresentá-lo à Srta. Victoria Gao, advogada de seu pai — anuncia minha avó.

A Srta. Gao atravessa o quarto para apertar minha mão, sua aparência jovem demais para o corte chanel grisalho que lhe emoldura o rosto.

— Ela está aqui para informá-lo das — minha avó, pela primeira vez, parece ter dificuldade em encontrar as palavras adequadas — responsabilidades que agora são suas, como herdeiro dos bens e propriedade de seu pai.

Pensei que estava preparado para isso, mas a palavra "herdeiro" me faz parar.

— Por que Katie não está aqui?

— Seu pai o escolheu como testamenteiro, após completar 18 anos — responde a advogada.

Dentro de poucos meses, portanto. O ar parece se inflamar com calor, ardente.

— Acho que não entendi bem. Katie...

— A expectativa de seu pai era que você provesse Katie da maneira como achasse oportuna, mas proibiu expressamente que transfira suas responsabilidades de testamenteiro para sua irmã até que ela tenha completado 25 anos.

— Não tenho nem 18 anos ainda... Isso não faz nenhum sentido.

— Sr. Shaw, não é meu papel questionar a vontade final de meus clientes.

— Qual é seu papel, então?

— Me certificar de que ela seja cumprida — responde a mulher, e me estende um envelope grosso. Deixo-o sob uma mesinha com tampo feito provavelmente de marfim. Que se foda tudo isto.

— Está bem. — Eu me viro para minha avó. — Já posso ir agora? — Ela olha de relance para o envelope e depois para a Srta. Gao, cuja expressão permanece plácida.

— Ainda não, receio. Seu pai era filho único, o que significa que também era nosso único herdeiro. Ele se recusou a usar seu título quando se casou com sua mãe, mas nunca chegou a decliná-lo formalmente — explica ela, com uma curva feia lhe retorcendo o canto da boca. — Mas o que está feito, está feito. Você pode reivindicar o título de lorde. — Minha avó abre aquele sorriso robótico. — E vai poder herdar todos os nossos bens, além dos de seu pai.

— E Katie? — Minha voz parece jovem e rouca. — Ela amava nosso pai, ele a amava, ela ama vocês, e vocês a amam... Por que está sendo excluída assim?

— Ela só tem 15 anos, querido.

— E daí? Ela é muito mais dedicada que eu quando se trata de preservar o legado de nosso pai.

Isso me rende um sorriso afiado.

— Seu avô e eu estamos menos preocupados com o legado de seu pai que com o legado dos *Shaw*. Sua irmã vai se casar, adotar o nome do marido, sem dúvida, os filhos dela também. Ao passo que os seus...

— Vó — digo, com um pequenino sorriso estático. — Este é um dia difícil para todos nós. Por que não deixamos este assunto para uma outra hora? Está todo mundo exausto, e ainda precisamos tratar daquele *incidente*.

Suas sobrancelhas tremelicam à menção, mas é reação o suficiente para saber que minhas palavras surtiram efeito. O que considero um convite para continuar:

— Devíamos estar pensando em questões de ordem prática agora, não em um futuro incognoscível.

Ela me olha com uma expressão de surpresa e, se é que me atrevo a dizer, aprovação, talvez?

— Sim. Muito bem. É uma sugestão muito madura, querido. Pois bem, então. — Ela se levanta e alisa o vestido, arruma os cabelos, tiques nervosos.

Tirei-a do prumo, o que me faz pensar em quanto ela acha que me conhece, o que deve ter ouvido nos poucos anos desde que saí de casa. E quem deve ter lhe contado.

— Vou me encontrar com seu avô agora... Espero que você se junte a nós em breve. — Ela se vira para a Srta. Gao, que responde com um pequeno aceno positivo de cabeça. Depois, para mim: — Gostaria de apresentá-lo à curadora do solar. É ela quem vai lhe passar tudo o que precisa saber sobre a propriedade. Se topar com ela antes de nos encontrarmos de novo, venha me procurar para que eu possa fazer as apresentações da maneira adequada. Ela está de terno vermelho. — Minha avó pontua as falas com um fungado, fazendo sua encenação com maestria.

— Claro — concordo.

— Esplêndido. Vou deixá-los então. — Ela se retira do cômodo devagar, como se esperasse ser chamada de volta no último segundo.

A Srta. Gao não se aproxima da mesinha onde continua o envelope, mas indica que eu deveria abri-lo.

— Naquele envelope você vai encontrar documentos com as finanças pessoais de seu pai, os ativos imobiliários líquidos e reais, as expectativas em relação à Euphrates International Corporation e...

Com vovó já fora do quarto, posso interrompê-la:

— Srta. Gao, gostaria de deixar uma coisa muito, muito clara... Não quero parte em nada que diga respeito a meu pai. E isso vale para o dinheiro dele também. — A expressão da mulher é vítrea. — Pode doar, queimar, não me interessa. Dê a minha irmã o que ela precisa, e pode ficar com o que sobrar, se desejar. — Ainda nada. — Está me entendendo?

— Perfeitamente. — Ela se empertiga, reta e imóvel. — Mas o que está pedindo é impossível, legalmente falando. Os fundos foram automaticamente transferidos para uma conta em seu nome. O número da conta, todo o resto de que vai precisar, está naquele envelope. Pode ignorar se quiser, mas tudo o que pertencia a seu pai agora é seu. Seu e de mais ninguém. — Ela se levanta e sai do cômodo, me deixando com os frutos venenosos do trabalho venenoso de meu pai.

A mera ideia de tocar aquele envelope me repulsa. Pretendo deixá-lo lá, deixar este quarto, esta mansão, este terreno, tudo, para trás.

Mas não deixo. Eu o pego e o abro, passando os olhos pelo testamento e pelos desejos finais de meu pai até que algo capta minha atenção bem no finalzinho. O fantasma de meu pai sorri enquanto leio.

Caro Sr. Shaw,

Meus mais sinceros pêsames por sua grande e terrível perda. Naomi era um verdadeiro tesouro; foi uma das grandes honras de minha vida poder conhecê-la, e uma ainda maior ter lecionado para ela.

Sua esposa tinha uma mente brilhante, claro, mas foi seu coração feroz que me causou maior impressão quando nos conhecemos. Achei que estava preparado, mas a extensão de seus dons conseguiu surpreender até a mim, e, quando tais dons se mostravam aliados ao ardor de suas convicções, qualquer um que fosse pego na órbita de Naomi se veria incapaz de resistir.

Tivesse sido ela uma pessoa menos elevada, poderia ter utilizado os dons para alimentar impulsos e a natureza inerentemente egoísta do homem. Em vez disso, abriu mão da vida para gerar vida, e não apenas a de seus filhos.

Minha posição me impediu de o conhecer — encontramo--nos apenas uma única vez, pelo mais breve dos momentos, e sua cabeça estava cheia com outras questões na época, e não era para menos, uma vez que seu primogênito havia acabado de nascer.

Como sei que já começou a suspeitar, Noah é de fato especial, de maneiras que receio não poder sequer explicar. É da natureza infeliz de meus próprios dons que seja tão limitado em matéria do que posso dizer, mas, por caridade, saiba disto: sua esposa não morreu em vão. Quando ler esta carta, já terei partido de Cambridge, e não está em nosso destino nos reencontrarmos. Rogo-lhe que passe com seu filho o tempo que desperdiçaria tentando me procurar — ele precisa de você, e o mundo precisa dele. Sua esposa lhe legou a maior das dádivas. Não deixe que sua morte tenha sido em vão.

Sinceramente,
A.L.

7

UM ORÁCULO EQUIVOCADO

Quando conheci o professor, acompanhava Mara em uma botica em Miami, e ele estava se passando por sacerdote de *santería* (o que eu teria preferido que ele fosse de fato). Abel Lukumi, também conhecido como Armin Lenaurd, também conhecido como seja lá qual for a merda de seu nome real, não passa, na verdade, de um golpista Agraciado. Usou meu pai, minha mãe e vai me usar também, se eu permitir. Antes de desaparecer, meu pai explicou, de maneira bastante insana, que acreditava que eu teria de matar Mara por conta do Fado e do Destino, caso contrário ela acabaria inevitavelmente me matando de alguma forma não especificada. Depois daquele circo de horrores, recebi minha própria carta, bem como Mara recebera a dela. A minha tinha sido escrita por mamãe antes de morrer. A de Mara, pelo professor, mas a mensagem era a mesma para nós dois: os dados foram lançados. Seu papel já foi escrito. Seja o herói e o desempenhe, ou não haverá final feliz para nenhum dos dois.

Tomei uma decisão aquele dia, e parece que precisaria tomar outra agora. Rasgo a carta do professor ao meio.

Fado é historinha para boi dormir. Destino não existe. Se quero um final feliz, terei de escrevê-lo eu mesmo.

* * *

Encontro Mara parada no meio de uma sacada que circunda o salão principal. Uma colônia de pessoas enlutadas aglomera-se dentro da casa e depois marcha para fora, como se fossem formigas. Mara transita, tal qual um tigre, entre os dois grupos. Guardo o testamento e recoloco a carta dentro do envelope antes de chamar por ela, que corre para mim.

— Noah, sei quem ele é. — Ela nota os documentos em minha mão. — O que é isso aí?

— Um monte de merda que meu pai falou, basicamente. — O professor é um assunto delicado entre nós. — Explico mais tarde. O que aconteceu?

— Então, depois que você e sua avó foram embora, tentei achar um jeito de sair para ver o que estava acontecendo com o corpo, mas este lugar é um labirinto, não consegui encontrar nenhuma saída. — Um olhar de frustração contida, depois um suspiro. — Estava tentando dar o fora daqui, mas acabei num beco sem saída, uma escadaria interditada por um cordão com uma plaquinha dizendo "privado" ou alguma coisa do tipo. Óbvio que passei por cima dela.

— Óbvio.

— Acabei numa parte mais antiga da mansão... Os quartos todos pareciam completamente diferentes do resto — continua ela, olhando por cima do ombro para o salão. — Acabei indo parar debaixo da escada? Sob-escada?

— Além-Escada, você quer dizer?

Seus olhos se acendem.

— Isso! Além-Escada. Topei com uma caricatura de velho inglês que disse que se chamava Bernard. Ele pronunciou o nome como *Bernerd*, aliás...

— Naturalmente.

— Ele trabalha para alguma associação beneficente, acho... Alguma coisa a ver com preservação, talvez?

— Fundo Nacional para Locais de Interesse Histórico ou Beleza Natural?

— Pode ser. Acho que foi alguma outra coisa que ele disse. Enfim, ele me avisou que não era para eu estar lá, claro, e eu me fiz de americana burra.

— Sem muito sucesso, imagino.

Sua boca se recurva em um meio sorriso.

— Comecei a pedir mil desculpas, dizendo que me perdi e que era sua convidada, e aí os olhos dele se iluminaram com aquele brilho de velho-que-nunca-tem-oportunidade-de-conversar-com-ninguém- -mas-hoje-é-seu-dia-de-sorte, e do nada Bernard começou a fazer um tour pelo "Além-Escada". Resmungou alguma coisa sobre rumores e "aquele garoto". Pois é — diz, assentindo quando nota minha expressão. — Foi a primeira pessoa, quem sabe até a única, que encontrei que mencionou o cara. Então, claro, perguntei: "Que garoto?", e aí ele fingiu que não me ouviu e começou a me contar várias histórias de séculos atrás, sobre empregadas que pegaram seus antepassados tendo casos extraconjugais e depois faziam fofoca de quais crianças eram filhas de quem.

— Mas você insistiu.

— Nunca houve uma pessoa tão interessada nas merdas que Bernard tinha para compartilhar quanto eu. Pelo menos é o que ele acha.

— Você olhou para ele com esses seus cílios escuros e expressão maravilhada.

Ela abre um sorriso.

— O que deixou o velho todo entusiasmado, não querendo me deixar partir. Então ele começou a me mostrar um monte de coisas que os criados das ladies e dos lordes e mais vários outros empregados contrabandearam: brinquedinhos de criança de duzentos anos de idade e uns bauzinhos com revestimento de prata e, que horror, provavelmente de marfim também. Aí eu tive um ataque de pânico.

— Espere, você está brincando, né?

— Não, quero dizer, mais ou menos. Começou assim... A farsa da americana burra não estava dando certo, então passei para a da menininha assustada. — Ela dá de ombros. — Queria descobrir se ele sabia alguma coisa que realmente *prestasse*, mas aí ele me mandou sentar e respirar fundo.

Ela odeia que lhe digam para respirar fundo.

— *Odeio* quando me mandam respirar fundo, porra. É a mesma coisa que me dizer para sorrir. Tipo, respire fundo *você*.

— Será que ouso perguntar se Bernard sobreviveu a esse fatídico encontro?

— Boa pergunta. Fui piedosa porque ele já devia ter uns 800 anos.

— Quanta generosidade.

— De fato — concorda Mara, imitando meu sotaque. — Mas, enfim, falei sobre como estava transtornada por seu pai e *pelo que aconteceu* no funeral, e, de repente, comecei a me tremer toda e então sussurrei, bem à la *O sexto sentido*, que vi a cena se desenrolar. Ele engoliu direitinho a encenação e então me contou, "na maior confidencialidade", que "o garoto era o trineto de uma camareira que serviu seu trisavô". Tem um retrato em algum lugar aqui na casa. Há um monte de coisas que datam de séculos atrás, foi o que ele disse. Sua família guardou tudo.

— E Bernard por acaso chegou a acrescentar algo útil, tipo, sei lá, onde essas coisas estão, por exemplo?

— Pois é, não. Falou de registros dos empregados e de árvores genealógicas e das paradas estarem *aqui*, dentro da mansão, mas *onde* na mansão, isso ele não sabia. Mas me deu um nome.

— Tenho mesmo de perguntar?

— Sam Milnes. Soa familiar?

Balanço a cabeça.

— Parece que ele também era o trineto do antigo jardineiro — continua Mara —, que foi dispensado assim que descobriram que a tal camareira estava grávida, e acabou indo para o sul fazer não lembro o quê. O pai de Sam é chef num pub que fica a uma hora daqui. *Não* estava presente no funeral.

— O pai não estava? E a mãe?

— Também não. Ninguém da família. Fiz essa pergunta especificamente.

— História de desavença?

— Bernard falou qualquer coisa sobre um rumor de que ele não seria descendente do jardineiro, que *alguém* da família engravidou a camareira e depois mandou ela e o bebê irem passear para acobertar a história. — Mara dá de ombros. — Ou vai ver foi alguma outra merda do tipo, mas isso já tem tanto tempo que agora ninguém se importa mais.

— Talvez Sam se importasse — argumento, olhando para além de Mara por um instante. Pensei ter visto um pontinho vermelho atrás dela. Um terno, talvez?

— Ou ele sabia de alguma coisa? Não sei. Por que ele estava *aqui*?
— Ela faz a pergunta a si mesma.

— Ele tinha a chave — respondo, distraído, tentando encontrar a curadora de terno vermelho.

Mara franze o cenho.

— Que chave?

— A chave para o campanário em que ele... A torre onde o encontramos. Só os empregados da casa e o Fundo têm acesso àquela parte das ruínas. De alguma forma, ele conseguiu a chave que abre o portão.

— A chave... Você não acha que é a mesma que a família dele tinha, acha? Tipo, não é como se houvesse normas de segurança no...

Trisavô. Faço as contas.

— Século XIX?

O lampejo de algo cruza o rosto de Mara com tanta rapidez que não tenho certeza se o imaginei.

— Os portões são velhos... — digo. — Não sei quando foram instalados, mas me lembro de não conseguir passar quando era criança. E olha que eu me esforçava. Resultou em algumas de minhas primeiras tentativas de arrombar fechaduras, na verdade.

— A gente devia voltar e checar, talvez?

Talvez. Provavelmente. Mas preciso checar outra coisa também. A carta do professor está cravando as unhas em meu crânio, exigindo minha atenção — o que, sem dúvida, era a intenção de meu pai, por alguma razão também certamente torpe. E não quero mencioná-la, ou mencioná--lo, a Mara. Estou certo de que o professor é um salafrário, mas Mara... bem... Ela não está. Não posso lhe dar mais qualquer razão para pensar nele. Estivemos nessa situação antes, e sei aonde vai nos levar: Mara se perguntando se deveria me deixar. Para o meu bem... para garantir que eu viva, melhor dizendo. Mas minha vida não significa coisa alguma sem ela, então... Intocado é como o nome do professor permanecerá.

— Por que você não volta lá e descobre o que aconteceu com Sam? — sugiro.

— Ok — responde ela, devagar. — Mas você não acha que o equivalente inglês do CSI deve estar investigando a cena?

Duvido; minha avó teria mexido todos os pauzinhos à disposição para garantir que estejam fazendo seu trabalho, seja lá qual for, fora das vistas dos convidados.

— Por que você não vai conferir? — insisto.

Ela deixa a cabeça pender para o lado.

— Eu? Tipo, eu sozinha?

— Ainda não vi Katie. Quero conversar com ela antes de irmos.

Mara assente, mas há uma dose de desconfiança ali. Sou um mentiroso extraordinário, mas ela me conhece muito bem.

— O quê, você não quer ir sozinha? — Isso vai deixá-la com o sangue quente.

— Não dou a mínima para isso — rebate ela, levantando de leve o queixo.

— Tudo bem se não quiser. Eu não ia querer.

— Não tenho *problema algum* em ir sozinha — assegura. — É só que não sei aonde tenho de ir.

— Certo. Vou com você até a torre, mas antes vê se tenta descobrir com alguém se a polícia já chegou ou não. A gente se encontra aqui de novo assim que eu tiver falado com Katie.

Mara fica muda. Não está magoada — um pouco irritada, acho, mas há algo mais ali. O quê, não sei.

Pouso a mão em sua face, correndo o polegar pelo lábio inferior.

— Tudo bem assim? É só um minutinho.

Ela faz que sim com a cabeça, mordendo a ponta de meu dedo. E não de leve.

Inclino o corpo em sua direção, deixando minha boca roçar sua orelha.

— Volto bem, bem rápido.

E depois a deixo na sacada, olhando para trás uma vez e acrescentando um sorriso aberto arrogante, só para efeito, antes de começar a descer a escada dois degraus de cada vez, passando pelo salão principal, pela massa vibrante de pessoas e pelas estátuas silenciosas, seguindo para Além-Escada.

8

AS EMPRESAS DE OUTRO

EU PLANO ERA PROCURAR BERNARD OU, NÃO CONSEGUINDO encontrá-lo, a curadora — um dos dois tinha de ser capaz de me contar mais a respeito de Sam, o que me parece quase tão importante quanto ocupar o espaço em minha cabeça no qual a carta do professor atualmente reside. Em vez disso encontro Ganso, languidamente enrolando um cigarro à porta de um dos pequenos quartos de empregado sobressalentes.

Não me surpreenderia se esse fosse um cigarro pós-coito, e se o rapaz ou a moça que fora alvo de seu breve desejo estivesse recolocando as calças ou a saia em um corredor ali do lado. Seu batimento cardíaco é trovejante, e minha mente se enverga sob o peso da massa reverberante de enlutados acima de nós.

— Neirin e Patrick se mandaram — comenta sem erguer o olhar. — Foram estudar para alguma coisa. Perfeitos bons meninos de Westminster, aqueles dois. Pediram para transmitir seus pêsames.

— Pêsames aceitos — digo, mascarando a tensão em minha voz. — E você?

Um ombro sobe e desce.

— Entediado. E você?

— Também — minto.

— E quanto tempo mais está planejando ficar em sua terra natal?

— O mínimo que puder. Vamos dar no pé assim que minha avó nos liberar de suas garras. Amanhã, se a oportunidade aparecer.

— Não vou rezar por você — diz ele, sorrindo.

— Vai para onde depois daqui?

— A família está na Cornualha enquanto o tempo continua bom. — Ele acende o cigarro, protegendo a chama com a mão em concha. — Bem, pelo menos meu pai está. Minha mãe se apossou da casa em Londres, no que promete ser o começo de um divórcio espetacular.

Ganso, um ano mais velho que Patrick, Neirin e eu, também morava no colégio apesar de a família residir nas redondezas, como no meu caso. Infância tumultuada sobre a qual nunca falava, mas que era sussurrada por outros. Por motivos óbvios, eu me solidarizava com sua situação.

— Foi mal, camarada.

— Nem foi. — Ele expele uma nuvem de fumaça. O tom casual é traído pelo coração acelerado, a rigidez na postura, a respiração rápida e arranhada entre tragadas. — Estava pensando em tirar um ano sabático — diz, brincando.

— E vai para onde?

— Não está decidido ainda — responde, com seu clássico sorriso-carranca que nunca vi em mais ninguém. — Tailândia já está manjada demais. Pensei em ficar pulando de país em país, perdido no mundo, mas só de imaginar já fico exausto. — Sua expressão se transforma em uma de malícia. — Quem sabe não vou encontrar você em Nova York?

— E quem disse que vou para Nova York?

— Sua namorada. Ouvi a conversa dela com sua madrasta, acho.

Perfeito. Eu mesmo mal tinha conversado com Ruth a respeito de meus planos. Tinha mesmo de ir procurá-la. E minha irmã.

— Ela é bem interessante — comenta Ganso, me puxando de volta ao presente. — Como vocês se conheceram?

— Eu e minha madrasta? Achei que todo mundo já soubesse dessa história.

— Você se acha tão espertinho, não é?

— Mas você me ama mesmo assim — rebato, me encostando na parede. — A gente se conheceu na escola.

— Aquele buraco em Miami?

— O próprio.

— Acho que foi por causa dela que você sumiu, então.

Aí está.

— Falando nisso...

— Não precisa explicar — interrompe Ganso, o que é ótimo, pois não posso explicar, ao menos não de uma maneira que seja satisfatória.

— Foi mal. De verdade.

— Não esquenta, na real. Todo mundo andou ocupado, não é?

Essa é uma forma de se colocar as coisas.

— Mas me conte de você — peço. — De sua vida.

Ele solta uma gargalhada.

— É só minha vida. Mesma merda, você sabe. Saí algumas vezes com El...

— Com El? Você era a fim dela desde que a garota estudava na St. Margaret's. Parabéns, moleque.

Estar aqui me faz sentir como a criança que fui quando costumava visitar a casa, uma regressão pela qual não estou muito inclinado a passar. E, no entanto, cá estamos, zoando e provocando um ao outro, como fazíamos quando estávamos na Liddell (Casa Liddell. A escola separava os alunos entre casas. É, que nem em Hogwarts). Eu me pergunto brevemente por que Ganso resolveu continuar lá depois que Neirin e Patrick foram embora... a razão real. Mas, se perguntar, ele nunca vai dizer.

Por isso, faço outra pergunta no lugar:

— Vocês continuam juntos?

Ele balança a cabeça, expele fumaça, o corpo relaxando. Posso ouvir, as juntas perdendo a tensão, os olhos se fechando. Tédio dissimulado, tristeza real, uma nota dissonante se extinguindo na mistura ribombante de som que se acelera e me deixa, também, moído e exausto; triste.

Ganso está tão à deriva quanto eu estaria sem Mara. E posso de fato *ouvir* o quanto ele se sente péssimo por isso. E talvez seja por esse motivo que digo:

— Vem com a gente.

Uma sobrancelha se arqueia.

— Para Nova York — esclareço.

— E fazer o que lá?

— O que quer que as pessoas fazem quando tiram um ano sabático. Observar o povo americano. Aprender seus costumes bárbaros.

— Ouvi uns boatos sobre essa coisa misteriosa chamada recauchutagem de bunda brasileira.

— Tem... quem faça isso, sim.

— Curioso. — O cigarro já é mais guimba que outra coisa, e ele o apaga na sola do sapato feito sob medida. Se sua família não tiver a mesma fortuna que a minha tem, está atrás por pouco.

— Onde você vai morar? — pergunta ele.

— Não sei ainda.

— Manhattan?

— Pode ser. — Embora Nova York sempre tenha me dado a sensação de estar caminhando por uma colmeia, com paredes de pessoas lutando por uma manchinha de luz do sol e um vislumbre d'água. Não amo a cidade como Mara, mas também não sei se amo coisa alguma da mesma maneira que ela. Mara está em uma faixa de existência totalmente diferente. Uma faixa humana, basicamente.

— Você vai ter que comprar uma cobertura, sabe — comenta Ganso, pensativo.

— Naturalmente.

— Com um terraço, laje e tudo mais.

— Claro.

— Bem nojenta de cara.

De volta ao dinheiro. Seja da família ou do pai, ambos vêm com responsabilidades atreladas; psicológicas, se não legais.

— Muito provável.

— Bem, me avise quando decidir — diz ele, e se empertiga. As notas em sua voz espiralam em pequenos turbilhões enquanto se move. Estou hiperconsciente de tudo hoje, de uma maneira incomum para mim. — Pode ser que eu vá mesmo junto.

— Você pode pegar o avião conosco. Mando a confirmação quando as passagens estiverem compradas.

Ele estende a mão para apertar a minha.

— Gente boa. Combinado, então. — Seu coração enfraquece por um instante. — Você tem certeza disso, cara?

Por alguma razão, tenho, sim. E o digo.

— A gente se vê no aeroporto de Heathrow então — responde Ganso, com leveza. Acha que vou ficar uma semana, um mês, no máximo.

— Em Manchester, na verdade.

— Cacete.

— Mais conveniente.

— Verdade. — Ele se levanta. — Bem, parceiro, parece que tenho malas a fazer.

— Ganso — chamo. Ele para à porta. — Leve roupa suficiente para um período longo.

— Deixe comigo. E, parceiro?

Ergo as sobrancelhas.

— Sinto muito mesmo por tudo isso. Por seu pai.

Eu não sinto. Mas estamos na Inglaterra, de modo que agradeço em vez de dizer a verdade. Depois que ele vai embora, volto a abrir o testamento. E ignoro a carta rasgada, embora não consiga me obrigar a jogá-la no lixo. A última coisa que meu pai fez antes de morrer foi decidir o que eu deveria receber, e isso incluía a carta. As palavras estão gravadas em minha mente.

Abriu mão da vida para gerar vida, e não apenas a de seus filhos.

Não deixe que sua morte tenha sido em vão.

Subo a escada, passando pelo salão e me esforçando ao máximo para evitar tudo e todos. Meu pai não tinha nenhuma afeição pelo que sou, por meus supostos Dons. Tudo o que fez por mim foi, na verdade, por minha mãe, que amava a promessa do que eu representava com tamanha intensidade que estava disposta a sacrificar seu futuro por ela — e, por causa disso, meu pai jamais me perdoou. Foi ele quem me forçou a escolher entre matar a garota que amo ou seu irmão, que era mais minha família que ele próprio jamais foi, e foi *ele* quem nos abandonou — não apenas a mim, mas a Katie e Ruth, para nunca mais dar sinal de vida. Até, claro, vir à tona morto, depois de ter fincado um estilhaço de vidro no próprio pescoço. Oficialmente, foi suicídio. Extraoficialmente... suponho que jamais ficaremos sabendo, e não posso conter o sorriso quando penso nas poucas e boas pelas quais minha avó deve ter passado para enterrar o *escândalo* tão fundo quanto enterrou. Era de se pensar que a família teria desejado saber a verdade sobre a morte de um de seus entes queridos, mas o fato de que meu pai foi encontrado no aniversário da morte de mamãe pareceu bastar para eles. E o fato de que havia, supostamente, uma carta na cena. Não a vi e, com toda a honestidade, nem quero. Ele colheu o que plantou, seja lá como tenha sido a colheita.

Minha mente resvala de volta para a carta. Meu pai não pôde resistir a um último vai-se-foder, não é? Posso doar todo o dinheiro, queimar o fruto do trabalho de sua vida, mas ele sabia que eu não seria capaz de me desfazer desta carta. Não até ter descoberto o que significa. E não posso fazê-lo sem desencavar o passado da Casa Shaw, e é por isso que desejo, pela primeira e única vez na vida, que meu pai ainda estivesse entre nós por mais um instante — só para que eu pudesse cuspir em sua cara.

Parte II

Todas as casas onde homens viveram e morreram
São casas assombradas.
Através das portas desimpedidas
Fantasmas inofensivos em suas missões deslizam,
Com pés que não produzem no piso melodias.

— Henry Wadsworth Longfellow, *Haunted Houses*

9

O PIOR DOS VÍCIOS TRAÍDO

DOIS DIAS BRUTAIS SE PASSAM ANTES DE EU SER LIBERADO DA Inglaterra. Obrigações familiares me impediram de passar tempo de qualidade (e por "qualidade" quero dizer "a sós") com Mara, de modo que tentei então passar minhas horas com Katie, mas ela não me deu bola. Sabia o quanto eu odiava nosso pai, e agora sabe que foi excluída do testamento.

— David tinha deixado isso tudo planejado há muito tempo, Noah — disse minha madrasta, quando finalmente fui conversar com ela sobre o assunto. Ela folheou o documento e deu de ombros. — Isso é a *cara dele*.

— O quê?

— Até na universidade, era tão claro que ele estava tentando *ser* a família e fugir dela ao mesmo tempo. — Ruth gesticulou para as estátuas onipresentes, a pintura no teto em domo do salão principal. Cenas de anjos e deuses, figuras gregas e romanas ocupando todos os cantinhos da casa e do terreno. — Nossa casa na Flórida? Consegue notar as similaridades?

Estava certa, claro. Precisa e obviamente certa. Meu pai tinha decorado nossa casa da mesma forma — em menor escala, óbvio. Mas a semelhança era clara. De uma forma dolorosa até.

— David cobriu Katie de tudo o que ela precisava quando a menina veio ao mundo, claro, mas quando você nasceu, desde o primeiro momento, ele o tratou como um adulto, preparando você para... tudo isso. Sua mãe... — A garganta dela se fechou ao redor da palavra. — Sua mãe extraiu isso dele, como se fosse veneno em uma ferida, depois juntou tudo e jogou fora. Quando ela foi... Quando ela morreu — continua, desviando da palavra *assassinada* —, o veneno voltou, ganhou espaço de novo. Aos pouquinhos. — Ruth solta um suspiro. — Ele devia mesmo ter feito terapia.

Ela não fazia nem ideia...

Minha madrasta e minha irmã já estavam bem estabelecidas por conta de fundos criados por meu pai quando ainda era vivo — eu mesmo tinha o meu, na verdade —, e Ruth insistiu que não queria mais nada, não aceitaria mais nada. O testamento era mais simbólico que outra coisa, argumentou ela: a tocha sendo passada adiante, as responsabilidades e tudo mais; não era bem um cofre de Gringotes cheio de ouro. Para meu infortúnio.

Ruth e Katie haviam decidido morar na Flórida — minha madrasta por conta de sua clínica veterinária, e minha irmã, sinceramente, sabe Deus lá por que razão. Amigos, talvez um namorado? Não importa; despedidas foram feitas, nosso voo foi pego, e lá estávamos eu e Mara embarcados para nosso retorno ao lar, e Ganso, para sua estadia continuada. Contei a Mara que ele começaria seu ano sabático em Nova York. Não mencionei que o convidara a morar conosco, mas o que poderia dar errado?

Logo depois da decolagem, ela prontamente caiu no sono com a cabeça em meu ombro, de qualquer forma, e íamos todos ficar em hotéis por ora, então... Tempo de sobra.

Durante as sete horas de voo, planos rodopiam por minha cabeça, e começo a trocar e-mails com a Srta. Gao. Como Mara bem diz, querer algo não o torna realidade. Mas, às vezes, dinheiro o torna. Hoje, seria esse o caso.

Nós três entregamos as malas que carregávamos sobre os ombros ao motorista à espera ao aterrissarmos no aeroporto JFK, e Ganso se separa de nós a fim de seguir para o hotel Gansevoort ("Piscina espetacular"). Mara estava visivelmente eufórica por estar aqui — Daniel já está na cidade, criando alguma espécie de colóquio individualizado revolucionário na Universidade de Nova York ou coisa do tipo, atraído por uma bolsa integral e o programa de habitação mais pomposo que o sistema de ensino superior norte-americano tem a oferecer.

Quanto ao restante da família, eles vinham planejando se mudar para o nordeste do país com Daniel, para ficarem todos juntos depois do... bem... Depois de sua experiência em Miami, digamos assim. Long Island em vez de Rhode Island, desta vez; o pai de Mara conseguiu um trabalho com um de seus antigos colegas de faculdade de Direito, e Joseph foi matriculado em uma escola particular, e, até onde estão sabendo, Mara vai passar o que deveria ser seu último ano de ensino médio participando como ouvinte de aulas na cidade, indo à terapia e tentando fazer sua transição de volta à normalidade — foi o que Jamie dissera à família. Acho. Seria uma boa ideia nos certificarmos de que nossas histórias batem, imagino. Ou foda-se tudo, hakuna matata.

Somos deixados no Plaza Athénée às 8 da manhã, piscando, abestados, sob o céu rosa e laranja. Mara está pálida, exausta — dormiu recostada em meu ombro no avião enquanto eu digitava, mas foi um sono irrequieto. Observei-a, a membrana das pálpebras de um roxo claro, os cílios pretos curvados, tremulando com sonhos. Fiquei me perguntando o que estaria acontecendo por trás daquelas pálpebras, sob as ondas escuras de cabelo, dentro daquela cabeça. Acabou que ela jamais conseguiu voltar às ruínas, e eu tampouco descobri mais detalhes a respeito de Sam, mas não importa.

Sou o herdeiro da propriedade dos Shaw. A única ocupação da Srta. Gao é cumprir minhas ordens à medida que as vou enumerando. Mas meu desejo de dar tudo a Mara é maior que meu ódio por mim mesmo por aceitar o que meu pai criou e usou para torturá-la.

Os documentos — dele, de meus avós —, sinto-me imundo quando os toco. Mas posso agora fazer coisas que eles jamais teriam feito, tomar decisões que jamais tomariam. Tentar consertar o que meu pai arruinou, ajudar as pessoas que ele feriu. Por isso, assinar os papéis é o que faço. Em uma semana, a revolução teria início, e então eu poderia descobrir tudo o que jamais quis saber a respeito de minha família, se for essa minha escolha. Mas por ora...

Somos tragados para dentro do hotel, lustres brilhantes no teto, o papel de parede explodindo com cores intensas, e Mara mal se dá conta de que não fizemos o check-in da maneira formal. Tudo já tinha sido resolvido de antemão.

— Ai meu Deus! — exclama ela, desabando na cama, braços e pernas estendidos, como se fosse uma estrela do mar. Abro as fivelas de uma de suas botas, depois da outra, deixando-as cair no chão. Tiro as meias. Ela vira para se deitar de costas e me observar com olhos de artista, depois arqueia o corpo para me deixar despi-la do jeans, piscando com ar sonhador.

Já a vi no meio da noite e no meio do dia, com e sem maquiagem, com os cabelos arrumados e depois de dias sem serem lavados. Já a vi vestindo calça jeans e seda e nada. Passaria o resto da vida apenas olhando para ela, com prazer.

Por sorte, tenho permissão para fazer mais que isso. Escalo o corpo de Mara para livrá-la da blusa, e o toque de sua pele me deixa dez vezes mais desperto.

E é aí que vejo o que está vestindo sob o resto das roupas. Os seios estão envoltos em renda marfim com detalhes em preto; a parte inferior, em uma calcinha estilo boy-shorts provocativa que faz conjunto com o sutiã.

— Gostou? — pergunta ela, a voz suave, os olhos agora fechados.

— Não o suficiente para não querer arrancar tudo de você — respondo, estendendo a mão para desabotoar e puxar, mas ela não se move.
— Mara?

Silêncio. Sua respiração é profunda e constante. Faço a cama balançar de leve só para confirmar minhas suspeitas e, sim, ela está de fato adormecida.

Com um suspiro pesado e patético, levanto para fechar as cortinas e evitar que a luz do sol a acorde, depois a cubro com o edredom. Abaixo para beijar sua bochecha, e sussurro:

— Você é uma garota muito má, Mara Dyer.

Ela sorri mesmo dormindo.

10

A DIVERSÃO DA ESPÉCIE HUMANA

O CELULAR DE MARA TOCA À NOITE — NÓS PASSAMOS O DIA dormindo, parece.

— Quem é? — Ela geme, a voz rouca. Não faz qualquer movimento para pegar o aparelho, de modo que me desvencilho de seus braços e pernas e procuro por entre as roupas descartadas, em vão.

— Criado-mudo — resmunga.

Minha expressão de desdém cuidadosamente desenvolvida ao longo dos anos acaba desperdiçada, uma vez que ela cobriu os olhos com o braço.

Um olhar de relance para a tela revela o autor da chamada.

— É nosso amigo judeu negro bissexual favorito — aviso.

— Qual deles?

Tento entregar o telefone a ela, que abana a mão, recusando.

— Não consigo. Exausta demais.

— É só jet lag, não é ebola.

— Isso não faz nem sentido — rebate ela, já desperta. — Atende logo de uma vez.

Obedeço, cachorro adestrado que sou, e coloco no alto-falante.

— Olá, você ligou para o inverno do descontentamento humano.

— Essa linha telefônica é da Mara. Você a atirou no Tâmisa?

— Receio que não. Ela está aqui, dormindo.

— Bem, acorda a garota então! Preciso dela.

— Venha você acordar a fera — respondo no instante que Mara toma o celular de mim. Com o alto-falante ainda ligado.

— Oi. O que há?

— Diversão para a família inteira. A turma está toda aqui.

— Quem? — pergunto ao mesmo tempo que Mara diz: — Onde?

— Eu, Daniel, Sophie. Frank.

Sophie, a namorada de Daniel. Que por sorte foi aceita na Julliard. Daniel está tão encantado por ela que não seria surpresa alguma se decidisse segui-la caso tivesse se mudado para algum outro lugar.

— Quem diabos é Frank?

— Um restaurante entre a Quinta e a Sexta na Segunda Avenida.

— A gente devia chamar Ganso para ir junto — digo a Mara. Ela concorda com a cabeça.

— Mas que porra!? — exclama Jamie. — Vocês querem comer ganso?

— Você vai gostar — responde Mara. A alça do sutiã escorrega do ombro quando ela se levanta, começando a vestir as roupas de ontem.

— Vocês chegam em quanto tempo?

Mara olha para mim por cima do ombro.

— Carro ou trem?

— Tanto faz.

— Vamos pegar um carro — decide Mara. — Então devemos chegar por volta das nove?

— A gente vai ficar se distraindo no bar enquanto espera, então.

— Já está fodendo com a cabeça dos barmen de Nova York? — brinco.

— Por que eu desperdiçaria meus talentos em troca de uns drinks de nada?

— Com grandes poderes vêm grandes responsabilidades.

— Exato. Agora mexam essas bundas e venham logo antes que eu diga para o pessoal do restaurante que é aniversário de um de vocês e convença todo mundo a cantar quando chegarem. — A ligação é encerrada antes que eu possa responder.

— Tosco — digo para o telefone.

Enquanto isso, Mara começou a revirar o conteúdo de minha mala, e, pelo mais breve dos instantes, sinto um vazio se abrir no estômago. O testamento está lá em algum lugar, assim como a carta, e no momento que me dou conta de que existe a possibilidade de que ela os encontre, os leia, percebo que não quero nada disso. Vou lhe contar sobre eles. Só... Não agora.

— Consigo me vestir sozinho, obrigado — comento, tentando me aproximar com o ar mais casual possível. Em que mala guardei os documentos? Não consigo nem lembrar.

Ela dá de ombros.

— Ok. Se você vestir aquela sua blusa listrada azul, prometo que a gente faz sexo mais tarde. Mas aí é com você.

— Você pode me passar meus colhões quando tiver um tempinho? Acho que estão dentro de alguma de suas bolsas.

Ela me encara com grandes olhos de Bambi e um sorriso de tubarão enquanto me visto. Na saída, olhamos para nosso reflexo no espelho.

Mara fica na ponta dos pés e morde o lóbulo de minha orelha antes de sussurrar:

— Boa escolha.

Chegamos ao restaurante segundos antes de Ganso. Ele salta de um táxi, e noto um vislumbre de pernas longas e cruzadas balançando lá dentro. Ouve-se uma explosão de risadas femininas antes de a porta bater.

Arqueio as sobrancelhas, e Ganso diz:

— Aquelas tais recauchutagens de bunda brasileiras são mesmo verdade.

Mara olha dele para mim, depois para ele outra vez.

— O que eu perdi?

— Nada. A sua já é perfeita — respondo, apertando.

Com uma revirada de olhos e uma rebolada de quadris, ela entra no restaurante, que está fervilhando com pessoas. Não parecia tão barulhento pelo telefone — mesmo sem minha habilidade, mal seria capaz de escutar o que me dissessem por cima de todo aquele ruído. Agora ali, sinto minha cabeça girar.

— Tudo certo, parceiro? — indaga Ganso, e assinto com um movimento rápido. Não é bom sinal que ele tenha conseguido notar.

— Mana! — Ouço Daniel gritar acima das demais pessoas, o corpo alto se levantando atrás de uma longa mesa. Mara abraça o irmão com gentileza, depois Jamie, com força.

— Senti tanto sua falta — confessa ela por cima do estrondo. — De vocês dois. — Eu provavelmente teria dito o mesmo, se não preferisse a morte a admiti-lo.

— Só faz uma semana — responde Daniel.

— Eu sei. Mas parece que foi bem mais. A Inglaterra é um lugar estranho.

— É? — indaga Ganso.

Jamie nota meu amigo pela primeira vez.

— Noah — diz ele, os olhos permanecendo fixos em meu meio-que-amigo-de-infância. — Você ainda trouxe presentes.

— Oi — cumprimenta Daniel, aproximando-se para apertar a mão dele. — Sou Daniel, irmão de Mara.

Um aceno de cabeça e um sorriso.

— Ganso. Brinquedinho sexual de Noah em Westminster.

Piscadelas consecutivas de Jamie.

— Então quer dizer que todas as minhas fantasias envolvendo colégios internos ingleses *são mesmo* verdade.

— Eu sou Sophie — apresenta-se a namorada de Daniel, com um sorriso aberto e vibrante, os cantos dos quais alcançam as pontas dos cabelos louros quase brancos.

— Que tipo de nome é Ganso? — indaga Jamie, fingindo interesse no champanhe suando sobre a mesa, que usa para encher uma taça e entregar a Ganso antes de eu tomá-lo para nos servir.

— O tipo de nome que se ganha em escolas públicas inglesas, como a nossa, quando se apresenta todo tipo de mau comportamento, como nós apresentamos.

— Um apelido, então?

— Não se deve divulgar as origens de tais nomes. Acaba com todo o mistério.

Para falar a verdade, nem eu me lembrava da origem. Ganso sempre foi... Ganso. Claro, oficialmente era Alastair Greaves, mas nunca ouvi ninguém chamá-lo assim.

Jamie se vira para Daniel.

— Não consigo me imaginar sussurrando "Ganso" na cama, você consegue?

Um balanço negativo firme de cabeça por parte de Daniel.

— Não vou nem me dar o trabalho de responder — avisa.

— Então, você fez alguma coisa *para* um ganso para ter sido agraciado com esse cognome?

Ganso finge refletir por um momento.

— Não diria "para", foi mais "com", acho.

— O ganso deu consentimento verbal — acrescento.

Daniel se volta para Sophie.

— Ofereço minhas desculpas atrasadas e antecipadas por tudo o que já foi ou ainda será dito por literalmente todos os presentes pelo restante da noite.

— Desculpas aceitas — responde ela, beijando Daniel na bochecha.

— Acho que vocês estão competindo pelo prêmio de casal-mais--meloso-do-mundo — comenta Jamie com Mara.

— A gente não tem nada de meloso — rebate Mara, depois faz uma pausa, refletindo. — A gente é...

— Sacana?

— Isso!

— Juro que tenho outros amigos — diz Daniel a Sophie.

Mara ergue sua taça.

— Mas só uma irmã.

— E é a isso que brindo. — Daniel bate sua taça na de Mara.

— Então, o que estão fazendo aqui em Nova York? — Sophie vira os olhos para cada um de nós.

— Fui aceito antecipadamente na Universidade de Nova York — mente Jamie primeiro.

Sophie franze o cenho.

— Isso é... Não sabia que era uma possibilidade — diz, devagar. — Então você se formou da Croyden mais cedo?

— Isso — confirma Jamie, sua voz tomando uma qualidade distinta e ressonante agora. A manipulação mental, ou psicofoda Jedi de Jamie, a todo vapor. — Mara e Noah também, aliás. — É a história que resolvemos contar: a família de Mara engoliu tudo direitinho, com avidez até. É no que querem acreditar; Jamie só está dando uma ajudinha.

Sophie assente, abre um sorriso largo, apagando todo e qualquer sinal de desconfiança.

— E vocês — ela olha para mim e Mara — , vão ficar por aqui também?

Mara franze o cenho para aquele sorriso.

— Vamos — responde, virando-se para mim. — Acho que sim.

— E vão fazer o quê?

Olho para minha garota.

— O que der na telha.

11

O QUE VOCÊ VÊ

PRATICAMENTE FECHAMOS O BAR E FORMAMOS UM CÍRCULO ALcoolizado na rua. Os estados vão de alegrinhos (Jamie e Sophie) a completamente tortos (Mara e Daniel). Ganso continua firme, tendo herdado sua tolerância a álcool de uma longa linhagem de alcóolatras puro-sangue. Parado entre ele e Mara, estou vibrando com energia, ouvindo o rugido do metrô sob nós e os passos/batimentos cardíacos/conversas de estudantes (em sua maioria) muito mais inebriados que nosso grupo. A lua decora o céu azul pálido, e me sinto desperto como nunca.

— Táxi? — pergunta Jamie. Noto então que não faço ideia de onde ele está hospedado.

— Metrô — responde Sophie. — Vou para o Lincoln Center.

Daniel balança a cabeça.

— Vem comigo para o Palladium? Eu ficaria mais tranquilo sabendo que você não voltou sozinha para casa.

— Alguns de nós precisam levantar cedo amanhã. — Será que estou detectando uma pontinha de ressentimento sob aquela voz de soprano até então alegre e animada?

— Vou com você então.

— Vamos todos — propõe Mara. É óbvio que não quer se separar de Daniel ainda. Ela se vira para mim buscando concordância, e é o que lhe dou. Com uma condição.

— A gente acompanha vocês até lá, mas, como tributo, Sophie tem de se voluntariar para segurar seu cabelo enquanto você vomita — digo a Daniel, e ele não está tão bêbado a ponto de ser incapaz de me olhar feio. — A gente pode pegar a linha F, todo mundo.

Um olhar lento e descrente por parte de Mara.

— Como você sabe?

— Memorizei o mapa do metrô inteiro enquanto você estava dormindo.

— Sério?

— Não. — Puxo-a pela cintura. — Mas você enjoa em carro, então está decidido assim. Ganso?

— Por mim, tanto faz, cara. Esta é sua área.

Jamie solta um bufo.

— Também posso pegar a F. Para garantir que vocês... almofadinhas... não vão se perder.

— Nota dez pelo uso do "almofadinhas" — diz Ganso, com vivacidade.

— Espere! — Mara enuncia a palavra de forma arrastada. — Onde você está ficando?

— Com minha tia. — A voz de Jamie sai picotada. Um arrepio percorre Mara, e algo escurece nos olhos de Daniel. Essas reações não passam despercebidas por mim, mas não é hora de perguntar.

Caminhamos até o metrô para a linha F, ruidosamente (Ganso), silenciosamente (Daniel), nervosamente (Sophie), pensativamente (Jamie). Mara está se transformando em peso morto em meus braços.

— Quanto você bebeu?

Ela levanta três dedos.

— Comeu alguma coisa?

— Uhuuuum. — Mentindo.

— A gente precisa trabalhar essa resistência aí — comenta Ganso, apontando para Mara com o queixo. — A menos que agora você prefira suas garotas inconscientes?

— Você sempre foi esse filho da puta inacreditável? — pergunto.

— Sempre.

— Como foi que não notei?

— Você notou.

Jamie nos interrompe:

— Se me pedissem para adivinhar, entre vocês dois, teria chutado que era Noah quem teria uma preferência por gansos. Ele com certeza ama os animais.

— Hmm, não — discorda Ganso. — Você está pensando nos galeses. E ovelhas.

— Um estereótipo bem vulgar — comento.

— Você sabia — diz Mara a Jamie — que o País de Gales é um país totalmente separado?

Jamie olha bem em meus olhos.

— Ela está muito bêbada — comenta.

— Eles têm até língua própria! Olha que louco!

— Nunca — começa Daniel, devagar. — Misture. Álcool. E. Jet. Lag.

Mara dá tapinhas no ombro do irmão.

— Valeu mesmo, Gandalf.

— Prefiro Giles! A gente já discutiu isso. Tolkien é problemático.

— Pode ser. Quem se importa? Amo o cara mesmo assim.

— Esse é o título do filme de sua vida — brinca Jamie. — *Amo o cara mesmo assim: a história de Mara Dyer.* — E até eu começo a rir, porque a sacada foi mesmo brilhante.

Mara consegue mostrar o dedo do meio para o amigo e descer os degraus do metrô ao mesmo tempo. Fico bem orgulhoso.

Juntamente a cerca de uma dezena de nova-iorquinos andando a esmo pela estação, ainda agarrados ao fim da noite, somos engolidos pelo calor sob a cidade. Mara se apoia em mim, Jamie flerta meio que bizarramente com Ganso, e Sophie e Daniel caem em um silêncio total, mas relaxado, enquanto observo o que o East Village tem a oferecer às 2 da manhã: uma menina que mais parece um passarinho de olhos afastados, usando headphones grandes demais para a cabeça loura, parada ao fim da plataforma. Uma mulher de terno preto, digitando furiosamente no laptop em um dos bancos. Vejo um estudante um tanto quanto rotundo de jeans azul vibrante e cardigã dourado, acompanhado de outro garoto — barbudo, cabelos encaracolados —, puxando-o pela calça para lhe dar um beijo. Mais distante, um cara da nossa idade olha para o túnel. Não é alto, mas sua postura é de quem queria ser. É magro, mas aparenta certa delicadeza, por algum motivo, e é bastante pálido. Ele fita o túnel, aguardando o metrô como todos os demais, acredito...

até pegá-lo *me* observando. Seus olhos são de um azul assombroso e límpido. Sustento o olhar até seus olhos deslizarem para algum ponto além de mim, para dentro das sombras.

Cada pessoa está pensando uma centena de pensamentos que jamais conhecerei, vivendo vidas que só posso fingir inventar e depois me perguntar o que enxergam e pensam, se é que o fazem, quando olham para mim — para nós, minha atenção tremeluzindo brevemente até Mara. Veem-nos como os estudantes que fingimos ser, exaustos depois de bebermos demais, rirmos demais e dançarmos demais? Ou éramos, para eles, andarilhos a esmo em seus anos sabáticos, seguindo para nossa próxima aventura? E Mara e eu somos namorados? Com certeza não nos enxergavam como marido e mulher, certo?

O ar no subsolo é estagnado e febril, até não ser mais. Em um primeiro momento, penso, espantado, que devo ter bebido além da conta; o mundo parece entortar e escurecer, e uma onda de ruído domina meu crânio.

Em seguida, um feixe de cabelos louros passa diante de meus olhos, chicoteia minha pele, e sei que está acontecendo outra vez.

Sinto o medo de outra pessoa, a vergonha de outra pessoa, a luz do trem que se aproxima queimando suas retinas, e o chão dá lugar ao ar quando ela pula. Grita antes de morrer.

Uma dor sombria e aguda se condensa, uma estrela em colapso. Vejo o que viu pela última vez antes de fechar os olhos para sempre. A luz ardente, metal imundo — ouço o agudo de atrito e a buzina e as faíscas nos trilhos se aproximando com tamanha rapidez que não consigo respirar.

E desta vez, de novo, sei quais são seus pensamentos, tal como soube quais eram os de Sam. Os últimos. Sentir, ouvir, ver, nada disso é novo; as sensações sempre estiveram lá, desde o início, como parte de minha habilidade (deficiência?). Mas isto? Sou partido ao meio pelas palavras em sua cabeça: terror dor vergonha furiosos desenfreados e...

Estou de volta a mim mesmo, minha mente me pertence outra vez, mas ainda ressoa com a agonia da garota. A voz de Jamie se elevou acima das demais — algum tempo deve ter passado, pois a polícia está aqui, evacuando todos da cena. Meus pensamentos estão divididos; parte de mim nota Sophie chorando, Daniel enjoado e vomitando, Ganso perplexo e imóvel, e Mara, a meu lado, sua voz suave como bruma em meio a toda a confusão. O restante de mim está com Beth...

Beth. É seu nome.

Era seu nome.

— Noah. — A voz de Mara me alcança e me arranca da sujeira do túnel, das imagens congeladas de metal e ferrugem e luz excruciante, e consigo me levantar e olhar para cima. E é quando me dou conta de que não estivera de pé: estava jogado contra uma pilastra todo esse tempo. Meus olhos passam por Mara, embaçada e tremulante, como todos os demais. Ou não, nem todos. Aquele garoto, o que parecia um anfíbio, ele continua em foco, de algum modo. Está me encarando de volta.

Abro a boca, e minha mandíbula dói. Os dedos macios de Mara estão em minhas bochechas ásperas, forçando meu rosto a procurar o dela. Sua pele seus olhos seus cachos seus lábios formam meu nome, mas não chegam a dar forma a *ela*. É quase como se fosse feita de pixels.

— Vi...

— Shh. Eu sei.

— Senti a menina...

— Eu sei.

Ela começa a entrar em foco.

— Mara...

— Não tente falar. Você se machucou... Bateu com a cabeça no concreto...

— Eu estou bem. — Não estou.

— Consegue andar?

Consigo?

— Claro. — Estendo a mão para lhe agarrar o antebraço, e vejo... tinta. Em meu próprio braço.

Letras, números. Meus ossos vibram com ecos dos últimos... tudo... de Beth, e meus sentidos estão completamente sobrecarregados. Pisco, com força. A tinta continua lá. Demoro um pouco para entender que o que estou vendo é um endereço.

Jamie, Mara e eu somos os últimos a subir as escadas enquanto a polícia lida com a bagunça que um dia foi uma garota, uma pessoa, como qualquer um de nós. Movo-me concentrado nos batimentos cardíacos a meu redor: Jamie, acelerado. Mara, pesado.

Mais dois. Um último olhar para os trilhos. O garoto se foi.

Olho para meu braço outra vez. O endereço continua ali.

12

UM FATO DA IMAGINAÇÃO

UMA VIDA COM PROPÓSITO. É O QUE SUPOSTAMENTE DEVEMOS querer, ou criar. *Carpe diem*, aquela merda de sempre.

Acontece que não tenho um. Beth, porém, tinha.

Ouço sua voz em minha cabeça. De alguma forma sinto, nas dobras cinzentas de meu cérebro, as últimas lembranças escritas no roteiro de sua vida. Os Cinco Grandes Hits de Beth:

Um: sua nona festa de aniversário, uma piscina que mais parece um golfo, um sol suculento, meninas se arrebentando de rir, o rosto caloroso do pai.

Dois: 11 anos. Recital de piano, dedos flutuando sobre o marfim, notas perfeitas, deslumbrantes, o sentimento de orgulho que faz explodir o coração.

Três: primeiro concerto. A mãe, o tipo descolado, bacana de verdade, amor de verdade. A partitura é cortesia de Stevie Nicks.

Quatro: primeiro beijo, primeiro amor. Não direi mais nada — isso pertence a Beth. Somente a ela.

E cinco: a descoberta de seu Dom. O pensamento está lá, mas o Dom em si é vago, translúcido — consigo identificar a marca do piano que ela tocou no recital, o buraquinho já fechado na orelha do pai onde um rebite de metal costumava ficar, mas não consigo alcançar sua habilidade. Sempre que tento, outro detalhe de pouco antes de sua morte se revela: o arranhado branco no couro ocre da alça da bolsa estilo sacola. A pontinha de uma tatuagem espiando de onde está escondida sob o punho da manga. Uma manchinha de sangue na primeira articulação do dedo.

A impressão com a qual sou deixado, na realidade, é apenas esta: a certeza absoluta de que ela não queria se matar. Não queria morrer. Não queria pular.

Mas pulou.

Os últimos dois suicídios não foram os primeiros que testemunhei. Pensei muito no meu próprio, a ponto de, quando criança, a frase de *Peter Pan*, "morrer seria uma grande aventura", me parecer uma provocação, um desafio. Mas houve outros, outros Portadores, outros Agraciados. Uma sueca que cortou os pulsos no banho. Um garoto nos Estados Unidos que deixou o motor do carro ligado na garagem dos pais. Tinham sido apenas aqueles dois, e eles eram e não eram como eu — queriam morrer e *podiam* morrer. Senti o que sentiram, mas também um ímpeto não só de ajudá-los, como de me juntar a eles. Teve vezes, em especial quando tudo ainda era muito novo, que parecia que eu *estava* de fato com eles. Que conexões estavam se formando, novos nervos sendo ativados, coberturas de pano sendo arrancadas de cima de móveis empoeirados.

Confissão: o que entendo que Eles — a maioria das pessoas, para falar a verdade — não entendem é que o suicídio não é um ato de egoísmo. Às vezes, a mágoa/dor/vergonha/perda é tão grande, tão constante e há tão poucas garantias de que um dia vá se dissolver que a análise do custo-benefício da vida/morte de fato parece sempre pender para o lado da morte. Jamais soube os nomes do menino e da menina que se mataram antes, mas senti o que sentiram quando morreram. Foi como... Imagine os melhores momentos de sua vida. Depois tente subtraí-los. Subtraia cada partícula de alegria que já sentiu e vivenciou. Apague toda e qualquer lembrança feliz que já teve.

Não ouvi o que pensavam enquanto suas vidas se esvaíam de seus corpos, mas pude sentir seu alívio. Não queriam se agarrar à vida. Estavam contentes por poderem abrir mão dela.

Mas não Beth. Não Sam.

Isto é o que pessoas que nunca desejaram morrer não entendem: a pior coisa para nós é o sentimento de que precisamos viver quando não queremos. Precisamos fazer coisas que não queremos. Precisamos estar onde não queremos estar. O que desejamos é nada, entorpecimento, pois parece melhor que viver uma vida de desespero mudo. Desespero mudo é tortura.

Outros dissimulam felicidade para os demais enquanto se debatem sozinhos no escuro, falseando entusiasmo na presença de amigos e esposas e filhos conforme sentem que o mundo está arruinado, que jamais terá conserto. Sabem, e não podem deixar de saber — não podem desistir tampouco. Querem desistir, no entanto, muitas vezes.

Mas Beth não tem — *não tinha* — esse sentimento. Não pensava assim. Ainda sinto suas emoções, mesmo quando o subsolo nos cospe para a semiescuridão do East Village, cada um de nós estremecendo sob o impacto da morte à própria maneira.

A mão de Mara está em meus cabelos quando recosto a cabeça no banco de couro rachado do táxi que acabamos decidindo pegar. Tento recuperar as lembranças de Sam, pois sinto um padrão se formando, o esquema de algo que não enxergo o suficiente para compreender; mas a presença de Mara me distrai.

Ela quer conversar a respeito do que aconteceu, e eu... não quero. Falar sobre Beth e Sam significa falar sobre mim mesmo e sobre como eles são diferentes do que sou. Como não lhes faltava o que me falta. Não eram ocos. Não existiam só porque não tinham outra escolha. Não cresceram da mesma maneira que eu cresci, agindo com descuido e irresponsabilidade porque sentia, de alguma forma, que eu não tinha nada a perder. Não viam o mundo através de uma lente em que cada cena contém uma porta gravada com a palavra SAÍDA, uma porta que sou incapaz de abrir.

Viviam porque queriam. Até o último segundo, quando foram envenenados por um... vazio.

Mas de onde veio o veneno?

De onde veio o *endereço*?

Mara vai querer saber o que sei, e terei de descobrir uma maneira de falar sobre Beth e Sam sem revelar que desejava salvá-los e segui-los ao mesmo tempo.

E ainda há aquelas palavras.

Não deixe que sua morte tenha sido em vão.

Foram as palavras que o professor escreveu a meu pai, palavras que meu pai deixou para mim — as palavras tinham sido *pensadas* para mim. Antes mesmo de nascer, fui sobrecarregado com esse fardo que nunca pedi, que jamais teria desejado e com o qual não sei o que fazer agora que o tenho sobre os ombros.

Estes são os pensamentos que ardem e enfumaçam minha mente até deixá-la recoberta em um estrato podre de sofrimento. Sequer notei que Mara já me trouxera para o hotel, de volta a nosso quarto. Ela não acende as luzes — as cortinas estão abertas, apenas a camada de tecido translúcido abaixo está fechada, e a lua brilha através do pano, delineando as mãos, os braços de Mara enquanto tira minha camisa, a sua, e depois nos guia para a cama. Meus olhos estão arregalados, encarando o escuro. Mara é uma curva suave atrás de mim, enganchando o braço sob o meu, a mão sobre meu peito, a cabeça recostada contra meu ombro.

— Tem alguma coisa errada.

— Tem.

— Você está bem?

— *Você* está? — Minha voz arranha ao sair.

— Você está machucado. — Ouço a sombra de algo crescendo dentro de sua mente.

— Vai sarar.

Ela solta a respiração, mas me aperta mais forte.

— Não é disso que estou falando.

— Sempre sara — asseguro, sem emoção, ignorando-a.

Mara fica quieta, toda ela. Nem seu coração consigo ouvir. Algo está errado, de fato.

Eu me viro para encará-la, seus olhos embaçados com sono e tristeza. Coloco a mão em seu rosto, beijo-lhe a testa.

— Eu te amo — diz.

Lembro-me das palavras de Jamie e sorrio, só um pouco, ao ajeitar a cabeça de Mara para que se encaixe sob meu queixo.

— Essa é sua desgraça — retruco.

Mas, na verdade, é a minha.

13

CASTELOS NO AR

O ENDEREÇO DESAPARECE NA MANHÃ SEGUINTE. SE MARA O TIVES-se visto, teria mencionado, mas não mencionou, e o momento quando eu deveria ter dito algo já passou há muito. Outra confissão: não quero conversar com ela. Desde o primeiro instante, Mara mostrou-se curiosa a respeito de minha habilidade, assim como eu mesmo fiquei a respeito da dela. Queria fazer experimentos, testar-nos um ao outro, o que não tem problema se os tais experimentos envolvem matar/curar criaturas não inteligentes, pelo menos em teoria, se nao na prática. (Uma excursão mal executada ao Zoológico de Miami me vem à mente — pensava que as crenças de Mara no que diziam respeito à própria habilidade fossem uma manifestação da culpa que carregava por ter sobrevivido. Ela provou que eu estava muito, muito enganado).

Mas, quando ela compreendeu o que vinha no pacote com minha aflição em particular — ver outros como nós quando estão sofrendo —, seu primeiro pensamento, literalmente, foi o de se machucar para conferir se eu teria uma visão dela, através de seus olhos, e se sentiria o que estava sentindo.

Limitou-se a beliscar o braço na época, mas quando, vários meses atrás, perguntei por que fizera isso...

"Quando contou que me viu pela primeira vez, em dezembro, no sanatório... disse que enxergou o que eu estava vendo com meus olhos", dissera

ela. *"E, quando Joseph estava drogado, você o viu pelos olhos de outra pessoa, a pessoa que o drogou, certo?"*

Estava certa. Estava certa porque tinha sido *ela* a responsável pelo desabamento do sanatório, e minha aflição só me permite ver o que está acontecendo da perspectiva de quem causa a dor, o terror ou ambos.

"Mas não teve uma... visão agora, teve?", perguntara. *"Então existe algum fator além da dor. Não quer saber o que é?"*

Respondi que sim. Menti.

Mas *havia sido* verdade em algum momento, no início de tudo. Eu já quis saber mais, sobre o porquê de ser capaz de fazer o que outros não podem, e *incapaz* de fazer certas coisas que as pessoas normais fazem (por exemplo, ficar bêbado de vez em quando teria sido divertido). Cheguei até a pensar que podia ajudar as pessoas que via — por qual outro motivo teria a habilidade de as enxergar? Mas jamais consegui. Ou não era capaz de descobrir quem eram e onde estavam, ou só descobria logo depois de já terem morrido.

De modo que parei de procurar e prestar atenção. Até Mara aparecer. Ela foi a primeira pessoa que consegui conhecer depois de tê-las visto daquela maneira, e, em um primeiro momento, quis saber por quê.

Agora *sei*, e o preço desse conhecimento é alto demais.

Senti Mara morrendo sob minha pele. Senti seu horror quando Jude, aquela fera tresloucada que pertencia à cientista maluca de meu pai, a forçou a cortar os próprios pulsos. Senti o aço mergulhar em sua carne, a tontura derivada da perda de sangue, senti a face colidir com o chão da doca quando caiu, enquanto eu brincava de detetive particular em outro estado.

"Você estava tentando ajudar", dissera ela. *"Estava tentando encontrar respostas..."*

Mas eu não precisava de respostas. *"Só preciso de você"*, confessei a ela na época, e agora essa é uma afirmação ainda mais verdadeira.

Mara tem uma mente curiosa, e eu amo essa sua parte, mas não o suficiente para perdê-la para a curiosidade. Não o suficiente para arriscá-la. Preciso resolver isso sozinho.

E é assim que acabo levando Mara, Daniel, Ganso e Jamie até a One Main Street, no Brooklyn, fazendo o caminho mais longo pela orla sob as duas pontes. Reuni-os todos sob o pretexto de "um monte de merda aconteceu, vamos dar uma relaxada", com o objetivo real de (a) sair do hotel; (b) levar as pessoas de que gosto para morar comigo; e (c) fazê-lo o mais rápido possível, com o maior número possível, para que ninguém note minha ausência quando for desfazer as malas e caixas que mandei trazer de Yorkshire.

Já é fim de tarde quando nos encontramos, e as nuvens pintadas pelo sol em tons de rosa e amarelo nos transformam em figuras ornadas em joias de uma pintura antiga. As luzes estão acesas na parte mais baixa de Manhattan, mas não em todos os lugares. Uma cidade de fadas, é o que parece. E, então, chegamos a nosso destino.

Nós cinco olhamos para cima, para o Clock Tower Condominium no bairro DUMBO, onde o porteiro nos deixa entrar e nos leva até o elevador.

Quatro pares de olhos fixos em mim.

— O que estamos fazendo aqui, exatamente? — indaga Jamie.

Encaixo a chave no elevador e aperto o botão para a Cobertura.

— Fazendo um tour — respondo.

— Do...?

— Condomínio.

— Hmm, por quê?

— Porque sim. — As portas se abrem para um corredor branco elegante que vai dar em portas duplas. Insiro a chave na fechadura e...

— Bem-vindos a nosso novo lar — anuncio.

— Cace... — começa Jamie.

— ...tada — termina Daniel. Não tem a boca muito suja, ele.

Mara entra, absorvendo as quatro faces do relógio que convidam a silhueta reluzente e denteada de Nova York para dentro. Há tantas novidades a atropelando, nos atropelando — eu só tinha visto fotos antes, enviadas pela assistente da Srta. Gao, aprovadas por mim... E que não faziam jus ao lugar.

É como se uma vidraça fosca tivesse sido retirada da frente de meus olhos e cada detalhezinho estivesse saltando em cima de mim, distinto e vívido. A cor de charuto vincado dos antiquíssimos sofás de couro que comprei em algum leilão em Yorkshire. As lâmpadas *vintage* cor de âmbar empoleiradas em cobre esquentando o interior frio de aço e vidro do loft. E minha biblioteca. Meus livros ocupam estantes que se erguem pelo menos 6 metros no ar, com uma escada, daquelas antigas de rodinhas, presa a um corrimão para me permitir alcançá-los. Os livros foram tudo em que consegui pensar quando a assistente me enviou um e-mail perguntando qual estilo gostaria que o apartamento tivesse. Eu mesmo não fazia ideia do *que* gostava, fora livros e música. Todas as escolhas que fiz com o dinheiro de meu pai tinham sido reacionárias: as roupas que vestia (uma afronta a ele), o carro que dirigia (rebelião adolescente). De modo que lhe disse que gostava de coisas velhas, coisas com história. Tudo na cobertura veio de outro lugar, pertenceu a outra pessoa, todos eram objetos usados depois vendidos ou descartados, e agora pertenciam a mim. Bastante semelhante a usar dinheiro herdado que não fiz por merecer; tinha a chance de criar algo novo com ele, pegar algo que era deles e torná-lo meu.

Nosso. Mara está mordendo o lábio inferior, em um sorriso. Ela entende, ela sabe. Os outros não, ainda não.

— O que é este lugar? — pergunta Jamie.

— O apartamento que comprei com o dinheiro de sangue de meu pai. Gostou?

— Dinheiro de sangue? — repete Ganso. — Um pouquinho dramático.

Jamie passa por mim.

— Será que é mesmo? — ironiza.

Mara se retrai, e Daniel passa o indicador sobre o próprio pescoço enquanto olha significativamente para Ganso.

Passei tão pouco tempo fora da bolha de nosso grupinho que é fácil esquecer como nem todos sabem o que sabemos. Vou demorar um pouco para me acostumar. É bom ter Ganso por perto, no entanto. De novo, aquela sensação de estar pegando algo de minha antiga vida e a infiltrando dentro desta nova. Uma na qual ambiciono permanecer.

Vou fazer Ganso se encaixar. De alguma forma.

Daniel está em um canto, parado ao lado do piano de cauda, passando a mão por cima das teclas, o corpo retorcido para poder observar, através do relógio, a Ponte de Manhattan. Gansinho já encontrou o bar, cobre e vidro e bem abastecido. Jamie está jogado em um sofá, fitando o projetor e o Nintendinho e o Super Nintendo, ambos consoles originais (ideia da assistente, só pode ter sido). Mara está comigo, segurando minha mão.

— Quando foi que você fez tudo isso?

— Há alguns dias? — Parece que já se passaram semanas, anos desde o funeral de meu pai.

Jamie olha por cima do encosto do sofá, o rosto sincero, curioso.

— Herdeiro de todas as propriedades dos Shaw? — A pergunta faz Daniel se empertigar.

— É o que parece.

Cada um processa minha resposta de um jeito diferente. As batidas do coração de Daniel se intensificam enquanto ele se dirige para a biblioteca, que Deus lhe pague.

A mente de Jamie... é um mistério. Mas está interessadíssimo em minhas palavras, virando-as e revirando. Calculando seu sentido, a propósito de quê, não sei. O pingente que usa ao redor do pescoço é quase idêntico ao que a avó de Mara lhe deixou, ao que minha própria mãe me deixou. Metade espada, metade pena, em prata. É invisível sob a gola da camiseta. Mas está lá. Jamie também recebeu uma carta do professor e resolveu apostar suas fichinhas no homem — se é que pode ser chamado assim, considerando-se a idade que alega ter —, que não serve nenhum outro mestre senão ele próprio. Não tenho interesse algum em ser uma ferramenta nas mãos de ninguém. Meu pescoço está nu. Bem como o de Mara.

— Quantos quartos? — indaga Jamie.

— Seis, acho.

Uma pontinha de arrogância:

— Vai encher todos eles com bebezinhos Dyer-Shaw?

Mara já está assentindo com a cabeça e entrelaçando nossos dedos.

— Estamos pensando num casamento primaveril... — responde ela. — Até lá, já vamos ter feito 18 anos. Não é, amorzinho?

— Não me lembro de ter feito nenhum pedido de casamento.

Mara toma minha mão na sua.

— Noah Shaw, quer me engravidar imediatamente?

Daniel está balançando a cabeça.

— Eca.

Jamie levanta a mão.

— Concordo.

— Eles são sempre assim? — Ganso, da cozinha.

— É a língua do amor — respondo. — Na verdade — eu me viro para Jamie —, comprei o apartamento para todo mundo.

Choque genuíno da parte de Daniel. Interesse educado da de Ganso. Desconfiança da de Jamie.

— Qual é a pegadinha? — pergunta ele.

Um balanço negativo de minha cabeça.

— Nenhuma. Sério. — O que, no entanto, é uma meia mentira. A Daniel e Ganso, digo: — Isso inclui vocês também. Seria incrível morar todo mundo no mesmo lugar.

— A Festa que nunca termina — reflete Ganso. — Eu curto.

Os olhos de Jamie o seguem.

— Eu até poderia *vir* a curtir...

Daniel solta um suspiro.

— Passo, mas legal de sua parte oferecer — decide.

— Sério? — Há decepção na voz de Mara. — Tem certeza?

— A Universidade me subornou oferecendo um dormitório que não dava para recusar. Ou até dava, mas quero poder ir a pé para a aula, porque eu, de fato, planejo fazer faculdade este ano.

— Ei! — Mara está ofendida, genuinamente.

O irmão levanta as mãos.

— Você também vai fazer, ano *que vem*. E todo mundo sabe que seu último ano de colégio, que em tese era o que este ano deveria ser, é uma coisa meio sem sentido.

— Exato. A gente está só matando aula que acabaria matando de qualquer jeito — interfere Jamie. — E eliminando supervisão adulta. — Uma alfinetada em Mara: — Sei como você adora eliminar supervisão adulta.

— Tintim! — diz Mara, com sotaque inglês. — Como diria Noah.

Daniel os ignora.

— Você merece mesmo um descanso, Mara, depois de... tudo. Sério. É sua obrigação moral se divertir um pouco.

— Essa sou eu — concorda ela, deliciosamente. — Moral.

Ganso sai da cozinha com copos e uma garrafa de 700 libras de Caol Ila. Muito bem escolhido.

— Vamos? — pergunta.

— Eu vou — respondo, deixando que me sirva do uísque. Todos deixamos, aliás.

Orgulho não é uma emoção com que tenho muita familiaridade, mas, naquele momento, acho que é o que sinto. Vendo minha garota e meus amigos assim, sabendo que criei aquele momento. Escolhi as pessoas que participariam: Ganso, de meu passado; Jamie, meu presente; Daniel, o irmão que queria ter tido. Sinto um turbilhãozinho de felicidade contínuo, separado e distinto de estar com Mara. O mundo está se transformando em algo diferente diante de meus olhos, esboçando um contorno que quero lembrar pelo resto do tempo que estou fadado a viver. Presenciamos a formação de algo, recém-nascido e primitivo. Há uma leveza, estranha e forasteira, mas bem-vinda, enquanto bebemos e rimos. No entanto, sob tudo isso, sempre, há uma nervura de... destacamento. Daniel e Mara são família. Jamie e Mara, melhores amigos, ligados por uma experiência pela qual fui responsável, mas da qual não fiz parte. E Ganso, por mais familiar que seja, está ainda mais distante de mim que os demais.

Todos brindam e gargalham na sala de estar, e, conforme planejado, eu me ausento, subindo a escada de aço e vidro que leva ao segundo piso. Não quero acender as luzes e não tenho bem certeza do que pode e não pode ser visto lá de baixo, de modo que caminho às cegas, sem saber que cômodo estou procurando até encontrá-lo.

Está um caos aqui dentro, com caixas fechadas empilhadas à beirada de uma escrivaninha de metal rebitada. Passo por cima ou ao lado de baús de diferentes tamanhos e idades; alguns têm séculos, provavelmente. Todos continuam conversando lá embaixo, ruidosamente, então fecho a porta e acendo a lâmpada.

Não vou começar com as caixas. Parecem ter vindo de bancos e são grandes as chances de conterem documentos fiscais e financeiros e outras merdas em que não estou interessado no momento. Quanto aos baús... Eles me deixam desconfiado. Já passei tempo demais na companhia do fantasma de meu pai. Preferiria o de outra pessoa.

Um bauzinho pequeno se destaca em meio ao restante, com detalhes em prata e ouro e uma lista de nomes gravados na frente — todos femininos, não posso deixar de notar. Abro e descubro o que parecem ser cartas de congratulações do que parecem ser conquistas antigas de algum antepassado antigo.

Engraçado, mas não útil. Sondo o cômodo em busca de algum outro baú que me chame a atenção, e um deles chama. Atravesso a sala; está desgastado, mas é moderno, um objeto que poderia ser encontrado em uma loja de artigos militares. Não parece algo que meu pai fosse usar algum dia — não tem nada de "Shaw" na aparência, o que serve apenas para me atrair. Levo os dedos para debaixo das dobradiças a fim de levantar a tampa, apenas para descobrir que está trancado. Sempre há um detalhe.

Retornando à escrivaninha, abro as gavetas, todas vazias à exceção de uma. Ali dentro está um envelope gordo, recheado de chaves de todos os formatos e tamanhos e, mais uma vez, idades, mas uma delas se sobressai. Sinto que já sei o que há dentro do baú antes mesmo de a fechadura ceder.

Os pertences de minha mãe foram guardados ali por mãos desconhecidas. Reconheço parte dos livros: Singer, Kerouac, Bukowski e, passando por eles, encontro *O pequeno príncipe*, claro. Eu me pergunto se a fotografia do Pequeno Noah continua lá dentro, de modo que o abro, folheio as páginas até o próprio livro decidir permanecer aberto em uma delas, como se a lombada estivesse rachada e acostumada àquela posição, como se o livro tivesse sido deixado assim por anos a fio. As frases destacadas por minha mãe:

"— *Tu não és ainda para mim senão um garoto inteiramente igual a cem mil outros garotos — disse ela. — E eu não tenho necessidade de ti. E tu não tens também necessidade de mim... Mas, se tu me cativas, nós teremos necessidade um do outro.*"

As palavras me trazem Mara à mente. Lá embaixo, ignorante de onde estou, do que estou procurando — nem eu mesmo estou certo de saber o que é. Conexões, suponho. Entre Beth e Sam. Entre mim e eles.

Sem muito entusiasmo, abro os outros livros de mamãe. Fotografias escorregam de dentro das páginas, várias com amigos; são pouquíssimas as que encontro de minha mãe sozinha. Há uma espécie de qualidade rara e magnética que transcende as duas dimensões do retrato e me atinge sob o peito. É quase impossível desviar os olhos.

A maioria dos pais, quando lhes perguntam por que querem ter filhos, diz que os querem criar para serem felizes. Para serem saudáveis. Para serem queridos. Para serem amados.

Não foi por isso que eu quis tê-lo.

São essas as palavras que me escreveu, na carta que o professor guardou e depois me enviou. Estão gravadas em minha memória. A caligrafia, sua escrita elegante e desesperada:

Não procure paz.

Procure paixão.

Encontre algo pelo que morreria mais do que algo pelo que queira viver.

Lute por aqueles que não podem lutar por si.

Fale por eles.

Grite por eles.

Viva e morra por eles.

Era isso que ela queria para mim. Não felicidade. Não paz.

Enfio os livros dentro do baú outra vez, tranco-o e guardo a chave no bolso.

Ela com certeza teve o desejo atendido.

14
PRAZER E DORES, SEUS TIPOS

UANDO ESTOU SAINDO DO ESCRITÓRIO, ME DEPARO COM Mara na escada.
— Você — diz.
— Eu.
— Você sumiu.
— Sumi.
— Bem rápido.
— Fui óbvio assim?
— Para mim, sim — responde ela, e fica na ponta dos pés para me beijar... ou para olhar por cima de meu ombro para a porta agora fechada. — O que tem lá dentro?
— Mandei trazer umas coisas da Inglaterra.
— Umas coisas?
— Papelada e tal. Todo aquele riso e bebedeira lá embaixo me deixou um pouco saudoso de casa.
— Mentiroso.
— Assim você me ofende.
— É para se ofender mesmo. O que você estava fazendo lá, de verdade?
Ela me conhece bem demais.

— Pensei em dar uma olhada em parte do que veio — respondo.
— Ver se conseguia encontrar alguma coisa que mencionasse a família de Sam.

— E conseguiu? Encontrar alguma coisa? — Seus olhos desviam de mim para a porta mais uma vez.

— Hoje, não.

Ela aponta para a escada com a cabeça.

— Foi todo mundo embora enquanto você estava desaparecido.

Dou um passo mais para perto dela.

— Foi, é?

— Ganso vai ficar mais uma ou duas noites no Gansevoort, e Jamie foi para a casa da tia. Vai pensar na ideia.

— Na ideia...?

— De se mudar. — Ela estreita os olhos. — Você o convidou para morar aqui, lembra?

— Foi mal, estou bem cansado. — Eu me arrependo da mentira no instante que me sai da boca: Mara enxerga através dela de imediato.

— O que está acontecendo, Noah? — Ela enrola a barra da camiseta no dedo; é de um tom cinza-escuro, com o desenho de um brontossauro sob as palavras JAMAIS NOS ENCONTRARÃO.

Passo a mão pelos cabelos.

— Não sei.

— Você vai me contar um dia? O que você viu?

— Vou.

— Quando?

— Amanhã.

Mara morde o lábio inferior, mas faz isso para criar uma barreira e evitar que palavras saiam. Cubro o restante da distância entre nós e a beijo antes que ela possa falar.

Seu corpo se mantém rígido no primeiro segundo, mas nos seguintes ela já começa a se derreter. No momento que leva a mão a minha nuca, me afasto e pergunto:

— Você já viu o resto do apartamento?

Um único movimento de cabeça negativo.

— Quer ver?

Um único movimento positivo.

— Venha. — Viro de costas para ela e passo pelo escritório sem abrir a porta.

Viramos no primeiro corredor.

— Quantos quartos você disse que tinha aqui mesmo?

— Seis.

— Qual deles é o nosso?

— Hoje, todos — respondo, e paro. Ela se arremessa contra mim, e a seguro, puxando seus cabelos com gentileza, me abaixando para beijar o espacinho sob sua orelha. — E a sala de estar também. — Minha mão escorrega para baixo da camiseta. — E a de jantar.

Ela morde meu lábio inferior.

— A mesa de sinuca — sugere.

— A cozinha — continuo, enquanto ela corre os dedos por meus cabelos.

— Me mostre.

Ter de me separar dela é excruciante. Tomo sua mãozinha com força o suficiente para quebrá-la; ela está segurando a minha com intensidade equivalente. Nem preciso acender as luzes do corredor: a lua e a cidade oferecem claridade o suficiente para nos guiar.

Subimos a escada mais uma vez até o último piso. Há dois quartos ali; apenas um tem uma cama. Sei disso porque o outro, digo a Mara, será seu estúdio se ela quiser.

— O que quero é *você* — responde. Ela me empurra para dentro do quarto vazio, o teto perfurado por três claraboias. A noite está clara e límpida o bastante, e estamos alto o suficiente para podermos enxergar estrelas.

Puxo-a para fora outra vez.

— Me acompanhe.

— Bem que eu ia *gostar*, mas...

— Engraçadinha — digo, e abro a porta seguinte. — Cuidado, ou talvez eu tenha de puni-la.

— Por que você não disse antes? — rebate, vendo a cama branca no centro do cômodo, circundada pela vista. Mara desvencilha a mão da minha e vai andando de costas até ela. Há um grande espelho de piso biselado a um canto, refletindo a cidade. Refletindo nós dois. Ela olha por cima do ombro para ele, depois para mim.

— Você pensou em tudo mesmo.

— Não sei do que está falando.

Ela pula na cama, as pernas trajadas em denim rasgado balançando de onde estão conectadas aos joelhos cruzados.

— Você sabe que eu sei que gosta de assistir.

Chego até ela. Descruzo aquelas pernas.

— Gosto — admito.

— Então — a voz suculenta de malícia —, assista.

Dobro o tronco para beijá-la, e ela afasta a cabeça, me empurrando para trás com gentileza.

— Nananinanão. De lá.

Senhoras e senhores, como eu poderia amar qualquer outra pessoa nesta vida?

Mara acaba comigo, despindo a blusa, e as luzes da cidade beijam sua pele, mas eu não posso, ainda não. Ela se deita na cama para que eu possa ver a curva dos seios quando levanta os quadris para deslizar para fora do jeans. O tinido do botão contra o piso de madeira ressoa em meus ouvidos.

Com apenas um sutiã preto simples e uma calcinha tipo boy--shorts preta sem adornos, Mara ainda está vestindo pano demais. Nós dois estamos. Começo a levantar minha camiseta, passando dos ombros, até ouvir:

— Não.

Ouço sua respiração e o sangue movendo-se sob a pele, uma dor como turbilhão que se equipara à minha, e me causa uma injeção de surpresa; parece que se passaram anos desde que a ouvi pela última vez. Observando seu peito subir e descer com a respiração acelerada, sei que está se torturando tanto quanto a mim. Seu poder faz meu sangue borbulhar, meu encanto faz o dela arder.

Esta não é nossa primeira vez, mas é nossa primeira vez *aqui*, neste lugar que é nosso, nesta nova era de nós dois. E, mesmo que cada segundo com Mara seja diferente, isto é diferente de tudo. Ela também sabe disso. Descarta o que ainda deixara no corpo, e o ar inchado entre nós pesa uma tonelada. Meus músculos ficam tensos sob a pressão de não tocá-la, mas quando ela estende a mão para mim, digo não. Faço o que ela fez, mas, em vez de prolongar a espera excruciante, subo na cama. Mesmo no escuro, consigo enxergar as bochechas coradas, os lábios abertos tintos de vermelho, as poucas sardas espalhadas que salpicam seu rosto. Não lhe toco a pele, mas encho a mão com seus cabelos e deixo os fios que parecem duplas hélices caírem de meus dedos, a luz fraca da cidade fazendo as poucas mechas de âmbar em seus cachos escuros brilharem. Estou ficando embriagado com seu cheiro quando diz:

— Estamos em casa.

Se estivesse de pé, suas palavras teriam me feito cair de joelhos. Ela me toca primeiro, pressionando a palma contra minha nuca.

Seu toque cria centelhas de cores que nunca vi, notas que nunca ouvi, e a puxo para baixo de mim, pressionando minha boca à sua. A sensação da língua canta alto em meus ouvidos, mas seu corpo entoa baixo, ronronante. Quando se move, me movo com ela. Reluz com calor, aquela dor torturada crescendo dentro de nós dois enquanto me inebrio com seu gosto. Os sons que faz me dão vertigem, e, quando coloco as pernas longas, deliciosas, selvagens ao redor de minha cintura, ela estremece com calafrios e...

Se eu acreditasse em Deus, teria rezado, suplicado, qualquer coisa para fazer parar o tempo, para viver neste momento com ela para sempre. Esta noite é uma coisa perfeita em um mundo arruinado, e ela é a rainha. Seu prazer, branco ofuscante, são flechas perfurando o meu, e eu deixaria que a Terra congelasse se pudesse impedir o sol de nascer. Mas depois de horas de Mara, ele nasce de qualquer forma, luz manchando nossos lençóis, nossa pele. Depois, adormeço com Mara em meus braços.

Acordo na mente de outra pessoa.

15

FIM NÃO APERFEIÇOADO

É UM MENINO, DESTA VEZ. O CABELO UM TANTO QUANTO LONGO, de um castanho que lembra a pelagem de um rato, espalhado sobre o travesseiro, de lado, tal qual minha visão reduzida. O cérebro está anuviado, pesado, e o fedor de vômito permeia suas narinas.

No criado-mudo, em meio a livros e fotografias e copos vazios, há aglomerados de frascos: fenobarbital, clonazepam, difenidramina, Alprazolam, Vicodin e clorazepato. Quem sabe quantos comprimidos tomou? É provável que nem mesmo ele saiba. Só reconhece a sensação no estômago, na cabeça, e está tentando não vomitar outra vez.

Não consigo escutar seus pensamentos, mas depois de Sam e Beth, um espaço se abriu em minha mente, e tento buscar algo, qualquer coisa, que me diga quem ele é. Por que está fazendo isso. *Onde* está fazendo, para que eu possa...

— Noah! — Dedos pequeninos se afundam em meus ombros, com força o suficiente para machucar. O filme da realidade dele resvala, e, quando abro os olhos, é o rosto de Mara que vejo.

— O que foi? — pergunto, me sentando. Eu me sinto lento, desfocado, mas *presente*. Normal.

Seu rosto se transforma em uma máscara de incredulidade.

— Você estava tendo um pesadelo. Todo dobrado, e seus ombros estavam subindo e descendo tão rápido que pensei... Pensei que estava tendo uma convulsão.

Talvez *ele* estivesse. Epilepsia explicaria parte daquelas drogas...

— O que aconteceu? — Os olhos de Mara se estreitam, sondam meu rosto.

— Vi alguém morrer.

— Como?

— Overdose — respondo, e hesito uma fração de segundo antes de acrescentar: — De propósito.

Suas mãos se cerram em punhos na roupa de cama enquanto a coluna se endireita.

— Então já são três agora.

Eu me levanto da cama e começo a me vestir. Tecnicamente, Mara está certa, mas há algo de diferente a respeito do garoto que acabo de ver. Ou melhor, *não* diferente.

— Esta vez não foi que nem a da outra noite, com a garota — digo. — Nem como a da Inglaterra.

Ela já está fora da cama também, o lençol envolvendo seu corpo. Os braços estão cruzados.

— Me conte mais.

Volto a me sentar, encarando a Ponte de Manhattan.

— Ouvi seus pensamentos — começo. — A garota que pulou nos trilhos, seu nome era Beth. Tocava piano.

Tenho dificuldades para encontrar palavras que expliquem como é a sensação de habitar outra pessoa. Ver o que veem em seus piores momentos, sentir os cheiros que sentem e viver suas experiências; não é um dom. É uma maldição.

— E Sam? — indaga Mara.

Estou desesperado por alguma distração. Um cigarro viria a calhar. Expiro devagar.

— Seus últimos pensamentos foram *"me ajude me ajude me ajude"*, várias e várias vezes, até a mente ficar preta.

O rosto de Mara perde sua expressão. Ela se vira bruscamente e pega a camiseta da noite passada, veste a calça jeans.

— Não consegui ajudá-lo, Mara. Sequer teria descoberto o nome de Beth se ela não tivesse pensado nele antes de morrer.

Ela continua muda, as costas viradas para mim.

— O que foi? — pergunto.

Mara olha para mim por sobre o ombro, afeta um sorriso falso.

— Nada.

— Mentirosa.

Ela sorri outra vez, este é real.

— Assim você me ofende.

— É para se ofender mesmo — admito, e tento forçar um sorriso, mas não sou muito bem-sucedido. — Não sei o que ele estava pensando. A sensação foi igual ao que sinto normalmente quando alguém como a gente morre.

Mara não se abala ao ouvir minhas palavras, e a amo ainda mais por isso.

— Então você ainda não faz nem ideia de quem ele era? — pergunta.

Procuro na memória as imagens congeladas que varro para longe depois de cada morte, aquelas colagens de sofrimento e miséria. Os frascos de remédio na mesinha de cabeceira exibem nomes diferentes, médicos diferentes, endereços diferentes...

Um deles é o mesmo que fora rabiscado em meu braço. Em alguma porra de tinta imaginária.

Caralho. *Caralho.*

— O quê? — Mara estivera me observando. Com atenção.

Eu me arrependo das palavras antes mesmo de dizê-las, mas já é tarde para mentir.

— Tinha... Acho que eu talvez saiba onde ele morava.

— Sério?

— Ele tomou vários comprimidos... Tinha um endereço em um dos frascos. — Guardo a carteira no bolso traseiro, seguindo para a porta. — Vou até lá.

Mara escorrega algo para dentro do próprio bolso.

— Não, *nós* vamos até lá.

— Ok, *nós* vamos então — concordo, mas Mara não se moveu ainda.

— Todo mundo — diz ela.

— Todo mundo... quem?

— Você não foi o único que viu Beth morrer.

— Não...

— A gente devia contar tudo para todo mundo.

— Todas as pessoas que estavam no metrô aquela noite? A polícia, estranhos aleató...

— Você sabe muito bem o que eu quis dizer. Para Daniel. Para Jamie.

Eu poderia tentar conversar com Daniel. Ele meio que se tornou o irmão que nunca tive, e que nunca soube que desejava ter, porém, mais importante, ele tem um distanciamento disto — de mim — que Mara não tem. Posso lhe falar sobre os suicídios, e talvez ele até me ajude a pensar em possíveis conexões, sem que haja o envolvimento de Mara.

Jamie, no entanto... A questão do professor incomoda minha mente com insistência.

— Por quê?

— Porque Daniel é meu irmão e...

— Não, por que para Jamie?

— Ele estava lá.

— Na estação, sim, com isso a gente concorda... Mas você vai querer contar para Sophie também?

— Meu Deus, Noah, *pare*. Jamie estava *lá* quando tudo aconteceu. Fomos ratos de laboratório junto de Stella, tivemos de fugir daquela merda de lugar juntos, tivemos de vir para Nova York sozinhos, sem dinheiro nenhum, e acabamos exatamente onde seu pai queria. Ele estava *lá*.

E eu, não. Culpa arde em minha nuca.

— Ele é nosso amigo, e a pessoa mais leal que conheço. Você está até querendo que ele venha morar com a gente, porra!

Não necessariamente porque confio nele. É possível que, em parte, seja porque não confio.

Lanço um olhar para ela, arrogante, condescendente.

— Você não pode ter deixado de notar que ele está usando o colar.

— E?

— Você nunca se perguntou o que tinha na carta *dele*?

Mara silencia.

—Jamie nunca mencionou? — pergunto. — O que o professor escreveu para ele?

—Por que teria mencionado?

—Ele não perdeu nem um segundo antes de colocar aquele cordão no pescoço, me lembro bem disso.

—O que você está insinuando?

O ar parece ferido, e faço mais pressão.

—Nosso amigo está apostando as fichas em alguém que só fala em fado e destino, e que deixou bem claro que o que quer mesmo é nos usar como ferramentas. Armas, até, quem sabe. — É um de seus gatilhos, e o puxo.

—Jaime não quer me usar como arma. — Sua voz sai sem emoção.

—Não, o que ele quer é ver você me largar.

—E nós decidimos ignorá-lo.

—Decidimos, sim — concordo. — Mas isso não significa que *ele* decidiu *nos* ignorar. —Aquele pensamento atropela todos os demais. — Estamos falando de um homem que literalmente manipulou e mentiu para gerações da minha família e da sua para nos *produzir*, como animais de raça. Ele *disse* que a decisão era nossa, nossa escolha, se íamos querer ajudar a concretizar sua visão de um mundo melhor. Respondemos que não. Jamie respondeu que sim.

—Quer saber o que *Jamie* disse depois que você caiu na plataforma do metrô?

—Tenho a sensação de que você vai me contar de um jeito ou de outro.

—Depois que me ajudou a colocar você dentro de um táxi... Você nem se lembra, não é? De se apoiar em Jamie porque mal conseguia ficar de pé?

Não lembro e fico grato por isso. Já é vergonhoso o suficiente que tenha acontecido, para começo de conversa.

—Ele disse que queria matar quem quer que estivesse fazendo aquilo com você.

—Não tem ninguém fazendo nada comigo. — E por que a mente dele viajou até a possibilidade de *assassinato* logo depois de uma garota, uma estranha, ter supostamente cometido suicídio?

—Sério? Então está tudo bem com você, é isso?

— Estou *vivo*. Beth e Sam, não.

— Ah, Ok, beleza.

— Não me menospreze... Não é bonito. — Mara parece querer me bater. Espero que bata. — O que faz você achar que o que está acontecendo com eles tem alguma coisa a ver comigo? Se quer contar tudo para seu irmão e Jamie, ótimo. Pode contar. Mas o garoto que se matou hoje de manhã não era igual a Sam nem a Beth. Os dois não queriam morrer. Ele queria.

— Como você sabe?

Não sei como explicar isso, a diferença entre os suicídios. Já a testemunhei antes. É a diferença entre um ninho de vespas chutado e uma colmeia intacta, entre violência e livre-arbítrio.

— O garoto de agora desejava morrer, Mara. Bem que eu queria que ele não tivesse tirado a própria vida, mas já está feito, e não vou violar a dignidade do coitado levando um desfile de estranhos até sua casa, seja lá onde for, para revirar sua vida.

— Então não tem problema se for só você? Sozinho? Vá se ferrar. Ou vai todo mundo junto, ou não vai ninguém. A escolha é sua.

— Escolho não escolher.

— Então eu escolho todo mundo — decide Mara. Ela atravessa o quarto para pegar o celular, enviar mensagens a Daniel e Jamie, presumo. E deixo. Porque a amo mesmo assim.

Ele não a amaria se você não fosse o que é.

As palavras de meu pai, me assombrando ainda agora, aonde quer que eu vá.

16

MESMO NO PARAÍSO

— ESTAMOS REUNIDOS AQUI HOJE PARA FALAR SOBRE UM monte de merda — diz Mara a Daniel e Jamie, após coletá-los e depositá-los na sala de estar branca de sol.
— Que monte de merda?

— Merda nossa.

Jamie olha de mim para Daniel e depois de Daniel para Mara.

— Não tenho merda nenhuma comigo.

— Você é cheio de merda, na verdade — brinca Mara, com vivacidade. — Mas isso não tem a ver com você. — Ela dá tapinhas na cabeça de Jamie, e ele faz bico enquanto estapeia a mão dela para longe.

— Tem a ver com a garota — interrompo, antes que comecem a se engalfinhar. — Do metrô, aquele dia.

O ar muda, irrequieto e carregado.

— O que tem ela? — indaga Jamie.

— Era uma de nós — responde Mara. — Agraciada.

Jamie não parece surpreso, mas Daniel, sim.

— Como sabe? — pergunta a mim. — É por causa dos arquivos?

Não era o que eu estava esperando, e minha reação deve ter sido transparente, pois ele continua:

— Tem nomes lá, pastas com informações sobre as outras pessoas que eles usaram para fazer experimentos. Ela era uma delas?

Nos dias que se seguiram à morte de Sam, sequer tinha considerado aquela possibilidade. Burro. Era tão óbvio, me senti um idiota por não ter pensado naquilo.

— Não foi assim que ele ficou sabendo — responde Mara, antes que eu possa impedi-la.

Daniel olha dela para mim.

— Então não era isso que tinha no envelope ontem à noite? — pergunta.

Agora sou eu quem está perdido.

— Que envelope?

O queixo de Mara cai.

— Esqueci totalmente — comenta.

— O quê? — indago, enquanto ela se levanta de um sofá e pega um envelope simples de um aparador no saguão.

— O porteiro me pediu que entregasse isso a você ontem à noite, quando eu estava acompanhando o pessoal até a porta.

Ela o estende para mim, mas Jamie começa a falar antes que eu possa abri-lo.

— Então, recapitulando — diz, colocando-se entre mim e Mara sem muita sutileza. — A garota que pulou na frente do metrô... Seu nome era Beth.

Faço que sim com a cabeça uma vez.

— E ela é como vocês, uma Portadora — adiciona Daniel. Não espera minha concordância para perguntar: — Mas como você ficou sabendo disso?

— É parte de minha habilidade. — Estou quieto e atento enquanto falo, odiando o som de minha própria voz. — Quando algum de nós está com medo, ou com dor, ou sei lá o que, posso ver tudo.

— *Ver?*

— De dentro — explica Mara. — Ele pode ver através da perspectiva deles.

Ela não está 100% correta — só é da perspectiva deles quando são eles próprios causando quaisquer que sejam os danos, mas não sou eu quem vou corrigi-la agora. Não aqui, não na frente de todos.

— Uau. — Daniel solta um suspiro. Jamie não diz nada, a expressão é de quem não acha uma palavra do que foi dito surpreendente.

O que significa que Mara já deve ter lhe contado. Tenho certeza de que o sentimento de traição vai acabar surgindo em algum momento, mas, por ora, tudo o que quero é escapar.

Mara vira-se para mim.

— Você vai contar a eles, ou...

— Ah, odiaria ter de interromper — respondo.

Mara me dá as costas, encarando Daniel e Jamie.

— Ela não foi a única que ele viu. Alguém cometeu suicídio no funeral de David Shaw...

— O *quê?* — Daniel quase cai da cadeira.

— Também vi — diz Mara.

É a vez de Jamie parecer chocado.

— Espere, você não viu da mesma maneira que Noah...

Mara balança a cabeça.

— Eu estava lá. — Uma olhadela rápida em minha direção. — A gente saiu do enterro para...

— Cagar no túmulo do cara?

— Na verdade — intervenho —, foi para transar, mas alguém decidiu se enforcar no campanário, o que meio que acabou com o clima.

Todos ficam mudos. Costumo ser mais eficiente quando se trata de guardar a raiva para mim mesmo, porém... Hoje, já está claro, não é um desses dias.

Depois de um silêncio extraordinariamente desconfortável, Mara decide prosseguir:

— Outra pessoa cometeu suicídio hoje de manhã.

— Meu Deus! — exclama Daniel. — Já foram quantas agora?

— Algumas — respondo, casual. — Mas não desse jeito.

— Desse jeito como?

Era por isso que queria conversar com Daniel sozinho; sem Mara e, com certeza, sem Jamie. Para tentar lhe explicar a diferença entre as sensações que tive com a morte de Beth e Sam, e a de todos os outros: do garoto de hoje cedo e dos demais que testemunhei antes de Mara e eu nos conhecermos. Se estivesse só com Daniel, teria a chance de tirar isso do caminho sem ser forçado a discutir meu próprio desastre psíquico, que é precisamente o que vai acontecer a seguir, a menos que eu mude de assunto, e rápido.

— Os pensamentos da garota, e os de Sam, na Inglaterra... Soube quais eram antes de suas mortes — digo, abrindo o envelope do porteiro. Com certeza deve ser apenas papelada referente à herança, mas me dá algo para fazer com as mãos que não seja atirá-los janela afora.

— Isso nunca tinha acontecido antes? — indaga Daniel, enquanto folheio os papéis, driblando a pergunta. Um deles cai no chão, e me abaixo para pegá-lo.

DAVID SHAW, MAGNATA E IMPRESÁRIO INTERNACIONAL, MORRE AOS 40 ANOS

David S. Shaw, fundador da Euphrates International Corporation, morreu no dia 15 de setembro. O porta-voz da família confirmou o falecimento da propriedade familiar em Yorkshire, na Inglaterra, sem acrescentar qual teria sido a causa da morte. Alguns canais de notícia e jornais do Reino Unido divulgaram que ele teria sucumbido a uma doença genética.

Poucos anos após se formar pelo Trinity College, em Cambridge, o Sr. Shaw criou uma pequena companhia que cresceu e se transformou na Euphrates International, a qual investiu centenas de milhões de dólares em laboratórios de pesquisa particulares e acadêmicas a fim de financiar estudos relativos à modificação genética.

Mais recentemente, suas negociações inspiraram uma investigação por parte do Departamento de Justiça dos Estados Unidos. O Sr. Shaw nasceu em ████████, em Londres, na Inglaterra, filho de lorde Elliot Shaw e Lady Sylvia Shaw. Estudou em Eton antes de se formar em História pelo Trinity College na universidade de Cambridge. Viveu com a esposa e dois filhos na casa da família na Inglaterra até a companhia mover sua sede para os Estados Unidos, após certas decisões de financiamento polêmicas darem ensejo a uma série de questionamentos éticos por parte do Parlamento.

Shaw deixa a segunda esposa, Ruth, o filho, Noah, e a filha, Katherine. Seus familiares organizarão um enterro privado em sua propriedade em Rievaulx. No lugar de presentes, a família pede que sejam feitas doações à Fundação Shaw.

Olho para Mara.

— Mas que porra é essa?

Ela toma o recorte de mim. Era do *Times*.

— O obituário de seu pai? Não estou entendendo...

Retiro outro pedaço de papel do envelope. Outro recorte, mas este...

POLICIAIS ENVENENADOS!

Nova York, NY, 10:05 a.m.

"Parte nossos corações anunciar o falecimento do policial John Roland, de 28 anos, que morreu às 8 horas e 31 minutos desta manhã", comunicou o comissário de polícia do Departamento de Polícia de Nova York em uma conferência de imprensa na manhã de hoje. "Roland fazia parte do Departamento há dois anos, e será lembrado por seus senso de humor, sua generosidade e bravura."

A morte de Roland é a oitava entre os membros deste mesmo departamento, todos os quais morreram sob circunstâncias suspeitas que estão sendo mantidas em segredo absoluto. Protegido pelo anonimato, um inspetor consultado pelo *Daily News* afirmou que "as mortes condizem com alguma espécie de envenenamento em massa: todos sucumbiram dentro de um período de tempo determinado e apresentavam os mesmos sintomas". O perito não quis elaborar quais eram os tais sintomas, mas uma fonte que tem ligação com a polícia relatou que todos os policiais reclamaram de sangramento no nariz em algum dado momento antes do falecimento. Duas fontes confirmaram ao *Daily News* que a ███████ Delegacia está temporariamente fechada a fim de investigarem se uma toxina aérea, como o antraz, pode ter sido enviada ao departamento. O comissário ███████████ recusou-se a responder se terrorismo estava sendo considerado como possível motivo.

"Esta investigação ainda está em andamento, e não podemos fazer mais comentários".

O policial Roland deixa os pais, Mary e Robert Roland, de Providence, em Rhode Island, e dois irmãos mais jovens, Paul e Benjamin Roland.

Os olhos de Mara recaem sobre a fotografia do policial. Ela mal lê o restante do artigo antes de o empurrar com violência de volta para mim. Jamie o toma de minhas mãos, encara-o por mais tempo. Daniel precisa pedir que largue o papel.

— O que é tudo isto? — pergunto a ninguém em especial.

Daniel pega o envelope de mim e o vira.

— Quem foi que mandou isto?

— O porteiro não disse quem deixou com ele — responde Mara.

— Mas foi para *você* que ele entregou?

— Ele a chamou de Sra. Shaw quando a gente estava saindo — oferece Jamie. — A senha ééééééé... — escarnece melodicamente entre dentes.

— Por que alguém mandaria uma coisa dessas? — indaga Daniel. — Quem sabe que você está aqui?

Excelente pergunta. Não coloquei o apartamento em meu nome, mas qualquer um que trabalhasse para ou com meu pai sem dúvida teria meios de descobrir onde estou morando. Então, não é como se fosse um segredo.

Mara tira os recortes das mãos do irmão.

— Pode acrescentar essa à lista de perguntas que não para de crescer, tipo, por que a gente está se matando desse jeito?

A gente. As duas palavrinhas ardem como o beijo de uma chicotada. Por que *a gente* está se matando?

— Noah — chama Mara. — Onde foi que você disse que o tal endereço ficava mesmo?

— Não disse.

— Que endereço? — indaga Jamie. Três pares de olhos me observam.

As palavras ficam engasgadas em minha garganta, mas já é tarde para qualquer outro curso de ação que não seja a confissão.

— O garoto que se matou hoje cedo... fez isso tomando um monte de remédio. O endereço estava escrito em um dos frascos. Myrtle, número 213.

Mara vira-se para o irmão, depois para Jamie.

— Ah, essa eu não perco mesmo — diz Jamie.

Daniel olha para mim em busca de permissão, e fico grato pelo gesto.

— Vem conosco? — peço.

Ele abre um sorrisinho. Tira o celular do bolso e envia uma mensagem primeiro, depois levanta a cabeça.

— Prontos?

Mara já está à porta, tirando a jaqueta de couro de um gancho.

— Como vai Sophie? — pergunta ela a Daniel, enquanto o restante de nós se arruma.

— Como você sabe que a mensagem era para ela?

— Porque você está sempre mandando mensagens para ela. — Mara abre a porta.

Ganso está do outro lado, a mala em mãos.

— Olá, queridos. Cheguei.

17

VIZINHANÇA BRUTA

— Então, aonde estamos indo?

— Tudo a seu tempo, camarada — responde Jamie, afetando seu sotaque enquanto acena para que Ganso o siga. Depois, para mim: — Fica tranquilo, coleguinha. Pode deixar que eu cuido disso.

Não amo a ideia de Jamie usando seus poderes de psicofoda em meu amigo pelo restante do dia, ainda mais nesta excursão mal-pensada, mas levar Ganso conosco em parte da aventura pode me fornecer um pretexto útil para seguir *sozinho* depois. Fui o único que viu o que o menino viu. Talvez eu possa usar isso para tornar Ganso problema de outra pessoa. E Jamie parece mais que feliz em ser a tal pessoa.

De modo que nós cinco nos encontramos a um canto da Myrtle Avenue, fitando uma casa de pedra ao fim da rua, que parece ter sido arrastada à força, aos chutes e berros, para o século XXI. Os degraus da entrada estão rachados e cedendo, e a porta, que dá a impressão de ter sido vermelha um dia, parece ter apodrecido por inteiro.

A expressão de Ganso é de tédio.

— O que a gente veio fazer aqui mesmo?

— Explorar o que o mercado imobiliário do Brooklyn tem a oferecer — respondeu Jamie. — Ainda não tenho certeza se vou querer morar lá na cobertura, afinal.

Mara e eu nos entreolhamos. Verdadeiro ou falso?

— E você é claramente um homem de grande riqueza e bom gosto — continua Jamie, em sua voz normal. — Foi por isso que o convidei para vir junto.

Ganso dá de ombros. É o tipo que aceita e adere a quase todo tipo de ideia: uma de suas melhores qualidades.

— O que estamos esperando, então? — diz ele.

Que a ambulância estacionada diante de uma das casas vá embora; a residência que suspeito ser a que viemos visitar.

— Qual das casas é? — pergunta Ganso.

Todos olham para mim, mas é Jamie quem fala:

— Número 213. Mas a gente precisa esperar até a ambulância se mandar.

A expressão de Ganso é de desagrado.

— Isso é absurdo — diz ele, e começa a caminhar na direção da casa.

— Você não devia... *fazer* alguma coisa? — indaga Daniel a Jamie.

— Ganso. Pare — chama Jamie, com a voz de comando desta vez. Resposta zero, reação zero. É possível que não tenha escutado? Está a uma distância considerável. Quando o alcanço, Ganso já está ao lado da ambulância cujas portas se fecham.

— Bom dia, minha cara senhora! — Ganso cumprimenta a paramédica que está prestes a entrar e se sentar no banco do carona. — Posso perguntar o que foi que aconteceu lá dentro?

— Nada que eu possa repassar para você — responde a moça, apertando o rabo de cavalo louro cor de trigo. — Circulando, pessoal — diz, gesticulando para Ganso se afastar de sua porta.

O motorista verifica o espelho retrovisor.

— Tudo certo — diz.

— Tenham um ótimo dia, então — deseja Ganso. — Uma excelente jornada de trabalho. — A paramédica revira os olhos enquanto a ambulância parte.

Mara, Daniel e Jamie, por sua vez, exibem expressões ansiosas, irritadas e frustradas.

— O que foi? — pergunta Ganso.

— Nada — corto, como uma advertência aos demais. — Eles são só paranoicos.

— Com o quê? — Ganso soa genuinamente inocente: não tem ideia do que estamos fazendo aqui. O que em teoria não seria um problema, pois Jamie deveria cuidar da questão, mas como não o faz, e não tenho certeza do porquê e não posso perguntar no momento...

— Está vendo os dois carros de polícia parados no fim da rua? — pergunto a Ganso. — Alguns de nós aqui tivemos encontros desagradáveis com os homens da lei.

— Ah, quem nunca, não é mesmo? — responde ele, dando tapinhas em meu ombro. — Quando *a gente* era moleque...

Antes que possa terminar a frase, Mara sobe os degraus e bate à porta, silenciando a todos. Depois lança um olhar feio para mim.

Quer dizer que estamos mesmo seguindo em frente com isso.

Em vez de uma resposta, no entanto, é a porta do apartamento do subsolo que se abre, e um homem rechonchudo com rosto de lua cheia coloca a cabeça para fora e nos examina.

— Posso ajudar? — indaga, a voz um pouco arranhada.

O pai do menino, talvez? Estava esperando... Acho que não sei bem o que estava esperando. O homem lembra bastante... um pedófilo, para falar a verdade. Tem um ar suave, distraído, inofensivo, mas ainda assim... A camisa de botão está apertada no estômago, e ele tem uma aparência meio desgastada, exaurida e maltratada, como se outrora tivesse sido prisioneiro de guerra, mas não se lembrasse bem da experiência e ficasse envergonhado caso alguém a mencionasse.

O homem semicerra os olhos para nós.

— Vocês são iguais a *eles*, não são?

Posso sentir todos trocando olhares muito tensos quando Ganso pergunta:

— Que nem eles quem?

— O garoto que morreu hoje de manhã. E o restante. Todos já se escafederam. — O homem abre um sorriso ridículo, daqueles que indicam que há algo de errado com uma pessoa.

Meu Deus. A adrenalina do grupo está correndo a todo vapor; tento acalmar minha mente o bastante para conseguir dissolver o barulho e transformá-lo em sentido. Posso escutar todos os batimentos cardíacos no quarteirão, mas os nossos são os mais altos, os mais frenéticos.

— Meu senhor — começo, sem saber de fato o que vou falar em seguida —, não sei se entendo o que está querendo dizer. Viemos visitar...

A porta se abre com um rangido. Parado na soleira está o Garoto Que Observava.

— Rolly, eu assumo daqui — avisa.

E, sem maiores explicações, Rolly Cara-de-Lua-Cheia recua para dentro do apartamento, como uma lesma faria em seu caracol, e os olhos azuis que não piscam do garoto encontram os meus.

— Vamos entrando — oferece com um sorriso. Mara passa por mim e atravessa a porta.

Se pudesse voltar no tempo e mudar um momento em minha vida, seria este.

18

ESBOÇO DE CIVILIDADE

MAIS DE PERTO, O GAROTO PARECE TER NOSSA IDADE. Veste uma camiseta azul-escuro um pouco grande demais, com os símbolos de cada membro da Liga da Justiça desenhados nela. Embora sua postura seja um pouco recurvada, ele se empertiga quando passo por ele.

— Oi — cumprimenta a mim, e apenas a mim, não deixo de notar, estendendo a mão. — Meu nome é Leo.

— Noah.

Luz embaçada se infiltra pelas janelas com películas protetoras na longa sala de estar da casa; encaramos um corrimão pintado de um tom próximo ao azul turquesa e, à direita, a sala. A tinta da parede cor de menta está descascando, e fico atordoado por um segundo — é a mesma cor do cômodo onde o menino se matou. Morreu aqui, e o endereço que, de alguma forma, tinha magicamente surgido em minha pele e depois desaparecido é *este* endereço. Cada detalhe deste lugar tem importância, assim como todos aqui.

Mas não vejo mais ninguém além de Leo. Uma fileira de copos empoeirados em todas as superfícies planas, algumas das bordas com marcas de batom, anuncia que a casa não esteve sempre vazia assim. É como se houvesse o fantasma de um adolescente esparramado em cada canto: uma chaise-longue de couro cor de âmbar com um rasgo no estofado, o sofá e a cadeira otomana marfins, as cadeiras simples acompanhando a mesa de jantar ao fundo. Há um tabuleiro de xadrez sobre um tapete persa, que parece ter sido abandonado no meio de uma partida.

Leo, embrenhando-se mais para dentro da casa, pergunta:

— Alguém quer beber alguma coisa?

— Acho que não vamos nos demorar muito — respondo, ao mesmo tempo que Ganso diz:

— Aceito, sim, obrigado.

Meu plano idiota de trazê-lo conosco e passar a responsabilidade para Jamie está se saindo um belo tiro pela culatra, uma vez que Jamie não está fazendo qualquer esforço para segurar ou sequer reconhecer a existência do Problema Ganso.

Como eu, Jamie e Daniel estiveram fitando com desconfiança o que parece a cena congelada de uma festa encerrada de forma apressada. Já Mara, por outro lado, caminha pelo lugar como se não visse absolutamente nada estranho. Chega até a se abaixar para mover uma peça no tabuleiro, o que é interessante, pois ela não joga xadrez. Acho.

— Xeque-mate — anuncia, e está certa.

Leo olha para ela por cima do ombro e sorri.

— Meu nome é Leo. Acho que não ouvi o seu?

— Mara — responde, com casualidade, e ouço o coração de Leo dar uma engasgada. Parou entre a sala e a cozinha, encarando Mara por mais tempo que o necessário. Depois o restante de nós.

— Não estava esperando a visita de tanta gente assim.

— Mas estava esperando a de alguém. — Sempre posso contar com Daniel para falar em voz alta algo que estou pensando.

O olhar de Leo viaja até Daniel, depois de volta para mim. Em uma voz ligeiramente nasalada e abrasiva:

— Nada de Nãos aqui.

A palavra se encaixa, como o cão de um revólver sendo armado. Sabia que Leo só podia ser um Portador, mas agora *sei* de fato.

— Ele é meu irmão — avisa Mara. — Ele fica, ou vai todo mundo embora.

— Então vai todo mundo embora — responde Leo, sem pausa ou inflexão, o rosto inexpressivo.

Mara caminha até ele, e há um coro de batimentos cardíacos acelerados em resposta porque é Mara, e ninguém sabe *o que* vai fazer em seguida.

— Tudo bem — interrompe Daniel. — Não importa.

— É claro que importa — argumento. Para Leo: — Foi você quem chamou a gente aqui, se me lembro bem.

— Mas foi "a gente"? — *A gente?* Ele me encara com aqueles seus olhos azuis-escuros. — É do que você se *lembra* mesmo?

Sorrio diante do desafio; não respondo, não transpareço nada, espero que meu silêncio o abale. Não abala.

As coisas estão saindo de controle. Jamie pode não saber os detalhes, mas já compreendeu o suficiente. E entende que é o único que pode tentar consertar a situação.

— Daniel fica — diz a Leo. Suas palavras fazem o ar ao redor ondular, puxando fiozinhos mentais dentro de todos nós, embora as palavras tenham sido dirigidas apenas a Leo.

Leo pisca devagar. Um sorriso automático se abre em seus lábios, e ele faz que sim com a cabeça, submisso. A sala vibra com a estática da energia, e minha mente faz o mesmo, compreendendo que a habilidade de Jamie está afetando outro Portador. Está afetando um de *nós*.

— Bem — recomeça Leo, os olhos vazios, as pupilas dilatadas —, se vocês vão mesmo ficar, então mexam-se. — Vira e segue para a cozinha, separada do restante da casa por portas duplas precariamente pintadas, com basculantes acima delas.

Isso nos pega a todos de surpresa.

— Mas que porra é essa? — murmura Mara.

Daniel volta os olhos para Jamie, que está tentando se fazer de impassível e falhando; o pomo de adão sobe e desce em sua garganta. Pulsos martelam e batimentos cardíacos correm a galope, e mais parece que há um exército dentro desta casa, em vez de seis adolescentes.

Isto é o que sei: Leo é um Portador. Identificou e excluiu Daniel como o Outro. Mas não fez o mesmo com Ganso.

Não. Com. Ganso.

Viro para meu amigo de Westminster.

— Tudo certo aí, camarada?

— Nunca estive melhor.

— Sabe, este lugar não está fazendo minha cabeça. — Olho para Jamie, que entende. — Por que você, Ganso e Daniel não vão para aquele café na Fulton com Mara, e a gente encontra com vocês daqui a pouco?

Gansinho inclina a cabeça para o lado.

— Você está parecendo meio tenso, parceiro — diz.

— Que nada. Mas, agora que você tocou no assunto, tem alguma coisa que queira compartilhar com seus coleguinhas de classe?

A boca se recurva em um pequeno sorriso, como se estivesse se divertindo.

— Nada em que eu consiga pensar.

Não sei se devo insistir e pressionar, ou partir para outra e deixar a história passar.

O som de passos indelicados descendo a escada mal é merecedor de minha atenção, mas a voz ligada a eles faz minha cabeça virar com brusquidão.

— Ele não sabe — diz a voz, uma que não ouço há meses, desde o Horizontes. E lá, ao fim dos degraus, está Stella.

19

NOSSOS PRECONCEITOS

ESTÁ DIFERENTE DO QUE ME LEMBRO. SUA SILHUETA, OUTRORA suave, agora parece emaciada, cheia de arestas. As sardas espalhadas pela pele morena estão mais descoloridas. Ela não parece bem.

— Oi — cumprimenta Jamie.

A boca de Stella parece ter sido costurada. Ela fita Mara — algo se inflama entre as duas. Sei um pouco a respeito das circunstâncias em que se deu a separação de Jamie, Mara e Stella, mas a atmosfera parece bem mais desagradável do que deveria, considerando-se que Mara é a razão pela qual Stella conseguiu sair viva do Horizontes.

Leo retorna, de modo que somos sete na sala, aglomerados em meio a mochilas e guarda-chuvas velhos. Ele tem uma garrafa de vinho empoeirada e copos nas mãos.

— Stella — diz, com um sorriso fácil. — Deixe eu apresentá-la a...

— A gente já se conhece — interrompo.

— Pouco — acrescenta ela, por entre os dentes e a boca cerrados.

Jamie leva a mão ao coração.

— Assim você me magoa — diz. E a Leo: — Temos muita história.

— *Muita* história — complementa Mara, falando pela primeira vez no que me parecem horas.

Ganso escapa para a sala de estar outra vez. Sigo-o, pegando um copo e a garrafa de vinho da mão de Leo. Pois esta tarde acaba de ficar muito, muito mais interessante.

— Da Flórida? — indaga Leo.

Nenhum de nós mencionara a Flórida.

Daniel começou a suar; seu olhar salta de Mara para a dupla formada por Stella e Leo várias vezes.

Jamie faz uma tentativa de resgate.

— Isso aí! — Ele segue a mim e Ganso até a sala. O restante nos acompanha aos poucos também. Resolvo me instalar no sofá, me esticando, confortável, embora meus nervos estejam estalando com eletricidade. Mas que porra Stella está fazendo aqui? *Desde quando* está aqui?

Leo se senta na chaise-longue de couro, dando tapinhas no assento a seu lado:

— Venha cá — pede a Stella, tão tensa que mais parece uma gravura em madeira que uma pessoa. Mas obedece.

Ergo a garrafa, lançando um olhar pensativo ao rótulo. Uma vez esnobe...

— Sirvo a todos? — pergunto.

— O que Ganso não sabe? — indaga Mara a Stella. Ela não responde, até Leo pousar a mão em sua coxa. Quanta intimidade.

— Ele é um Catalisador, um Amplificador — explica ela.

O rosto de Ganso é todo sorrisos.

— Vocês estão me zoando? — Ele ergue as sobrancelhas para mim. — Tem algum ritual de iniciação americano prestes a acontecer aqui?

— Essas são as palavras saindo de sua boca — diz Stella a ele, calma. — Mas, em sua cabeça, o que está pensando é *"que porra é essa que está acontecendo aqui? Por que estamos perdendo tempo com essa gente estranha, e Noah, seu punheteiro, você pirou mesmo".*

O sorriso na face de Ganso desaparece, levando toda a cor junto, pois Stella acaba de narrar em voz alta seu monólogo interno.

Ganso está aqui por minha causa, no Brooklyn por minha causa, nos Estados Unidos por minha causa. Este é meu problema agora, e consertá-lo é minha responsabilidade. De mais ninguém.

— Como você se dirigiu a mim diretamente — digo a ele — ou indiretamente, considerando que são seus pensamentos, vou tentar explicar.

— Ah, mal posso esperar para ouvir essa! — exclama Jamie.

O rosto de Ganso não tem expressão alguma, fingindo neutralidade. Mas eu o conheço bem. Está mais que perturbado, mas morreria antes de admitir. E nada do que vou dizer a seguir vai melhorar a situação; só piorá-la.

— Simplificando — começo, sem conseguir impedir que os cantos de minha boca se recurvem em um sorriso. — Super-heróis existem, e... somos parte deles.

Uma gargalhada espalhafatosa explode da garganta de Mara.

— Super-*heróis*?

Jamie bate palmas em câmera lenta.

— Nota dez.

Stella vira-se para Ganso.

— Posso ouvir os pensamentos das pessoas — explica. — E Jamie consegue persuadir qualquer um a fazer o que ele quiser.

Jamie cruza os braços.

— Minha sensação é de que acabaram de me arrancar de dentro do armário — admite ele.

— Mas foi isso mesmo — comenta Mara.

Stella os ignora.

— Noah tem poder de cura: consegue curar tanto a si mesmo quanto a outros.

Ganso e Leo viram-se para Mara e Daniel.

— Daniel não é Agraciado — diz Stella.

O olhar de Leo pousa em Mara, como se fosse uma mosca antes de voltar para Stella.

— E ela?

Stella parece ainda mais pálida do que quando nos sentamos. Mantém-se quieta, mas os olhos escuros estão estreitados e ardentes. Parece tão furiosa quanto Mara ficou quando a viu, mas há algo mais ali — o quê, não sei dizer.

— Noah? — chama Ganso.

Ignoro-o, me viro para Leo.

— O que, exatamente, você consegue fazer?

— O dom é meu — responde ele. — Então o assunto é só meu também.

Jamie bate com as palmas nos joelhos.

— Ou, quem sabe, eu poderia muito bem fazer você contar tudinho. Visto que a Stella não teve a mesma consideração com a gente.

Este é o momento que me dou conta de que Stella vem lendo nossos pensamentos. *Agora.* Não deveria ser capaz de fazê-lo, não assim. Nenhum de nós — à exceção de mim — nunca conseguiu usar sua habilidade em outros Portadores antes, não por mais que poucos segundos, ao menos.

Em resposta, Stella inclina a cabeça na direção de Ganso.

— É por causa dele que nossos Dons estão funcionando em todo mundo. É ele. Ele está fazendo isso.

Ganso balança a cabeça uma vez.

— Não sei do que ela está falando.

— Quantos anos você tem? — pergunta Daniel.

Todos os olhos em Ganso.

— Dezoito.

— Você nunca notou nada de... diferente nos últimos anos? Alguma mudança?

— Está falando de coisas, tipo, pelos crescendo em lugares onde não havia nada antes, pintinhas...? Os professores tiveram essa conversa com a gente lá pelo sexto ano.

— Você costuma ficar doente? — indaga Jamie.

— Tipo resfriado? Claro, quem nunca?

— Não, tipo, doente mesmo, de verdade.

— Tive mononucleose no fim do fundamental.

— No nono ano — explico. Seria possível que Ganso tivesse manifestado seus poderes sem saber? — Você ficou muito mal?

— Acabado. Uma hora chegaram até a considerar que fosse meningite, do tipo que mata.

Observo Daniel arquivar a informação. Ele pode interrogar Ganso mais tarde, sabe disso, mas Leo... pode muito bem ser um daqueles casos de "agora ou nunca". Quero perguntar sobre o suicídio, mas Daniel sabe por que vim. Pode ser que chute a bola para meu campo ou não, mas confio em sua decisão. Ele sabe ver e julgar o panorama geral como ninguém. Coisa que eu, em particular, não consigo fazer. Nem Mara.

Daniel vira-se para Leo.

— Como você ficou sabendo de seu Dom? — Usando o léxico dele, fazendo as perguntas para as quais precisamos de respostas e agindo de maneira familiar para que ele próprio também se *sinta* à vontade. Boa jogada, Daniel.

Leo lança um olhar a Stella, que faz um aceno positivo de cabeça. Uma duplinha íntima, esses dois.

— Você pode forçar as pessoas a fazerem o que quer — diz Leo a Jamie. — Eu posso fazer os outros verem o que quero.

O endereço. *Finalmente*, porra.

— Por que vocês estavam na estação aquele dia? — pergunta Leo a mim, já avançando a conversa. Quer ir direto ao ponto também.

— A gente tinha acabado de jantar — responde Daniel em meu lugar, para irritação de Leo. — E fomos pegar o metrô juntos.

— Só isso?

Ele dá de ombros.

— Só isso.

Leo olha para Stella em busca de confirmação.

— Está falando a verdade — garante ela.

— Mas você — digo a Leo. — *Você* estava lá. E, ao contrário de nós, estava vigiando a garota que se matou.

— A gente... — Ele para, recomeça. — A gente sabia que vocês estariam lá.

— Como? — Jamie toma parte no interrogatório. Mal e mal, uma vez que ele mesmo responde a própria pergunta: — Stella?

— Ela ouviu seus pensamentos — confirma Leo.

— De que distância? — indaga Daniel, reassumindo. — Onde você estava?

Ela hesita.

— Não...

— Seu amigo... Ganso, não é isso? — interrompe Leo.

— Para você, vai continuar sendo só isso mesmo.

— Ele está se provando bem útil.

Gansinho vira para mim.

— E eu aqui pensando que você tinha me convidado para os Estados Unidos no maior esquema "comamos e bebamos".

— "Pois amanhã morreremos"? — complementa Mara. Um silêncio profundamente desconfortável se segue.

É Daniel quem retoma as rédeas da situação:

— Mas os Dons não funcionam em outros Portadores sem um... — Ele olha para Stella.

— Catalisador.

Fico me perguntando de onde ela tirou o termo. Se ela e este grupinho andaram estudando.

— Então, onde você estava? — pergunta Daniel a Stella pela segunda vez, mas vira-se para Mara antes que possa responder. — Você a viu aquela noite?

— Não — responde ela baixinho. — Eu teria lembrado.

— A gente brigou no dia — responde Leo no lugar de Stella: é como se ela tivesse congelado, virado um bloco de gelo. — Ela já estava lá em cima quando aconteceu. — Ele se vira para Jamie. — Mas você queria saber se a gente já ficou doente, não é?

— Certo...

— Começou com pesadelos — diz Leo, recuperando a atenção de todos. — Depois, alucinações.

Não tenho certeza se o pulso de Mara se intensifica de fato, ou se estou imaginando coisas.

— Fui hospitalizado... Tive febres absurdas, fora de controle. Mas houve vários momentos que senti que os médicos e os enfermeiros me tratavam... diferente. Como se vissem coisas quando estavam perto de mim. Às vezes, nem abriam a porta do quarto. Pensei que pudessem estar tendo as mesmas alucinações que eu, e depois comecei a me perguntar se conseguiria fazer com que enxergassem outras coisas. Se conseguiria projetar imagens diferentes para a realidade. E, no fim das contas, descobri que consigo, sim.

— Quando foi que isso aconteceu? — pergunta Daniel.

— Quando tinha 17 anos.

— Como nós — comento.

— E vocês? — Leo olha para cada um de nós. — Como descobriram? Jamie dá de ombros.

— Mais ou menos que nem você — responde. — Sou um ano mais novo que o resto da turma, ainda estou tentando dar sentido a essa porra toda. Mas eu basicamente dizia alguma coisa para alguém, passava mal, e depois a pessoa fazia o que falei.

— E você, Mara? — indaga Leo. Caralho. — O que você consegue fazer?

O ar na sala fica condensado, se adensando com silêncio. Stella não diz nada. Algo aconteceu; algo maior do que eu pensava. Os olhos de Stella desviam de Mara e se fixam no chão.

A tensão se assemelha a ter algo crescendo em seu peito, pronto para escapar à força usando garras e dentes. E, no entanto, Mara parece ser a mais relaxada de todos nós.

— Se eu desejar a morte de alguém, meu desejo se realiza.

Ganso solta a respiração, um sorriso se mostrando nos lábios.

— Bem que eu queria poder fazer isso.

— Não — retruca Mara. — Você não queria.

Meu pobre amigo não faz ideia de como responder a isso.

— Então, só para esclarecer — diz ele, com dificuldade —, você está basicamente dizendo que pode matar qualquer um de nós, a hora que quiser?

Mara não responde. Seu rosto se equipara a pedra polida.

— Se quisesse matar você, já estaria morto — diz Stella. — É o que ela está pensando.

O sorriso de Mara brilha, como o fio de uma navalha.

— Culpada — admite.

20

BAILE DE MÁSCARAS

STELLA PARECE ASSUSTADA E VENENOSA AO MESMO TEMPO. MARA, satisfeita. Daniel está vigilante, Jamie, pensativo, e Ganso tenta fingir que não ficou absolutamente abalado pelas revelações da última hora, falhando miseravelmente.

E eu, eu não sei como estou. Mara tem lábia — é como um gato que se eriça todo a fim de parecer maior e mais assustador do que realmente é. Na maioria das vezes acho isso hilário, pois sua aparência é tão pouco ameaçadora que é fácil esquecer como é perigosa de verdade.

O fato de que ela não estava *falando*, mas pensando aquele tipo coisa? Não posso negar que é um pouco inquietante.

Parece uma boa oportunidade para ir direto ao ponto; *meu* ponto, isto é.

— Vamos falar sobre a pessoa que se matou em sua casa hoje de manhã? — Olho ao redor; tirando a cor da tinta, nada mais naquele pesadelo me salta aos olhos como familiar.

Leo me encara por um momento, os olhos aguados e pálidos.

— O quarto ficava lá embaixo — responde. — Posso mostrar a você.

Eu me levanto, e Mara imita meu gesto sem perder um segundo sequer. Jamie e Daniel são um pouco mais lentos, e Ganso...

— Perdão? Você disse...

Viro para meu amigo.

— Ganso. Companheiro. Você vai ter de escolher, e bem rápido, se quer fechar a matraca e ficar, ou ir embora para casa.

Ele fecha a boca, ergue o queixo e passa por mim.

— Então? — diz, bem atrás de Leo. — Vamos logo com isso.

O restante de nós segue Leo enquanto ele me guia de volta para dentro de meu pesadelo.

As janelas têm acabamento dourado, com pequenos vitrais vermelhos em forma de diamante, banhando o piso de madeira arranhado e mais que gasto em luz caleidoscópica. Nem mesmo o tempo foi capaz de consumir ou apagar o padrão gravado no rodapé de madeira que circunda o quarto. As paredes são da mesma cor, aquele verde-menta desgastado, a mesa de cabeceira continua apinhada com a mesma confusão de copos parcialmente cheios, alguns com mais poeira e mofo acumulados que outros. E ainda há os frascos. O cômodo cheira a vômito, mas a cama está nua, sem os lençóis, graças a Deus.

— Este não era o quarto de Felix — começa Leo. — Ele veio aqui para baixo ontem à noite, depois que Felicity sumiu.

Uma risada escapa da garganta de Jamie.

— Espere, Felix? Felicity?

Stella e Leo ficam quietos, e Jamie consegue voltar a se controlar.

— Quanto da história você sabe? — pergunta-me Leo.

Olho de relance para a cama.

— Finja que não sei de nada — respondo.

Um sorriso retorce a boca do garoto.

— Não posso fazer isso.

Stella alterna o olhar entre cada um de nós e parece tomar uma decisão.

— Felix era nosso amigo. — Ela pega o celular, procura algo por alguns momentos, depois o entrega a mim. Um retrato dos quatro: Stella, Leo, Felix e Felicity. Ele tem cabelos castanho-claros mais ou menos longos e sardas, e parece pequenino ao lado da garota, mais alta que ele, com cabelos ruivos encaracolados e um sorriso fácil.

Stella vira-se para Daniel.

— Os dois têm 18 anos. Dois Agraciados.

— Tinham — corrige Jamie, e Stella emudece. — Você não quis dizer "tinham"?

Os olhos de Stella endurecem.

— É. Acho que sim.

— Meus pêsames por sua perda — lamenta Ganso. — Mas a polícia não deveria estar aqui? — Ele pensa por um instante. — Espere, eles *estiveram* aqui. Simplesmente se mandaram e os deixaram, assim, sem mais perguntas?

— Seu amigo... Jamie, não é? Ele não é o único que sabe ser persuasivo. — Leo dirige as palavras a mim.

Jamie faz uma careta para Stella.

— E eu aqui pensando que era especial.

— *Eu* ainda o acho especial — retruca Mara.

Mara, Jamie; não parece perturbá-los nem um pouco, o fato de que estão parados em um quarto onde alguém tirou a própria vida.

Talvez seja mais fácil para eles, que já passaram por situações piores. Um garoto cometer suicídio não deve ser nada em comparação. Estou ficando irritado com eles por terem vindo junto, em particular com Mara por tê-los trazido, com Leo por estar sendo tão reservado e evasivo, e com a porcaria do mundo inteiro também, para resumo de conversa.

— Por que você me trouxe aqui? — pergunto a Leo, e a cabeça de Mara vira de forma abrupta, pois quando o digo, me dou conta de que ela não sabe do endereço que ele conjurou em meu braço. Vai ter briga mais tarde, coisa com que não consigo nem fingir me importar no momento.

Leo não faz qualquer menção de responder, de modo que prossigo:

— A gente sabe o que você disse... Que Stella contou que nosso grupo estava aqui, e tenho certeza de que ficou curioso a respeito da habilidade de Ganso. Mas o vi observando a garota na estação antes de ela pular, antes de Felix se matar. Quem era ela? Por que você estava tão interessado?

Mara volta a dirigir sua atenção a Leo, com algum esforço.

— Você a conhecia? Sabia que ia se matar?

Leo pausa, e noto algo: ele não tem cacoetes, nada que o entregue. Nenhum tique nervoso. Garotinho escorregadio, esse.

— A gente não a conhecia, não — responde Stella. — Mas, como dissemos... conseguimos encontrar outras pessoas com Dons. Sabíamos

que ela possuía um. — Seu pulso está fraco, o batimento cardíaco, errá-
tico. Stella está mentindo a respeito de algo; o quê, não faço ideia.

— E agora nunca vamos poder descobrir qual, porque ela está
morta — comenta Leo, sem inflexão.

— Muitos de nós têm aparecido mortos — comenta Stella.

— Aparecido mortos? — repete Jamie.

Stella desvia o olhar. Leo, nem um pouco perturbado, responde:

— Cometendo suicídio.

Mara suspira baixinho, o suficiente para apenas eu conseguir
ouvir.

— Olhe para esta casa — diz Leo. — Está notando alguma coisa
fora do comum?

Stella desdobra as pernas sobre as quais estava sentada, seguindo
para a mesa da cozinha nos fundos. Volta com uma pequena pilha de
papéis. Textos impressos.

Artigos de jornais sobre adolescentes desaparecidos. Ela os arruma pelo chão arranhado, formando uma espécie de grade. Arcel Flores,
uma filipina de sorriso brilhante, deixou o apartamento de dois quartos
no Queens onde morava com os pais para dar uma aula de reforço de
matemática a um aluno de ensino médio. Jamais retornou. Jake Kelly,
jogador de lacrosse com covinha no queixo, não compareceu ao trei-
no... a família nunca mais o viu.

Havia mais seis. Seis nomes, inclusive...

Sam Milnes.

Mara enrijece.

— Vocês conheciam todas essas pessoas? — pergunta.

Stella se recusa a se dirigir a ela diretamente. Encaixa o último
pedaço de papel em seu lugar.

Felicity Melrose, 17 anos. Filha de Chelsey e Peter Melrose, do
Upper East Side. Há mais detalhes sobre a família, onde foi vista pela
última vez, mas nada disso me interessa. Nunca vi essa menina antes;
nem ferida, nem sofrendo. Está só... desaparecida.

Felix, no entanto...

— Como foi que aconteceu? — indago, embora já saiba a resposta. — Como foi que eles se mataram?

Stella e Leo se entreolham.

— Vocês não têm como me dizer porque não sabem — concluo.
— Estão desaparecidos, não mortos...
— Dá no mesmo — corta Leo, endireitando a postura.
— Explique — insisto, me encostando contra a parede.

Leo parece estar editando o que planeja dizer, o que me lembra...
— Stella, você está *ouvindo*? — pergunto.

Ela fica lívida.
— Nos ouvindo — esclareço. — Nossos pensamentos. Agora.

Ela balança a cabeça enfaticamente.
— Não é o que estou fazendo — responde, embora olhe de relance para Jamie, Mara. — Preciso me concentrar, muito, para conseguir. E odeio isso, então tomo remédio para diminuir as vozes. Senão, é mais do que consigo aguentar. — Ela olha para Jamie. — Vocês sabem disso.
— Remédio? — Ganso se empertiga, atento. — Que tipo?
— Tarja preta...?
— Na verdade — interrompe Daniel —, sem querer ofender, Stella...
— Ele vai dizer alguma coisa ofensiva — sussurra Jamie, alto.
— Eu também ficaria mais à vontade sabendo que você não está vasculhando meu cérebro. Acho que seria uma boa medida para começarmos a construir uma relação de confiança, e isso vale para ambos os lados. — Sempre o mediador.

Stella olha para Leo, e, quando ele faz que sim com a cabeça, posso sentir fisicamente seu alívio. Não me escapa o fato de que vem se voltando para Leo tantas vezes. Dependência emocional ou... algo mais? Outra... coisa?

Stella vai até o banheiro, retorna com alguns comprimidos. Mostra-os a Daniel.
— Passaram pela inspeção?

Ele levanta as mãos em defesa.
— Você não precisa me mostrar nada. Sei o que você enfrentou no ano passado. Sei como queria uma cura.

Cura. Mara mencionou o assunto por alto, que era essa a principal motivação para Stella ter se juntado a ela e Jamie em sua busca por mim. Tinha esperanças de que encontrassem algo que pudesse parar as vozes dentro de sua cabeça. De que encontrassem um meio de livrá-la de sua aflição.

Rubor inflama as bochechas de Stella. Está envergonhada. Há uma olhadela furtiva na direção de Leo também. Não era algo que deveria querer? Uma cura? Cacete. Perdi coisa demais.

Ela retira alguns comprimidos do frasco. Ficamos em silêncio no quarto morto, esperando, mas eles começam a fazer efeito depressa. O batimento cardíaco de Stella torna-se mais arrastado, o peito sobe e desce, lento. É possível que ainda consiga ouvir nossos pensamentos, mas, quando lhe perguntam de forma direta, ela responde que não, e acredito.

— Dois dias atrás — começa, devagar —, Felicity desapareceu, do nada. A gente estava dormindo em nosso quarto — aponta com a cabeça para a escada —, e, quando acordei na manhã de sábado, ela simplesmente... não estava mais aqui.

— Espera, ela estava *aqui*? — indaga Daniel. — O jornal dizia que morava com os pais...

— Ela era namorada de Felix — explica Stella. — E ele morava aqui, com a gente.

— E o resto? — pergunto a Leo. — Também viviam com vocês?

Ele não responde de imediato. Em vez disso, Stella continua:

— Ela disse aos pais que ficaria na casa de uma amiga na sexta à noite, mas aí ela...

Um movimento de Leo, sutil, quase imperceptível. Mas noto, bem como Stella.

— Obviamente, Felix tentou ligar para o celular dela, mandar e-mail... Stella ficou prestando atenção, escutando para tentar encontrar alguma pista, mas...

— Não — corto, irritado e desconfiado. — Isso não faz sentido. — Tenho a atenção do quarto agora. — Vocês seguiram Beth até o metrô porque ouviram seus pensamentos, não foi? Mas não sabiam qual era sua habilidade. — Sobre a qual estivera pensando antes de morrer, e sobre a qual Stella teria ficado sabendo se de fato a tivesse escutado.

Silêncio da parte de ambos; algo não está certo aqui, mas não pressiono, pois não quero ter de admitir que eu mesmo ouvi os pensamentos de Beth.

— E a gente? — pergunto então, dirigindo um olhar afiado a Stella. — Você simplesmente sabia que a gente estava na cidade? Que ia estar na estação da Second Avenue, direção centro? — Gesticulo para os papéis dos outros adolescentes desaparecidos. — Foi você mesma quem disse, Stella... É difícil focar em uma pessoa só no meio de tanto barulho... E, ok, vou engolir sua história de que Ganso também tem uma habilidade e que amplifica a sua, ou sei lá, mas isso não explica por que Felix ia querer se matar dois dias depois do sumiço da namorada. Então me conte — pressiono. — Pare de ficar me enrolando e me conte. O que está acontecendo com essas pessoas? E como vocês ficaram sabendo?

Stella é pega de surpresa por minha agressividade. Leo... não. Está considerando, refletindo, editando mais uma vez. Responde:

— A gente conhece uma pessoa que... consegue identificar outros como nós. Outros Agraciados.

Aí está. Leo não prossegue, de modo que Daniel tenta lhe dar um empurrãozinho.

— E depois de identificados, vocês trazem essas pessoas para cá?

Ele dá de ombros.

— Algumas vêm nos procurar. Outras, somos nós quem vamos atrás. E dividimos o que sabemos com quem resolve ficar, treinar com a gente...

Jamie se empertiga.

— Treinar? Treinar o quê?

— Nossos Dons. — Leo captou a atenção total e voraz de Jamie, e sabe disso, pois continua: — Posso mostrar a você, se quiser.

— Quem sabe mais tarde, valeu — interrompo. — Agora, o que a gente quer é saber tudo o que vocês sabem sobre essas pessoas desaparecidas.

— E sobre os mortos — acrescenta Daniel. Mara está notavelmente quieta.

Leo endireita a postura, rígido.

— Deixe eu só fazer uma pergunta — diz a mim. — Como *você* ficou sabendo que o nome dela era Beth? — Todos os olhos em mim. — Também consegue encontrar as pessoas, não é?

— Não desse jeito. Não estou caçando ninguém — retruco.

— Nós também não estamos.

— Ah, quer dizer então que essas pessoas que vocês encontraram queriam ser encontradas? — provoco. Até mesmo Daniel silencia diante disso, e estou perdendo as estribeiras depressa. — Me conte como isso funciona. Me conte como vocês conheciam Sam.

— *Você* conhecia Sam, Noah? — O tom de Leo é sugestivo, acusador.

— Não — admito. Mas requer esforço permanecer calmo, indiferente.

— Por que você não conta *para nós* como a coisa toda funciona? Como você sabia que tinha de vir até aqui?

— Consigo ver e sentir o que eles veem e sentem quando estão sofrendo, logo antes de morrerem.

— Mas você não os deteve — comenta Leo, cutucando minhas feridas.

— Porque já é tarde quando acontece. Não estou *lá* com eles. Só vejo e sinto. Mas não é seu caso. Essas pessoas, elas são suas amigas, não são? — Pego as impressões do chão. — Algumas até moravam aqui, mas elas continuam sumindo...

— Continuam *morrendo.*

Viro-me para Stella.

— Como você sabe?

Seus olhos se movem de um lado a outro em sinal de nervosismo. Antes que possa mentir, Leo assume sem dificuldades:

— Uma de nós consegue... enxergar conexões. De outras pessoas com Dons. E, quando uma delas some, a conexão morre. Simplesmente... evapora. É varrida da rede.

— E quem está fazendo essas conexões?

— Ela não *faz* nada, só vê. Ou sente, suponho. E não é direito meu expor ninguém. Se quiser que vocês saibam, ela mesma vai procurá-los.

— Então, se eles desaparecem — começa Daniel —, como vocês sabiam onde encontrar Beth?

— Ela diz que as linhas conectivas brilham, se inflamam, logo antes de morrerem. Acho que essa parte da habilidade é familiar para você — diz Leo a mim.

— Vocês podiam ter impedido Beth de se matar — argumento, e, pronto, a verdade está no ar agora. O motivo por que estou tão furioso. Podiam ter feito algo concreto para ajudá-la; não fizeram e sequer se sentem culpados. Eu não podia fazer nada, mas me sinto responsável ainda assim.

—A gente não sabia.

— Não fode — xingo. — Stella ouviu os pensamentos dela.

— Não ouvi. Era como se tivesse alguma coisa... acobertando o que estava pensando. Ela era... diferente, de algum jeito.

— E Sam? — indaga Mara, a primeira coisa que diz desde que tudo começou a ir pelos ares.

— Estava longe demais — responde Leo. — Para *nós* podermos fazer qualquer coisa.

Ele insinua que *eu* poderia ter feito algo. Tenho vontade de lhe dar um soco. Mais que isso.

No entanto, é Jamie quem parte para briga, para minha surpresa.

— E Felix, então? Ele se matou dentro de sua própria casa!

— Foi escolha dele — retruco, antes que possa deter as palavras. As sobrancelhas claras de Leo arqueiam de leve em sua testa.

— E isso quer dizer o quê? — A atenção de Jamie está focada em mim agora. — Que os outros *não* escolheram se matar?

— É verdade — responde Stella, me salvando. — E, de qualquer maneira, a gente não estava aqui quando aconteceu.

— Que conveniente — zomba Jamie.

— Não é como se ele fosse ter escolhido uma hora em que pudessem levá-lo para o hospital a fim de fazer uma lavagem gástrica — argumento, quase sem querer. Stella parece grata por isso, embora não o tenha dito por ela, nem em sua defesa. Devia ter ficado quieto, ponto final: não estou interessado em fazer o papel do paciente sentado no divã de Mara e Jamie mais tarde. A expressão de Mara é sombria, e a confusão de Jamie transformou-se em desconfiança. Daniel e Ganso não se deixam abalar, sabendo que é melhor não se meterem. Se Ganso não estava presente em todos os momentos que tentei explicar e encontrar pretextos para machucados na escola, teria ficado sabendo deles pelo boca a boca.

Leo usa a seu favor o fato de que desequilibrei metade dos presentes no cômodo.

— Olhe — diz. — Todo mundo aqui quer que essas coisas parem de acontecer, não é isso?

Daniel é o único a assentir com a cabeça.

— E a gente sabe pelo que vocês passaram — continua. — Aquele lugar, Horizontes. Procurando uma cura. Os experimentos que fizeram com vocês na Flórida. A pesquisa que vocês acharam.

Ganso vira-se para mim e diz, apenas com movimentos labiais: "Mas que porra?"

Mas será que sabiam quem foi que deu as ordens? Teria sido por *essa* razão que o envelope apareceu?

Tomo fôlego.

— Então você me mostrou seu endereço, me mandou aqueles recortes de jornal, só para deixar claro que sabe tudo sobre mim, e me trouxe até aqui para ajudá-los a encontrar o restante dessas pessoas antes que elas morram também?

— Que recortes de jornal? — indaga Leo.

Não sei dizer se está mentindo. Nem mesmo com Ganso aqui, supostamente amplificando seus batimentos cardíacos ou o que seja.

Percebendo que fui tirado do prumo, Daniel assume a liderança.

— Alguém mandou entregar a Noah um envelope com o obituário do pai e alguma coisa falando sobre envenenamentos no Departamento de Polícia aqui de Nova York.

— Que coisa mais... aleatória — comenta Leo. Noto Mara direcionar sua atenção a Stella. *Toda* a sua atenção.

— Não fomos nós — diz Stella, ainda se recusando a encarar Mara. Então, *quem foi?*

— Ok, essa pergunta fica para outro dia — decide Daniel. — Queremos juntar toda a informação que temos, impedir que essas coisas continuem acontecendo com outras pessoas. Certo?

— Certo — confirma Stella. — Era o que a gente estava torcendo que acontecesse. — Leo assente com a cabeça uma única vez.

Estou tentando desvendá-lo. Sua respiração é estável, constante, o coração também, mas ele não parece... normal.

Todos ficamos quietos, de modo que Daniel toma a frente mais uma vez.

— Está bem, tem muita coisa para... digerir. — Ele se volta para as janelas, que agora só deixam entrar os mais fracos raios de luz. — Já está ficando tarde, e seria bom a gente ir andando — aconselha a mim, Ganso, Jamie e Mara. Concordamos com acenos de cabeça, como marionetes. — Mas vocês querem trocar contatos? — pergunta a Leo, que tira o celular de um bolso traseiro. Daniel lhe passa seu número. Leo olha para mim em seguida.

Ah, por que não?

Enquanto nos levam até a porta, Stella vira-se para Jamie.

— Foi bom. Vê-lo de novo.

Um movimento positivo de cabeça.

— É — responde ele. — A gente se fala.

— Seria legal.

Quando Mara se move para sair, Stella não lhe dirige a palavra, nem Mara a ela, embora a menina ofereça o menor dos sorrisos a Jamie e Daniel. Nós cinco nos reunimos ao fim dos degraus que dão para a entrada, levantando os olhos para Leo uma última vez. Stella já se recolheu.

Voltamos a pé para o metrô, Jamie e Mara conversando em voz baixa, Daniel tagarelando com Ganso. Caminho poucos passos atrás quando meu telefone vibra.

É Stella. Preciso falar com você. Sem Mara junto. Me responda antes das 8.

Depois, outra mensagem:

p.s.: Por favor, não diga nada a ela. Por favor.

21

QUASE INCURÁVEL

A TARDE SE DESENROLA DENTRO DE MINHA CABEÇA, COMO SE fosse um filme. Estou dividido entre urgência irrepressível e um... vazio avassalador.

Ver os nomes e rostos dos Agraciados — é assim que Stella e Leo insistiram em chamá-los, a palavra que preferiram usar. Mas é isso que somos? Agraciados? Assistir enquanto laceram a pele, levam comprimidos à boca, debaixo da língua, saltam para vazio. É... estou...

É um estopim. Estou abalado; é a única palavra para isso, por mais que odeie admitir. Fico tentando reprimir os impulsos, varrê-los para longe, bater a porta na cara deles, da maneira como sempre fiz quando via outros se ferirem ou serem feridos. Mas isto... Isto *é* diferente.

Deve ter sido assim que Mara se sentiu quando Jude a estava atormentando, provocando-a de maneiras que nem ela sabia que surtiriam efeito, pressionando até fazê-la perder o controle.

Estou perdendo o meu agora. Lançando-me em defesa de Felix e de sua escolha de morrer porque achava que tinha sido esse o fim que levara a namorada. Minha sensação é de que há lobos a *minha* porta, na *minha* casa, à espreita, rondando.

Tive um sonho depois que recebi a notícia do falecimento de meu pai. Vi a mim mesmo parado sob uma árvore, uma sombra de quem sou, esmaecido e incompleto. Observo enquanto amarro uma corda em um galho; não há sons nem pássaros nem brisa nas árvores. Dou um passo em direção à escuridão e coloco o laço ao redor do pescoço. Os fantasmas de minha família assistem, os rostos anestesiados, vazios de expressão. Encontro meus próprios olhos, e, sem uma única palavra, meu outro eu dá um passo para fora da elevação.

As veias em meu pescoço saltam, lívidas, meus pés chutam, mas minhas mãos não levantam. É um reflexo, os últimos engasgos de um corpo moribundo, da carne que me contém, lutando para respirar, para viver. Quer tanto continuar, seguir adiante. Meus pés param, meu corpo balança, flácido. Minha aparência era tão tranquila, como se estivesse dormindo em pleno ar.

E foi então que ouvi o sibilo da voz de meu pai em meu ouvido, minha mente: *covarde*. Hesitei, apenas por um instante; queria retorquir, negar, mas não podia. Porque era isso mesmo, era verdade.

É assim que classificam os suicidas. Como covardes. Egoístas. Mas olhando ao redor para os pequenos aglomerados de pessoas no metrô, parte de mim de fato não compreende — como conseguem? Como preenchem os minutos e as horas e os dias e anos de suas vidas? O que me falta para não saber como preencher os meus? Para não querer preenchê-los?

Há tanto tempo, tempo infinito, e fico parado aqui, no meio de tudo, sozinho, sem noção de nada.

É errado, dizem. Egoísmo, dizem. A maioria das pessoas faria qualquer coisa para poder ganhar mais tempo. Até me matariam se pudessem roubar o meu.

Olho para Mara: foi ao inferno e voltou, e fez o que precisava fazer para sair de lá. Lutou para continuar aqui, e não foi por mim. Por ela mesma.

Foi sempre esse o propósito de Mara: aferrar-se ao que é. Desde o primeiro momento, foi com isso que sempre esteve mais preocupada.

Quando queimamos a boneca da avó e encontramos o pingente ali dentro, igualzinho ao meu e ao que o professor enviara a Jamie, fomos procurar refúgio em meu quarto. Ela estava tremendo, pálida, e eu, desesperado, querendo ajudá-la.

"*Diga o que fazer, e eu farei*", lembro de ter dito. "*Diga o que quer, e é seu.*"

"*Tenho medo de estar perdendo o controle*", explicara ela.

"*Não deixarei que isso aconteça.*"

"*Não pode impedir*", retrucou ela. "*Só pode assistir.*"

Passei tanto tempo me sentindo impotente, que já tinha me resignado. Era verdade, tudo o que *podia* fazer era assistir. Então ela disse:

"*Diga o que vê. Porque não sei o que é real e o que não é, nem o que é novo ou diferente, e não posso confiar em mim mesma, mas confio em você. Ou não diga, porque posso não me lembrar. Escreva, então talvez, algum dia, se eu melhorar, me deixe ler. Caso contrário, vou mudar um pouquinho todo dia, e nunca saberei quem fui até parar de existir.*"

Mara estivera tão errada no que dizia respeito a si mesma, e tão certa no que dizia respeito a mim. Jamais correu o risco de se perder. Se algo aconteceu, foi que ela se *transformou* no que é de verdade, e nunca precisou de mim, nem de ninguém, para relembrá-la.

Eu, por outro lado... Eu sempre *quis* me perder. Ela é tudo a que jamais desejei me apegar. E, se eu pudesse morrer, caso viesse a perder Mara como Felix perdeu Felicity? É muito provável que fizesse o mesmo que ele fez.

Falhei em notar que já estamos fora do trem, já no prédio, no elevador. Mara destranca a porta, e, uma vez que estamos todos lá dentro, Ganso explode:

— Ok. Alguém precisa seriamente me contar que caralhos está acontecendo aqui. E quando digo "alguém", parceiro, quero dizer você. — Ele se vira para mim.

— É... complicado.

— É, isso já saquei. Mas, sério, você não pensou que seria legal me falar essas coisas antes, não?

— Quando? — pergunto. — Quando é que teria sido uma boa hora para falar para você do...

— Do cacete de seus *superpoderes*? Aquela garota lá na casa, tudo aquilo... Vocês armaram comigo, né? — Ele olha de mim para Jamie. Jamie balança a cabeça devagar.

Ganso despenca no sofá, fecha os olhos e massageia as têmporas.

— Bem, então vocês vão ter de fazer uma recapitulação comigo agora, porque, apesar de aquela garota ter lido minha mente, ou que porra sei lá era aquela, ainda não estou convencido de que isso tudo não é pegadinha.

Solto um suspiro. Há apenas uma maneira de convencê-lo. A habilidade de Jamie é difícil de provar. A de Mara... Bem... Não preciso nem comentar. Mas a minha... Vou até a cozinha, começo a abrir gavetas. Encontro o que estivera procurando: a coleção de facas. O som que o metal faz quando retiro a faca de chef do bloco acelera meu sangue.

— Não. — A voz de Mara é clara, desafiadora. Alta. — Você não vai fazer isso.

— Sabe — começa Jamie, caminhando até a cozinha —, sempre quis ver isso, para falar a verdade.

— *Não.*

— Mara, é o único jeito — argumento.

— Não, *não* é. Você não vai fazer isso.

Olho para além dela, para Ganso, ainda na sala de estar, nos observando com uma espécie de curiosidade desinteressada. Seguro a faca em uma das mãos e viro a outra, a palma para cima, como se fosse uma oferenda.

— Vai ser só um cortezinho de nada.

Jamie faz bico.

— *Quê?* Não amarele agora. Decepe logo um dedo ou coisa do tipo — pede. — Cresce de novo?

— Nunca tentei.

— Não há momento mais oportuno que o presente — zomba Ganso, uma ponta afiada na voz agora.

— Se você fizer isso, acabou — ameaça Mara. — A gente acabou.

Demoro alguns segundos para compreender. Daniel, Jamie e Ganso fazem um silêncio constrangido e desconfortável.

— Estou falando sério — repete ela. Sua respiração é rápida, pesada, tão furiosa, tão ágil. — Vou embora deste apartamento, volto para a casa de meus pais. Nosso namoro termina aqui, ponto final.

— Mara. — Daniel pousa a mão no ombro da irmã, e a retira de imediato, como se tivesse sido queimado.

— *Não.*

— Mara, vai sarar — argumento, em tom casual.

— Isso não importa, e você sabe. — Ela olha ao redor, para todos, visivelmente se segurando para não dizer algo.

— Sei? — Pressiono sem saber bem por quê. Ainda estou segurando a faca.

— Hmm, acho que seria bom... se a gente desse um tempinho para vocês? — indaga Daniel.

Mara me encara, em desafio. Mas já decidi. Quero fazer isso, e esta é justamente a razão pela qual Mara não quer.

Fiz o que ela me pediu, tantos meses atrás. Comecei a escrever aquele diário para ela, por ela, e tudo o que escrevi foi *sobre* ela, mas Mara agiu pelas minhas costas e o leu, e tivemos nossa briga mais esplêndida de todas.

"Quer saber como descobri minha habilidade? Como soube, pela secretária de meu pai, que estávamos nos mudando para mais uma casa infeliz dois dias antes da mudança, porque ele não podia se dar o incômodo de me contar por conta própria? Como me senti tão entorpecido com isso e com tudo, que cheguei a ter certeza de que não poderia existir de verdade? Que eu só podia ser feito de nada para sentir tanto vazio, que a dor que a lâmina causou em minha pele foi a única coisa que me fez sentir real?"

Parecia até que eu a tinha golpeado.

"Quer ouvir que eu gostei disso?", segui em frente. *"Que quis mais? Ou quer ouvir que, quando acordei no dia seguinte e não encontrei qualquer vestígio de um corte, nenhum indício de uma cicatriz se formando, tudo o que senti foi um desapontamento avassalador?"*

"Você quer *que eu o machuque"*, concluíra ela.

"Você não pode."

"Eu poderia matá-lo."

Se não estivesse tão furioso comigo mesmo, poderia até ter rido. Como se me matar fosse a coisa mais terrível do mundo.

Dei um passo em sua direção. *"Tente."*

Agora ela está me ameaçando outra vez, mas com algo muito pior. Portanto, não sei que tipo de entidade me possui para pegar a faca e deslizá-la contra minha palma. O aço parte minha pele, como se fosse manteiga amolecida, e o sangue jorra de maneira instantânea no piso branco, empoçando, florescendo. Mara gira nos calcanhares, ágil como uma corça, aquele rosto deslumbrante marcado por dor e traição, e sobe a escada correndo, com força o bastante nos passos para me fazer pensar que vai estilhaçá-la.

— Moleque! — exclama Jamie, ficando pálido, recuando.

Daniel corre para mim com uma toalha.

— Faça pressão. — Ele a força contra minha palma. Tomo-a dele, deixo-a cair. O sangue não parou de correr, não diminuiu.

Até mesmo Ganso parece enjoado.

— Isso é... loucura. Puta merda.

— Noah, você vai precisar dar ponto. — Daniel mais uma vez.

Um balanço negativo de cabeça meu.

— Fique olhando.

Todos obedecemos, todos à exceção de Jamie, que tem nervoso de sangue, parece.

— Vai ficar tudo bem — prometo, mas as palavras parecem inchadas, cada letra separada e embaçada. Daniel força a toalha contra minha mão outra vez, e a mantém pressionada ali.

— Moleque — repete Jamie. — Acho que talvez fosse melhor a gente levar você ao hos...

— *Pare.* — Eu me estabilizo do mesmo modo que Mara, coalescendo ao redor de uma centelha de branco que sinto no peito. Fecho os olhos. — Você queria isso. Vocês dois queriam. *Não amarelem agora.*

Observo a dupla me observando. Daniel vigia o relógio. Os corações de todos batem rápido, como os de coelhos assustados. Ignoro tudo, os ignoro, e escuto com atenção a mim mesmo, um aglomerado de notas irregulares, esfarrapadas, fragmentando-se nas pontas. Um tema mutilado que não para de arranhar. Se me fechar para os sons dos demais, me concentrando em cada nota, posso consertá-las.

Meu sangue ensopou a primeira toalha por completo, mas, com cada respiração, rareia, agora apenas pingando a segunda com pétalas de vermelho. Todos fitam o processo com horror curioso, fascinado. Mas Ganso observa com descrença. Jamais precisei me provar assim diante de ninguém antes, e por um instante — apenas um instante — me pergunto se vou mesmo me curar.

Retiro a toalha, olho para o corte; ainda sangrando, criando uma poça em minha palma. Mas não no chão. Uma onda de orgulho, e uma espécie de injeção de adrenalina... Gratificante. Como se eu tivesse extraído o veneno e, por um momento, estivesse limpo.

Esperamos até o sangue parar de empoçar, o que, para ser honesto, demora um pouco mais do que imaginei.

— Bem, está aí a prova, sou um filho da puta — comenta Ganso.

— Nenhuma novidade nisso. — Levanto com a intenção de lavar a mão, e meu corpo quase oscila, me surpreendendo, mas o endireito a tempo, antes de o restante deles notar. Coloco a mão sob a torneira, e Ganso, Daniel e Jamie encaram, de queixo caído. Minha fúria queimou até se apagar, e quero conversar com Mara, baixar sua bola, na verdade, mas a cobertura parece respirar e se esticar, a escada parecendo distante, impossível.

— Volto já — aviso, e deixo o apoio da pia contra minhas costas. *Covarde.*

Está tudo dentro de minha cabeça. Costas retas, passos largos — acompanhe o ritmo ou se mande.

Encontro Mara em nossa cama, toda vestida, em posição fetal, deitada de lado. O closet está aberto, e algumas roupas, acumuladas no chão num pequeno ninho. Uma olhadela para sua mala me diz que começou a fazê-las.

— Vai a algum lugar?

Ela não responde.

— Mara.

— Não.

— Não o quê?

— Não diga meu nome.

— Melhor voltar depois?

— Você faz o que quiser. A casa é sua.

— Eu precisei fazer aquilo. Não tinha outro jeito de Ganso acreditar...

— Mentira.

Continuo onde estou.

— Não é.

Não consigo ouvi-la. Nem o coração, nem o pulso, nada. O silêncio embaça as janelas. Tudo o que ouço é o trem tremendo aqui perto, na Ponte de Manhattan.

— Você vai mesmo embora?

Também não responde.

É como se aproximar de um animal perigoso — não demonstre medo. Atravesso o quarto até a cama e corro um dedo pelo peito do pé nu, que chuta e me xinga. Por um momento, ela fica deitada lá, parcialmente banhada pelas sombras do céu cinzento, escurecendo mais a cada segundo que passa. Apoia o peso nos cotovelos e vira o corpo, o lábio debaixo dos dentes. Se olhares pudessem matar, eu já estaria morto.

— Você me prometeu que nunca mais se cortaria de novo.

— Não foi a mesma coisa...

— Você jurou.

— Mara...

— Mentiu para mim.

— Não menti.

— E está mentindo agora. Para si mesmo.

Vou me sentar a seu lado na cama.

— Quer dar uma olhada? — Ela olha para baixo, para minha mão, cerrada em punho. — Já não está nem mais sangrando.

— Não interessa.

— Não?

Irritada, frustrada.

— Está bem, não é o que mais interessa. — Ei-la, minha Mara. — Você não estava só tentando se provar para Ganso. Estava... Se ferindo. De propósito. Faca de cozinha, lâmina de barbear, a faca de caça de seu pai. Não importa como faz. Ou com que pretexto.

Arrisco um dedo, traçando a linha que vai do ombro à parte interna de seu pulso. Continua quieta — toda ela —, mas não protesta.

— Você é meu método de automutilação preferido. — Ela tenta esconder um sorrisinho. Se não a conhecesse como conheço, não o teria notado.

Mas conheço. E noto.

— Sei que sou. "Você o amará até a ruína", foi o que o professor disse. "A menos que o deixe ir".

— Pelo amor de Deus, Mara. Sério mesmo? Estou *bem*.

— Não está, *não*, e se você repetir isso, vou matá-lo eu mesma, e aí você vai acabar provando que o professor estava certo. — Seu coração não está bancando as palavras, no entanto.

— Está bem — admito. — Não estou. — O corpo de Mara relaxa, e ela se deita redobrada na cama outra vez. — Eu... não sei o que fazer com essa história toda. Sam. Beth. Esse negócio do Ganso explica por que estou vendo e sentindo *mais:* ele amplifica tudo o que a gente tem. O que, aliás, significa que estou ainda mais seguro quando ele está por perto. Você tem ainda menos motivo para se preocupar.

No mesmo instante que o digo, no entanto, me dou conta de que o oposto também tem de ser verdade. Vejo o pensamento refletido nos olhos de Mara.

— Você acha que ele está amplificando sua habilidade também — concluo.

— Um por todos, todos por um.

Viro seu rosto em minha direção. Descerro o punho. O corte é profundo, continua aberto, mas não está sangrando.

— Olhe. Não tem nem cicatriz.

Mas há, e Mara sabe disso. As cicatrizes invisíveis são as que doem mais.

22

AS CAPACIDADES DO HOMEM

Assim que me vejo só, escrevo uma mensagem de texto a Stella, dizendo que vou encontrá-la hoje à noite, e ela me responde com o local quase que instantaneamente. Jamie e Ganso parecem ter se recolhido para os respectivos quartos, e Daniel voltou ao alojamento da universidade, o que me poupa o trabalho de mentir a respeito de meu destino. Rabisco um recado curto para Mara no caso de emergir de nosso quarto, depois pego o metrô até o parque que Stella mencionara. Há uma antiga casa de pedra na entrada. Stella está à espera do lado de fora do portão.

— Valeu por ter vindo — agradece.

— Ponto de encontro estranho este, não?

Um dar de ombros fraco, trêmulo.

— Fica no meio do caminho entre sua casa e a nossa.

— Nos encontrando no meio do caminho... — comento, olhando ao redor. — Metáfora óbvia ou só conveniência mesmo?

Ruguinhas de riso aparecem no canto de seus olhos.

— Você não tem medo de andar por aí sozinha, nos parques no meio da noite? — pergunto.

Ela arqueia uma sobrancelha.

— Estamos em Park Slope, uma das melhores vizinhanças da cidade. Isso aqui é quase um playground.

— Um parquinho infantil sem crianças só deixa as coisas ainda mais sinistras. — Uma brisa de outono agita as árvores, e um balanço próximo range, dando força a meu argumento... até avistar o cachorro que encostou no brinquedo, agachando enquanto o dono espera, obediente, que faça suas necessidades.

— O que você disse a Mara? — pergunta ela, recuperando minha atenção. — Sobre aonde estava indo?

— Nada. Ela foi dormir.

O cenho de Stella se franze.

— Cedo assim?

— Tivemos um... desentendimento.

— Problemas no paraíso? — Ela me examina, e é então que a flagro fitando minha mão enfaixada.

Aproveito a oportunidade para olhar, olhar de verdade, para Stella pela primeira vez. *Está* diferente da garota que conheci no Horizontes, o que poderia muito bem ter acontecido há anos. Não é apenas o fato de seus cabelos terem perdido o brilho, ou de seu rosto ter se endurecido, ou de suas curvas terem se emaciado. Há algo faltando por trás de seus olhos. Algo que se perdeu.

— Como você veio parar aqui em Nova York? — pergunto.

Ela pisca.

— Eu já *estava* em Nova York. Com Jamie e... Mara.

— Certo, mas, pelo que entendi, você foi embora?

— Voltei para casa.

Aguardo que termine. Está claro que quer dividir algo comigo, caso contrário não teria pedido que nos encontrássemos aqui.

— Quando ficou óbvio que a gente não encontraria cura alguma para nossos... dons... eu só... fiquei mais um tempo depois disso, mas depois que Mara... — Ela deixa a voz morrer. — Eu ia voltar para Miami, não sabia mais para onde ir. Mas fui embora sem nada... Não tinha dinheiro nem amigos. Literalmente, não sabia o que fazer. Acabei ficando horas na Grand Central, sentada, sem fazer nada, quando Leo veio falar comigo.

— Que coincidência.

Ela evita meus olhos.

— Não foi coincidência. Um de nós pode... encontrar outras pessoas iguais. Nós contamos isso para vocês.

139

— Contaram, mas esqueceram de mencionar quem — retruco, já entediado com todo aquele mistério. Leo não traiu nada, nenhuma informação, mas talvez com Stella seja diferente.

— Ela não mora na casa. Não importa. O fato é que Leo me encontrou, me disse que eu tinha uma escolha. Ele me ajudaria a voltar para casa, se fosse isso mesmo que eu queria, mas também prometeu que tinha um lugar para mim a seu lado, caso quisesse ficar.

— Quanta generosidade.

Ela dá de ombros.

— Quer dizer que você foi para a casa de um completo estranho? — pergunto.

Ela ri um pouco.

— Mais seguro que continuar com meus supostos amigos.

— E com sua família?

Sua amargura se aprofunda.

— Nem todo mundo tem uma vida perfeita em casa.

— Temos isso em comum.

— Mas, enfim, Leo nunca teria me machucado. Não conseguia ouvir seus pensamentos, mas disso eu tinha certeza: ele não é igual a ninguém mais que eu já tenha conhecido. É especial.

Não somos todos?

— Olhe, a casa é como um porto seguro para pessoas como nós. Qualquer um pode chegar lá, a qualquer hora, e eles têm o compromisso de cuidar uns dos outros. É como... Eles são como uma família, ok?

Eles, não nós.

— E me receberam de braços abertos, e Leo me ajudou a entender o que sou capaz de fazer. E Felix, Felicity e S... — Stella para antes que possa revelar algo. Estava prestes a dizer "Sam"? Quero perguntar, mas não desejo deixá-la arredia. — Eles são importantes para mim. Estou preocupada com eles.

— A gente já disse que vai ajudar.

— *Daniel* disse — corrige ela. — Você, não.

— Foi por isso que me pediu para vir até aqui no meio da noite? Porque, sinceramente, não precisava ter tido esse trabalhão todo...

— Queria falar com você sobre Mara.

Estou na defensiva, mas tento não deixar transparecer.

— O que tem ela?

Stella desvia o olhar.

— Você parecia... meio excluído... mais cedo, lá na casa.

Calo pisado. Finjo que não.

— Elabore.

Stella me encara.

— O que foi que ela contou a você sobre o que aconteceu depois do Horizontes?

— Por que está me perguntando isso?

— Porque ouvi o que você estava pensando! — A voz ecoa no parque deserto, mas são as palavras que eriçam os pelos de minha nuca.

Ela respira fundo.

— Você estava certo — admite. — Eu estava escutando.

— E o que você acha que entendeu do que ouviu? — Minha voz é baixa, quieta, mas estou furioso.

— Que Mara e Jamie passaram por alguma coisa juntos de que você não fez parte.

Está fazendo pressão nas feridas e sabe disso. Recuso-me a lhe dar a satisfação.

— Você não precisava ter lido meus pensamentos para saber o que é literalmente verdade.

— Sei que ela jamais falou para você o que era essa tal coisa que eles viveram juntos.

— Ela nunca me disse porque nunca perguntei.

Stella levanta o queixo.

— Porque você não *quer* saber. — Dá um passo em minha direção. — Quando seu amigo está por perto, posso ouvir mais que as palavras que você pensa logo antes de abrir a boca para falar. Posso ouvir o que você tem medo de admitir para si mesmo.

Minha respiração acelera em resposta a minha raiva crescente.

— Você estava espionando, da maneira mais abusiva, mais violadora possível — respondo. — Por que eu deveria acreditar em qualquer coisa que diga agora?

— Porque você sabe que estou falando a verdade.

— Nem acredito que vim até aqui para isso.

Um sorriso amargo.

— Eu acredito. Você veio porque sabe que tem alguma coisa errada, e, apesar de estar sempre agindo como se não estivesse nem aí, você se importa mais que todo mundo... Pelo menos quando se trata deste problema em particular. Você não quer que ninguém mais morra. Posso até não ser capaz de ler sua mente agora, mas sei que você consegue distinguir quando estou mentindo ou não. E sabe que não estou.

— Sei que você *acha* que não está. Mas só porque acredita em alguma coisa, não quer dizer que seja verdade.

— E no que você acredita, Noah? Acha que tudo isso não passa de coincidência? Todas essas pessoas morrendo de repente? Seu pai foi o primeiro, não foi?

As palavras que estava prestes a dizer morrem em minha garganta. Ela sabe a respeito dele? Do que fez? Quem era?

Em vez dessas perguntas, é isto que falo:

— Então foi mesmo você quem mandou aqueles recortes...

Ela estreita os olhos.

— Não. Não fui. Mas li o obituário.

Não havia nada de relevante no obituário. Abro a boca para dizer isso quando Stella me corta:

— Era mentira.

— Era? — Mantenho a voz firme.

— Ele desapareceu antes de morrer.

Como ela sabe? Quero perguntar, mas não quero entregar nada.

— Por que você acha isso?

— Você está dizendo que não é verdade, então? Que ele não desapareceu e depois cometeu suicídio... Que é, por acaso, a mesma coisa que está acontecendo com nossos amigos que estão morrendo? A mesma coisa que aconteceu com Sam, no funeral?

Um dedo gelado percorre minha espinha.

— O que você acha que Mara tem a ver com isso? — indago, mas estou me sentindo mais desconfortável a cada segundo que passa, e minha mente se rebela contra as palavras de Stella, fazendo pressão para ir embora daqui. — Olhe, seja lá o que tiver acontecido entre vocês, já ficou mais que claro que você não superou a história, e eu não podia estar menos aí para isso, então, se já me disse tudo o que queria, me dê licença que vou...

142

— O que aconteceu entre *nós* duas? — Ela ri, sem qualquer pingo de humor. — Meu Deus, você não a conhece nada mesmo.

— Ah, mas você conhece. Porque eram unha e carne, não é?

— Porque eu estava *lá*. Quando ela assassinou a Dra. Kells...

— E o outro sujeitinho, né? Qual era o nome dele mesmo? Foi mal, mas, se está tentando me chocar, vai ter de se esforçar mais que isso.

— Você sabe o que Mara fez com ele?

— Ela o matou — respondo apenas. — E libertou você, pelo que fiquei sabendo.

Outro sorriso gélido.

— É. Ela o matou, sim. Mas não antes de arrancar o olho dele fora. Enquanto *ainda* estava vivo.

Com essa ela me pegou. Tento não demonstrar, não trair que suas palavras cortaram minha respiração.

— E ela não simplesmente assassinou a Dra. Kells, não — prossegue. — Ela a *despedaçou*.

— Vocês eram todos prisioneiros, cobaias. Mara os tirou de lá.

— Verdade, mas primeiro ela se trancou em uma sala com Kells e a cortou em mil pedacinhos.

— Um pouco dramático...

— Com um bisturi. Que ela *guardou* e carrega até hoje.

Isso é... incontestavelmente perturbador.

Stella me lança um olhar arrogante.

— Ah, ela esqueceu de mencionar essa parte?

— Você está mesmo me dizendo que acha que Mara é a responsável pelo suicídio de gente que ela nem conhece?

Stella não responde.

— O que você contou a Leo sobre ela? A seus outros amigos?

A garota deixa escapar um bufo de risada.

— É com isso que você está preocupado? Com o que falei sobre Mara?

Estou enjoado, tonto e nem um pouco inclinado a admitir que Stella talvez esteja certa a respeito de qualquer coisa, de nada disso. Mara não tinha nenhum motivo para querer ver estranhos mortos; queria descobrir a verdade a respeito de Sam tanto quanto eu, se não mais. Saio da defensiva e parto para a ofensiva.

— Se ela não tivesse matado Kells e Wayne, você provavelmente ainda estaria lá, ou morta. E — acrescento quando Stella abre a boca para falar —, apesar de tudo, você decidiu escapar com ela e com Jamie. E ficou com eles por um tempo depois disso.

— Fiquei, sim. Até não conseguir mais.

Já sei que não quero saber por quê.

— Eles fizeram experimentos com você, abusaram de você, torturaram — argumento. —Vocês não podem ser responsabilizados por nada do que tenham feito, ou deixado de fazer, depois disso.

Stella vira-se para mim, e a força que emana dela quase me joga para trás.

— Somos responsáveis por *tudo* o que fazemos! — exclama. — Sempre temos uma escolha.

Foram minhas próprias palavras, um dia.

— E Mara escolheu errado. *Sempre* escolheu errado. Teve esse cara numa caminhonete...

— Pare.

— Um homem nos deu carona. Eu estava apertada, então paramos, descemos do caminhão, e eu e Mara fomos ao banheiro. Então eu saí, e ela voltou coberta... *ensopada*... de sangue, e o cara estava morto.

E?

— A história não acaba aí, não é verdade?

Ela para. Depois:

— O quê?

— Ah, sem essa. Você não espera que eu acredite que ela matou alguém só por ter ido ao banheiro.

Ouço, vejo, o sangue subir até suas bochechas.

— Ele tentou... estava me esperando lá dentro.

Aí está.

— No banheiro feminino. Numa parada no meio da estrada.

O silêncio se expande, como uma bolha a seu redor.

— Ele a estuprou?

Um pequeno balanço negativo de cabeça, e sei. Não estava lá para testemunhá-lo, mas sei.

Mara passou... por situações infernais. É a única forma de descrevê-lo, o início de toda essa história.

O garoto, se é que se pode classificá-lo como tal, tão pouco humano que era, começou como namorado antes de se transformar em seu algoz e atormentador. Uma noite em sua companhia e das amigas terminou com Mara presa em um sanatório abandonado, depois de o garoto ter tentado forçá-la a fazer sexo com ele — foi nessas circunstâncias que a habilidade *dela* se manifestou pela primeira vez. Foi assim que a mulher que o criou, uma doutora comprada e financiada por meu pai, obrigou seus poderes a saírem para brincar. Mara pensou que tinha matado o garoto e suas amigas naquela noite, mas ele deixou claro para ela — e apenas ela — que continuava vivo, atormentando-a com sua existência; e ninguém mais queria acreditar em Mara, à exceção de mim. Eu *estava* lá para presenciar essa parte. Ele usava cada segundo de sua existência para torturá-la. Roubou-lhe a liberdade e a esmagou, e depois Kells fez o mesmo. Mara foi violada, de todas as maneiras, pelas pessoas em quem deveria ser capaz de confiar: o namorado, sua médica. E foi internada por isso: nem mesmo a própria família acreditava nela, as pessoas em que mais confiava no mundo inteiro.

Os pais não sabem. Pensavam, genuinamente, que estavam ajudando, e a mãe apunhalaria o próprio peito se ficasse sabendo da verdade. Mara entende isso. Entende que não é culpa deles. E, ainda assim...

Também entende que não merecia o que fizeram a ela. Mas, no Horizontes, vi uma celulazinha pequenina de culpa — a noção de que tinha matado a melhor amiga por acidente — transmutar-se em vergonha quando passou a acreditar que a matara para se salvar. Crescia mais a cada dia, cancerígena, ameaçando comê-la viva.

Talvez tenha mesmo, no fim das contas. Posso não saber cada detalhezinho a respeito de Mara — parece que sei menos ainda do que pensava, mas disto tenho certeza: nunca mais deixaria alguém ser violado da maneira como fizeram com ela. Stella pode não compreender, mas eu entendo.

— Mara entrou. Matou o cara, e você saiu.

— É, mas...

— Salvou você.

— Você não estava lá! — As palavras partem as árvores, chamuscam o ar. — Não viu o rosto dela quando voltou para a caminhonete.

Não viu a expressão que tinha quando decidiu matar aqueles dois universitários idiotas por praticamente nada...

O quê?

Lágrimas começam a cair.

— Você não sabe do metrô. Dos trilhos. Jamie e Mara jamais contaram.

— Olhe, Stella...

— Para você não importa que Jamie tenha forçado aqueles dois imbecis a descerem para os trilhos do metrô como punição por terem urinado numa moradora de rua e a chamado de... — Pausa, e a palavra que se recusa a dizer paira no ar, doentia e venenosa.

— Eram pessoas racistas e horríveis — admite, fungando. — Mas não mereciam morrer por isso.

— E foi isso que aconteceu?

— Isso que aconteceu o quê?

— Eles morreram?

Outro balanço negativo de cabeça.

— Jamie só queria assustar os dois. Mas Mara... — Stella solta outra risada, gelada. — Ela ia matá-los de verdade. Forçou os dois a ficarem lá, nem sei como... Seus narizes começaram a sangrar e...

O filete de sangue que escorria do nariz de Sam e por cima do lábio, caindo na poça sob o corpo dependurado.

Uma manchinha de sangue na articulação do dedo de Beth... Como se o tivesse usado para limpar o nariz antes de pular.

O peso de tudo que percebo que não sei a respeito de Mara, que não queria saber, se torna repentinamente demais.

— Eles não morreram — admite Stella, extravasando o resto de raiva que ainda continha. — Mas teriam morrido. Foi Jamie quem a parou. Senão... — Ela pausa, arfando, e esfrega o olho com o pulso. — Você não estava lá.

Aí está. Aquela ferida que não quer sarar, a fratura não remendada. E ela está fazendo pressão em cima. Torcendo. Esperando o momento que vou quebrar.

Estou tão cansado, de repente. Uma onda de exaustão rebenta, me puxa para baixo. Não há nada que eu queira mais do que deixar Stella sozinha neste parque e ir dormir. Para sempre.

— Você está certa, Stella — digo, em tom casual. — Eu não estava lá. E você também não estava quando ela sacrificou a própria vida pela do irmão. — De ambos os irmãos, na verdade, mas deixo esta parte de fora. — Então o que está tentando dizer, exatamente? Que ela é um monstro? Que só leva morte e destruição no rastro, aonde quer que vá?

— O instante que o digo é o mesmo que me dou conta de que foi isso que meu pai dissera a respeito de Mara. Foi como tentou me persuadir a matá-la.

Stella deixa escapar um fôlego estremecido. As pálpebras tremelicam e se fecham quando fala:

— O que estou dizendo é que ela não é quem você acha que é. Ela mudou.

Minha cabeça parece anestesiada. Não vou conseguir ficar aqui por muito mais tempo.

— E você não? — pergunto.

— Claro, também mudei.

Assinto.

— Você largou Mara e Jamie...

— E Daniel — acrescenta ela.

— Mas agora aqui está você, toda instalada em uma casinha no Brooklyn depois de ter abandonado os três...

— Não foi assim que aconte...

— Mas vem fazer discurso para mim sobre Mara, que se sacrificou para as pessoas que ama mais do que você jamais entenderá.

A transformação é instantânea. Seu rosto se endurece, e ela recua um passo, esmagando folhas mortas.

— Quanto, Noah?

— O quê?

— Quanto de si mesma Mara sacrificou?

Quando não respondo, ela diz:

— Você também não sabe. — Ela é a primeira a se virar, a começar a se afastar. No entanto, me lança um olhar, uma frase, ao partir. — Mas vai descobrir.

23

TENRAS MISERICÓRDIAS

UANDO ALGUÉM EM UMA CASA ESCONDE UM SEGREDO, algo se transforma na atmosfera. Palavras não ditas, sorrisos inacabados, passos por cima de cascas de ovos; distorcem a realidade, abafam a verdade.

A pessoa que é dona do segredo é mudada por ele — sorri, mas os cantos da boca não alcançam mais a altura que alcançavam antes. Os cantos dos olhos não formam as mesmas ruguinhas. O olhar quando lhe diz que o ama... há algo por atrás dele. Você não sabe o que é; o que ela terá feito?

Mara é muitas coisas, mas clichê não é uma delas. Se está mesmo escondendo um segredo — e está, sei disso agora; depois daquela noite com Stella, enxergo-o em tudo que faz —, seu segredo não é uma pessoa. É uma coisa. Algo que não posso saber, porque nos mudaria.

O que Mara desconhece é que já mudou.

Não se pode esconder um segredo da pessoa que se ama e esperar que não o mude também. Ela não confia em mim o suficiente para me contar tudo, o que por sua vez me faz desconfiar dela, e isso faz com que nossas mãos não cheguem a se tocar na hora de passarmos algo um ao outro à mesa. Faz com que minha boca não encontre a dela por pouco quando me curvo para beijar seus lábios, aterrissando em sua bochecha em vez disso.

148

Amar alguém é o mesmo que afirmar que confia na pessoa. O mesmo que entregar seu coração e contar que ela vá protegê-lo. Mantê-lo seguro.

Manter segredos é o mesmo que atirar o coração para o alto e brincar de pegá-lo sozinho. Mas, na realidade, é com o amor do outro que você está brincando, com a felicidade dele. Sempre me perguntei como as pessoas conseguem fazer isso. Estou longe de ser infalivelmente honesto — a bem da verdade, sou um mentiroso extraordinário —, mas é estranho como as coisas parecem diferentes quando é o próprio coração sendo arremessado no ar com descuido. É um jogo perigoso.

Quando eu era criança, lia tudo o que encontrava, em qualquer lugar que encontrasse. A única coisa que me parecia bela a respeito de minha vida era a forma como os livros me permitiam escapar. Sentia como se estivesse cercado de nada, e o tédio era denso o bastante para me sufocar. Quando se pode escolher fazer qualquer coisa, como é possível escolher? *Por quê?*

Toda a minha vida escutei a frase *Faça o que te deixa feliz* sendo jogada para todos os lados; não em minha direção, Deus sabe. Mas falada de forma generalizada, como um princípio. Mas, quando nada consegue fazê-lo feliz, qual é a solução?

Esta é a verdade essencial a meu respeito: Mara me faz feliz. O *problema* de Mara me faz feliz. Não devia dizê-lo, mas é verdade. Não devia pensá-lo, mas penso. Ela é essa pessoa infinitamente complexa, caótica, mas há método em sua loucura, e quero saber qual é.

É possível conhecer outra pessoa de fato? Acreditei que sim. Acreditei que a conhecia, mas agora...

As pessoas que acham que me conhecem me imaginam como alguém no controle. Quando me veem com Mara, quando pensam em nós dois juntos, me percebem como o domador de leões, e Mara, como a leoa. Uma chicotada ou um sussurro, uma palavrinha mágica, e vou adestrá-la como todo o resto.

Não quero, aí é que está.

Mas agora, sabendo o que *não* sei, quero engaiolá-la. Mas quero estar dentro da gaiola com ela, sem chicote, sem magia, e trancar a porta atrás de nós, deixar o mundo lá fora. E então:

Quero que ela me parta em dois, afunde os dedos e exponha minhas costelas, lamba meu coração e meu sangue e meus ossos. Quebre-os e chupe o tutano ali dentro. Quero ser devorado por ela. E ela quer me devorar com igual intensidade. Está presente em cada olhar, cada instante, cada sorriso.

Mas o mundo de Mara está diferente agora, e não sei como, pois não vi acontecer. Meu pai roubou isso de mim, de nós, e passei a maior parte do tempo sem sentir essa carência, mas agora a sinto. Mara se esforça para não deixar transparecer. Ela e Jamie, ou Daniel, ou os três, trocarão um olhar, e sentirei um golpe de surpresa no meio do peito. Fizeram parte de algo que eu mesmo não fiz, forjaram um laço em comum de que fui deixado de fora. Excluído. Quando pergunto a Mara, ela dribla o assunto, diz que não importa.

Mas ela é outra mentirosa. Importa, sim.

24

TENDO DESCOBERTO O FOGO

CLIMA ATUAL: UMA MISTURA DE DAVID FOSTER WALLACE COM Amy Winehouse.

Mara estava dormindo quando voltei do encontro com Stella. Eu poderia tê-la acordado e a confrontado naquela mesma noite, e podíamos ter tido uma briga por conta dos segredos que vem guardando e das mentiras que vem contando.

Mas, então, eu também teria de confessar.

Cuidando para não despertá-la, deitei na cama a seu lado, mas não consegui fechar os olhos. Quando ela acordou na manhã seguinte, agi como se não houvesse nada de diferente. Embora tudo estivesse mudado.

Como poderia ter uma conversa franca com Mara quando fui eu quem passara todo esse tempo evitando a verdade — seja ela *qual* for? E o que quer que esteja acontecendo agora em relação aos suicídios, estou certo, de maneira absoluta, de que Mara não é a culpada.

De modo que decidi fazer o que faço melhor: nada. Jamie tem jogado videogame, Ganso, saído por aí. Mara voltou a desenhar. Escreve e desenha com frequência. Não tenho mais música dentro de mim.

Daniel mostra-se bastante exasperado pelo andamento das coisas quando passa na cobertura para uma visita, dias mais tarde.

— A gente precisa conversar — diz. Pegou a mim e Jamie no meio de uma partida de *Duck Hunt* no Nintendinho, atirando na projeção com uma arma de brinquedo laranja que foi arrancada da década de 1980 e acabou caindo em nosso apartamento. Produz um som de *clique* plástico irritante, mas ao mesmo tempo prazeroso.

— Sobre? — pergunto, enquanto uma ave pixelada tomba na grama pixelada. É incrivelmente satisfatório; ando viciado no jogo.

— Sua herança.

Isso faz até a cabeça de Jamie virar. Mara está no banho, e Ganso decidiu desbravar o supermercado Whole Foods no bairro de Gowanus em busca de provisões para o grande jantar de celebração que ninguém lhe pediu para organizar.

— Quero explorar os arquivos — explica Daniel.

— Vou mandar demolirem o prédio para transformar o lugar num jardim público — digo, sem tirar os olhos do jogo. — Próximo assunto.

— Então você ou é idiota, ou egoísta.

— Está aí uma opinião bem forte e pouco elaborada — comento sem inflexão, mirando a arma na tela.

— Porque é importante. Dá para você largar essa arma um minuto, por favor?

— Se é mesmo necessário — ironizo, deixando-a sobre o colo.

— Olhe, tudo o que David Shaw fez e mandou fazer está lá dentro. Toda a pesquisa e todos os testes, resultados...

— Exato — corto. — E você uma vez conseguiu invadir o lugar e começar a xeretar o que tinha lá dentro. Quanto tempo até outra pessoa resolver fazer a mesma coisa? Vai ver alguém até já fez. Está mais que óbvio que não somos os únicos Portadores na cidade.

Mas Daniel não está disposto a deixar o assunto morrer.

— E daí? Talvez tenha alguma coisa lá dentro que ajude a criar uma cura...

— Não era isso que Kells estava tentando fazer? — Olho para Jamie. — Uma ajudinha aqui, por favor?

— Passo — responde ele, voltando ao jogo.

Daniel apoia as palmas das mãos no balcão da cozinha.

— Se existe uma chance de o que tem lá dentro nos ajudar a impedir o que aconteceu com os outros de acontecer com vocês, não podemos ignorá-la — diz ele. Noto as sombras sob seus olhos, a tensão ao redor da boca.

— Você está preocupado com Mara — concluo.

— E *você* não? — Sua voz é quase acusatória. Quase. Mais que imagina, caro amigo.

— Claro que estou. Só não acho que toda aquela merda que meu pai fez com ela... com todos vocês e vai saber com quem mais... vá ajudar.

— Então qual é o plano? — Daniel vira as palmas para cima. — Você tem algum?

— Planos são coisas tão formais — digo, indiferente. — E tendem a ir pelos ares quando sua irmã está envolvida.

— Só está dizendo isso porque não pensou em nada.

— Tive notícias de Stella — disparo, surpreendendo a mim mesmo. E Jamie, que se inclina mais para perto da televisão a fim de disfarçar o fato de que agora temos oficialmente toda a sua atenção. — Meu plano é nos encontrarmos com ela e Leo, e descobrir mais sobre as pessoas que moravam com eles. E começar a trabalhar numa solução a partir daí.

— Ok — diz Daniel, depois de uma pausa. — E, enquanto vocês fazem isso, por que não me deixa procurar nos arquivos as pastas que podem existir com informações sobre essas pessoas?

Não é que o argumento de Daniel não seja sólido. Meu pai torturou — ou pagou para que torturassem — adolescentes a fim de descobrir por que sou do jeito que sou; tenho certeza de que aprendeu bastante a respeito dos indivíduos com o gene que nos confere nossos "dons". Mas, se usarmos o que ele descobriu por meio de tortura, acabamos por justificá-la. Tudo o que fez... a Mara, até a Daniel... Não. Não vou deixar. Precisa haver outro jeito.

Daniel solta um suspiro.

— Não consigo entender, Noah. Não entendo por que você ia querer jogar fora uma coisa que pode nos ajudar. Ajudar minha *irmã*.

— Não existe cura — garanto, e Daniel congela. — Sei que você quer que exista, mas não é o caso.

— Não tem como saber com certeza. *Nós* não sabemos de praticamente nada. Você está desperdiçando uma oportunidade de ouro, e é uma burrice, e sei que você não é burro, então qual é o motivo? Por que tanto medo do que podemos encontrar?

Calo pisado. Nunca deixe transparecer.

— Daniel — digo, razoável. — Você é vegetariano, não é?

— Sou — responde, dando de ombros.

Olho para seus pés.

— Você usa sapatos de couro?

— Não.

— É porque você não gosta do gosto de carne? Porque não acha couro confortável de calçar?

Ele revira os olhos para o teto.

— Um, a gente poderia acabar com a fome no mundo com a comida que usamos para continuar mantendo e gerando animais que depois matamos para transformar em alimento. E dois, a ideia de estar contribuindo para o sofrimento de um animal só para eu poder comer um cheeseburger me deixa enjoado.

— É assim que eu me sinto em relação à pesquisa de meu pai. Não quero usar o produto de tanto sofrimento só para a gente talvez, quem sabe, alcançar alguma outra coisa.

— Sua metáfora é ineficaz — retruca Daniel, cruzando os braços. — Mas vamos seguir em frente com ela. Eu usaria remédios que foram testados em animais se Mara estivesse doente e eu achasse que tinha pelo menos dez por cento de chance de ela ser curada. — Recosta-se. — O que você faria?

— Eu a curaria eu mesmo.

— E se você fosse uma pessoa normal, Noah?

Aí. Aí está, em sua voz.

— E se você fosse uma pessoa normal e Mara estivesse doente, morrendo, e você não pudesse curá-la sozinho, mas acreditasse que existe algum outro jeito?

E, nesse instante, entendo. Não é apenas curiosidade. Daniel é normal, mas em vez de ver este fato como a dádiva que é, *ele* se sente amaldiçoado. Sente-se impotente. Impotente e assustado.

Olha para Jamie em busca de apoio, que, depois das revelações de Stella, estou mais que certo de que não receberá. Jamie estava lá, afinal. E está aqui, agora, de qualquer maneira.

Passos na escada, descalços e característicos de Mara. Nós três erguemos o olhar; seus cabelos estão molhados, e ela veste uma camiseta velha, desbotada, que foi laranja um dia e agora tem cor de *sherbet* de pêssego. Os dedos dos pés, unhas pintadas de preto, sempre, são visíveis através do vidro. Seus olhos encontram os meus, e todo o restante esmaece como pano de fundo.

— Vou pensar — digo a Daniel na esperança de que isso coloque um ponto final na conversa. E que ele e Jamie se escafedam por milagre.

— Vai pensar sobre o quê? — Mara inclina a cabeça para o lado, um lobo captando o cheiro de algo.

— Quero que Noah me dê acesso aos arquivos — responde seu irmão.

— Espere, e ele não quer? — Mara vira-se para mim, injustamente tentadora, parada lá, com roupas úmidas que não combinam entre si, os cabelos ainda pingando. — Por que não?

A esperança morre.

— Tem mais papel, mais pasta, mais tudo do que a gente conseguiria ler em um ano inteiro naquele lugar — respondo, resignado com o fato de que esta conversa ainda está se desenrolando. — Então como isso vai nos ajudar de qualquer jeito?

— Porque existe um sistema de organização, e já descobri qual é — revela Daniel, a voz colorida por um *peguei você*, não orgulho. — Jamie, Mara e Stella... Eles foram procurar onde mandei procurarem.

— Verdade. — Jamie enfim abre a boca.

— Então também não precisa se preocupar com a possibilidade de alguém querer entrar e usar o que tem lá dentro contra nós.

Daniel se agarrou a essa ideia e não vai largar o osso.

— Certo. Escute. Ainda nem tive tempo de olhar toda a papelada que os advogados de meu pai mandaram. — Sei que a tal papelada está aqui, no apartamento... No mesmo cômodo em que ficaram os baús do solar. Poderia pedir a ajuda deles para analisar tudo... mas não sei bem se é o que quero. Cheguei a trancar os pertences de minha mãe? Deus.

— Posso ajudar você com isso — oferece Daniel.

Não posso voltar atrás agora, uma pena.

— Na verdade, prefiro não ter ajuda. — Isso capta a atenção de todos. — Tem... coisa de família lá. — A expressão de Mara se altera, e preciso começar a escolher minhas palavras com mais cuidado do que venho fazendo até agora. — Coisas de minha mãe que pedi para mandarem para cá. Quero poder ver tudo sozinho primeiro, certo? — Não estou acima de usar a carta da mãe morta como trunfo.

Daniel levanta os olhos para o teto, fazendo que sim com a cabeça.

— Tudo bem.

Pois funciona.

— Ok, então — digo, abandonando *Duck Hunt* com relutância. Jamie faz uma expressão triste. — Vou subir e procurar os documentos certos — comento, improvisando. — Quero mudar a senha do prédio e garantir que algumas medidas de segurança sejam colocadas em prática para você não ser seguido ou coisa do tipo. Quer jogar em meu lugar? — pergunto a Daniel, indicando a arma.

— Estou indo para a casa de Sophie agora. Mas vou ficar mandando mensagem para você todo dia, várias vezes ao dia, até você fazer o que me prometeu. Tchau, mana — se despede de Mara. Ela levanta a mão em um aceno fraco, e Daniel parte.

Jamie não demora nem um segundo para fazer o mesmo. Ele se levanta, a arma de plástico caindo espalhafatosamente no chão.

Mara arqueia uma sobrancelha.

— Aonde *você* está indo?

Jamie olha dela para mim.

— Para outro lugar. E rápido — responde, já saindo da sala.

— Por quê?

— Porque quero me abster desta briga em particular. Mas vocês dois se divirtam! — Ele assovia a música-tema de *Jogos Vorazes* enquanto sobe a escada.

— Cretino — comenta Mara. Depois: — O que está acontecendo com você?

— Estou certo de que não faço ideia do que você está falando.

— Estou certa de que faz ideia sim, mas tudo bem, vou embarcar na sua. Um: por que você não quer que a gente entre nos arquivos? E outra: você nunca me disse que pediu para trazerem as coisas de sua mãe da Inglaterra para cá.

— Isso não é uma pergunta.

— Sério? — Seu olhar é assassino, e preciso me esforçar para não rir.

— Está bem, na ordem inversa: não conto tudo o que faço a você, e porque nada de bom vai sair das coisas que têm o dedinho de meu pai.

— Você não é ele, sabe? — diz ela, a voz se suavizando.

Às vezes me pergunto se *ela* também pode ler pensamentos.

— Eu sei.

— Não, não sabe. Mas, Noah, aquela pesquisa, não é o Um Anel.

— Não era o que eu esperava que você fosse dizer, mas, está bem. Dou um passo em sua direção, enrolando um cacho de cabelo em meu dedo, depois puxando. Duas pequenas linhazinhas surgem entre as sobrancelhas de Mara, e ela morde o lábio. Coisa de minutos atrás, eu a teria atacado. Mas agora...

— Preciso começar o que prometi a Daniel. — Faço um movimento para sair, mas ela não me deixa ir com tanta facilidade. Nunca deixa.

— Você acha que, mesmo tentando usar aquelas informações para o bem, elas ainda vão acabar nos corrompendo de algum modo.

— E como você sabe o que estou pensando?

— Porque eu *conheço* você. — Ela perscruta meus olhos. — E conheço meu irmão. E sei que você também o conhece. Confia nele, mas não confia em si mesmo.

— E você? — indago, dirigindo minha voz a ela enquanto subo o lance de escada. Mara desliza para longe antes que eu possa fazer a pergunta seguinte: — E se houver alguma coisa lá que possa ser usada contra alguém que você acredite merecer o castigo?

Um olhar, direto e irredutível. Sincero.

— Não faria nada sem perguntar a você antes — responde. — Prometo.

Acontece que não tenho certeza se acredito nela. Não mais.

25

DESESPERO CONFIRMADO

ECHO A PORTA AO ENTRAR NO ESCRITÓRIO. APENAS OLHAR PARA as caixas dos advogados e contadores de meu pai já traz à tona não apenas seu testamento, mas a carta que incluiu dentro do envelope.

Não deixe que sua morte tenha sido em vão.

A *porra* daquelas palavras. Meu pai está morto, sepultado a um oceano de distância, mas seus esforços para deturpar minha vida e moldá-la de acordo com a própria ainda sobrevivem. Fosse apenas o professor, isso eu poderia ter ignorado, e *venho* ignorando, mas meu pai o usou como ferramenta, ou foi usado como ferramenta pelo professor, ou...

Chuto uma caixa de documentos e por pouco resisto à tentação de colocar o cômodo inteiro abaixo. Mara está no primeiro andar, mas posso sentir sua presença; aquela vigilância, aquelas expectativas.

O ar está estagnado aqui, pequenas partículas de poeira visíveis no raio de luz filtrado pela única janela no quarto. Dá vista para a rua de paralelepípedos abaixo. Quero desesperadamente partir e seguir andando para sempre.

Nada de bom pode sair de qualquer coisa que meu pai tenha desejado, e ele me desejava aqui, vasculhando o conteúdo dessas caixas, de algum modo fazendo justiça ao potencial que minha mãe morreu para me dar, e tudo isso corrói qualquer ambição que possa ter tido de descobrir mais a respeito de Sam e Beth. Queria ajudar os impotentes. Lutar *por aqueles que não podem lutar por si*, como minha mãe mesma disse. Mas eram *mesmo* suas palavras? É muito provável que também suas crenças tenham sido manipuladas pelo professor.

Se não lutar, vai ficar indolente e descontente sob o disfarce de estar procurando paz, escreveu.

Vai arranjar dinheiro para conseguir brinquedos, mas, mesmo os maiores, nunca serão grandes o bastante.

Você vai encher sua mente de lixo, porque a verdade é feia demais para ser confrontada.

E talvez, se você fosse outra criança, filho de outra pessoa, isso não fosse ruim. Mas não é. É meu filho. É forte o suficiente, esperto o suficiente e está destinado à grandeza. Pode mudar o mundo.

Brilhante e perfeitamente vago, não? *Destinado à grandeza. Mudar o mundo.* Como se já não fosse difícil o suficiente forçar a mim mesmo a querer *existir* no mundo. Vi a verdade; eu a encarei nos olhos quando meu pai me entregou uma seringa, uma faca e uma arma e me obrigou a escolher entre matar a pessoa que mais amava ou a pessoa que *ela* mais amava. Nunca vi algo mais feio que isso. Por que é minha *obrigação*, meu *dever* ter de continuar procurando?

Talvez Mara e Daniel estejam certos e exista de fato algo que valha a pena encontrar no meio desses caixotes, baús e seja lá o que mais que meu pai guardou em seus arquivos. Mas vi o suficiente da verdade a esta altura para saber que as respostas das perguntas que *nós* queremos respondidas não nos serão entregues por terceiros. *Nós* precisamos *ser* a resposta. Ignorar o passado e continuar em frente.

O celular vibra em meu bolso traseiro. É Daniel.

Novidades?

Horrorosas. Deixo o telefone sobre a escrivaninha e me agacho em meio a caixas e baús. O de mamãe, desgastado, velho e feio, me provoca silenciosamente a alguns metros de distância, e o império de papel de meu pai me cerca, me deixando sitiado. Não posso sair do escritório sem passar por Mara, e não posso olhar para meu celular sem passar os olhos pelas mensagens de Daniel, de modo que me levanto, abro a gaveta da mesa em busca do envelope com chaves e retiro algumas de forma aleatória. Deixe que o acaso escolha, se é que destino e coisas assim existem.

Uma das chaves é pequenina e antiga, feita de prata polida, e só há um baú a que parece talvez pertencer, o de madeira escura e beiradas em prata, com todos aqueles nomes femininos gravados, também prateados. Vou até ele e o pego; é bastante pesado e não tem nenhuma fechadura óbvia à vista.

Abrindo-o outra vez, eu o examino à procura de algum compartimento interno, remexendo e revirando as cartas enviadas a um tal de E. S. pelas várias mulheres que ele parece ter comido, o que ao menos me faz sorrir. O fundo é de veludo vermelho, como o restante do forro, mas...

O topo do baú é um meio-cilindro. E oco.

Talvez seja um artigo histórico de valor inestimável, vai saber, mas levo minha chave de casa até ele e rasgo o tecido mesmo assim. Há uma fechadura prateada lá embaixo.

Minha querida esposa,

Eu o encontrei. Não posso expressar minha alegria em palavras — é imensurável. Estou ansiosíssimo por voltar para casa e para ti e os meninos, mas não sei quando estarei com saúde boa o suficiente para fazer a longa jornada. Não te preocupes — venho sendo cuidado por mãos muito capazes e tenho recebido toda sorte de tratamentos; tradicionais e outros... muito menos ortodoxos. Mas tenho urgência de discutir um assunto contigo — para o caso, muito pouco provável, de que não venha a retornar.

Há algo que preciso pedir-te, algo que preciso suplicar-te. Conheci uma menina — é órfã e só no mundo, mas possui os Dons mais excepcionais —, minha querida, e quero trazê-la para casa como nossa protegida. Voltaria comigo para Londres e viveria em nosso lar, e seria criada como nossa sobrinha, apesar de... bem, apesar de suas diferenças, que não são insignificantes.

Fazer um pedido destes por meio de uma carta me dói. Não suporto, porém, a ideia de ver desperdiçados os Dons da menina — queria poder explicar minhas razões, mas temo que esta missiva seja interceptada, e não posso arriscá-lo. Mas saibas que, embora queira muito isto, jamais tomaria uma decisão sem tua benção. Aguardo, ansioso, tua resposta.

Teu amantíssimo esposo,

S.S.

18 de março

Amado esposo,

Queria que estivesses vivo para testemunhar como a protegida simplória que me mandastes desabrochou para tornar-se a mais exótica das flores.

Suplicastes que eu a tratasse como se fosse sobrinha nossa, mas a menina tornou-se algo mais próximo de uma filha para mim. É abençoada como me disseras, com mais talentos e realizações do que eu jamais poderia ter imaginado. Levou meros dias para aprender a pintar os mais belos dos retratos. Queria que pudesses vê-la, em que se transformou. Os cabelos negros são viçosos o bastante para ser necessária apenas uma única flor como adorno. E, embora não tenha talento para a música, tem a voz de uma cotovia. Quando adentra um cômodo, atrai a atenção de todos os presentes, como se fossem mariposas buscando sua chama.

É tão modesta, elegante e humilde quanto talentosa e competente, e não exibe quaisquer sinais de egoísmo ou oportunismo, tampouco tem gosto por mexericos; por isso, suspeito que careça de amigas. A leva mais recente de moças da sociedade londrina sussurra e se abana pelas coisas mais ínfimas; e me orgulha mais que tudo que ela não mostre inclinação para tal comportamento.

Sua inclinação maior, porém, é para os estudos, e sei que tu te regozijarias com a mente curiosa que possui, embora eu admita que o ache um pouco incomum. O professor que arranjastes para ela é também incomum, tal qual o fato de que ela tenha um tutor, e não uma governanta — o que, como bem sabes, é geralmente visto como impróprio, e no entanto me garantiram que era o teu desejo que ele, e somente ele, ficasse responsável pela educação da menina. Sequer sei seu nome; o Sr. Grimsby o chama de o professor, e todos os demais parecem aceitar o título.

A porta permanece sempre aberta durante as aulas, claro, mas por algum motivo nunca consigo escutar o que estão estudando juntos, e embora já tenha vasculhado seu quarto por curiosidade, parece que ela não toma notas. Não tenho razão para ser tão desconfiada; ela já se provou honesta, gentil e generosa, mais ainda comigo. Creio que saiba que me sinto solitária, e por isso tenta agradar esta velha viúva. Quando me lembro que está ainda mais só neste mundo do que eu, do que qualquer outra pessoa, a bem da verdade, meu coração se parte outra vez. Mas diante dela, vendo como a chama das velas inflamam o fogo em sua pele, a maneira como comanda a conversa em uma sala com apenas umas poucas palavras — ela me é cara, Simon. Uma benção maior do que jamais poderia ter imaginado.

Tua Leal Esposa,
Sarah

26

O DIABO SEGUE

O SOM DE MEU CELULAR VIBRANDO NA ESCRIVANINHA DE metal me sobressalta. Quando ergo os olhos, o céu lá fora está escuro.

Eu me levanto para pegar o telefone: horas se passaram. Pior, há uma nova mensagem de Daniel esperando por mim. Desligo o aparelho sem ler e fecho a tampa do baú com o pé, deixando cartas, chaves, tudo espalhado no chão.

Quero desesperadamente que seja uma coincidência que uma carta do século XIX, escrita por uma Sarah Shaw para um (aparentemente falecido?) Simon mencione "o professor". Com certeza existiram vários professores na Inglaterra vitoriana ou georgiana ou seja lá que porra de era em que as cartas foram escritas, a tinta das datas borrada como estava.

Mas é ele. Todas as estradas levam a ele.

Basta. Para mim basta.

Cruzo o escritório para sair, mas no instante que minha palma toca a maçaneta, ela gira e...

Mara está do outro lado.

— Você ficou sabendo?

— Sabendo...?

Ela parece um pouco irrequieta, nervosa.

— Daniel disse que mandou mensagem.

— Mandou — confirmo. — Pedindo notícias.

Suas sobrancelhas se franzem por um momento antes de balançar a cabeça.

— Olhe de novo.

— Desliguei o celular — explico, com tom bastante detestável. — Me diga logo de uma vez.

— Stella sumiu. Aparentemente.

— Como assim, sumiu?

— Daniel disse que Leo mandou uma mensagem para ele, e acha que a gente devia ir até lá. E que devia levar Ganso junto. — Mara dá meia-volta depressa, os passos ecoando em meu crânio.

Balanço a cabeça, massageio as têmporas. Meu corpo parece pesado, como se tivesse passado dias adormecido, e a voz de Mara me faz trincar os dentes, irritado.

— Desce aqui!

Sigo-a devagar, sem saber como processar a notícia, tentando me forçar a parar de ruminar e arrastar minha mente de volta ao presente. A voz de Jamie chega até mim do primeiro andar.

— O que você acha? — Ouço-o perguntar a Mara, mas sua resposta é indiscernível, abafada. Descer as escadas é como tentar caminhar pela lama, como se meus tênis estivessem sendo sugados, tornando cada passo enervantemente vagaroso.

Ela e Jamie estão juntos na sala de estar quando chego, enquanto Ganso encontra-se na cozinha, fatiando algo.

Como ainda não estou pronto para Mara, viro-me para meu amigo.

— O que é isso tudo aí?

Ele separa dois pedaços translúcidos de carne.

— Prosciutto. — Estende uma fatia fina como papel em oferenda.

— Passo. — O cheiro faz meu estômago se revirar por alguma razão. Giro para encarar Jamie e Mara. — Alguma novidade? — pergunto a Jamie.

Ele olha para Mara antes de decidir me responder.

— O que foi? — pressiono.

— Ela não desapareceu — responde Mara, sustentando o peso de seu corpo, que está tenso e vibrando com energia, na ponta dos pés.

— Você parece bem confiante disso — comento.

— E estou.

Pois não confia em Stella, por razões óbvias?

Ou porque sabe onde ela está?

Acho que a esta altura não quero nem saber.

— Mas a gente vai de qualquer forma — continua Mara, com um suspiro. — Daniel já está a caminho.

Daniel está esperando sozinho, parado no cruzamento perto da casa. O bairro se equilibra no fio da navalha da gentrificação, e ele parece aliviado ao nos ver, todos os quatro, conforme instruído. Caminhamos juntos até o prédio, sem que ninguém fale, pois, imagino, ninguém sabe bem o que dizer. Foi a Daniel que Leo escreveu, de modo que é ele quem bate à porta.

A cabeça de Rolly espia do portão sob a escadinha, tão deslocada quanto um ovo cozido. Ele passa os olhos por nós antes de se recolher para dentro outra vez no instante que Leo abre a porta.

— Valeu por terem vindo — diz. — A gente agradece de verdade.

Está ainda mais difícil perscrutá-lo hoje, e eu com certeza não estou à altura da tarefa.

— Qual é o problema daquele cara? — resmunga Mara.

— Rolly? — indaga Leo, gesticulando para que entremos. — A casa é dele.

— Vocês alugam? — pergunta Jamie.

— Não... exatamente.

Jamie e eu trocamos um olhar.

— Ele com certeza não deixa vocês morarem aqui de graça, não é...?

— Como disse quando nos conhecemos, você não é o único com o dom da persuasão — responde Leo.

— Queria conhecer os outros — comenta Jamie.

— É só me ajudar a achá-los antes de se matarem que talvez você os conheça.

Já começamos mal.

— Então, o que aconteceu? — pergunto a Leo, me forçando a varrer a tarde de hoje para longe de meus pensamentos.

Ele se senta na chaise-longue de couro, e o restante de nós se agacha/joga/apoia em quaisquer outras superfícies que se encontrem disponíveis. Reclamo para mim a poltrona em frente a seu assento.

Leo se inclina para a frente, os cotovelos nos joelhos, e massageia a testa.

— Stella não voltou para casa anteontem.

Cacete.

— Só isso? — pergunto, com tom irritado e superior, até me dar conta de que a noite em que Stella desapareceu foi a mesma em que nos encontramos.

— Ela não é de fazer essas coisas — continua Leo, as sobrancelhas franzidas, falando consigo mesmo. — Sempre volta para casa.

Casa. Olho ao redor mais uma vez, para a aparência maltrapilha e abandonada do lugar.

Valeu por terem vindo, disse ele. *A gente agradece de verdade.*

Casa de *quem?* Stella está desaparecida; Felix, morto — quem são as pessoas que formam esse "a gente" que agradece?

Mara quase parece saber o que estou pensando.

— A casa sempre foi assim, desse jeito?

Leo balança a cabeça.

— Muita gente vem e vai. — Faz uma pausa antes de prosseguir: — Veio e foi, para ser mais preciso, acho. — Sua expressão fica sombria, e se não o estivesse observando com tanta atenção, não teria notado a maneira como seus olhos se voltam de relance para Mara.

Foda-se esse cara.

— Vamos pular a conversinha fiada, que tal? — exijo. — Por que você queria que a gente viesse aqui?

Ele levanta o queixo e vira-se para Mara.

— Porque acho que você sabe onde ela está — anuncia.

— E está enganado — respondo por Mara.

— É mesmo? — Ele ainda está se dirigindo a ela. Mara não responde. Não se defende. Por isso, claro, eu o faço por ela.

— Não sei o que foi que Stella disse a você... — começo.

— Tudo — corta Leo. — Stella me contou tudo. — Ele olha para Jamie. — O que me deixa cheio de motivos para desconfiar. E ela não está aqui para ler a mente de vocês e nos dizer se estão mentindo ou não.

— Por que a gente mentiria? — indaga Mara, mas a voz soa estranha.

— Por que Stella esteve tão disposta a se afastar de vocês, mesmo que isso significasse voltar para a casa de um padrasto que abusava dela?

Minha conversa com ela submerge e boia em minha memória, como um peixe morto.

"O fato é que Leo me encontrou, me disse que eu tinha uma escolha. Ele me ajudaria a voltar para casa se fosse isso mesmo que eu queria, mas também prometeu que tinha um lugar para mim a seu lado caso quisesse ficar".

"Quer dizer que você foi para a casa de um completo estranho?"

"Mais seguro que continuar com meus supostos amigos".

"E com sua família?"

"Nem todo mundo tem uma vida perfeita em casa".

Caralho. *Caralho.*

Mas a voz de Mara é firme, nem um pouco abalada:

— Porque ela não concordou com uma decisão que tomei.

— De matar pessoas. — As palavras serpenteiam para fora da boca de Leo.

Mara dá de ombros. Toda a energia irrequieta tiritante que apresentara em casa desapareceu. Ela está completamente calma.

— Certo — desdenha Leo. — Perdão se estou um pouquinho preocupado com a possibilidade de você não ligar muito para o bem-estar de Stella.

O rosto de Mara parece polido como pedra, sem expressão.

— Eu não mataria Stella, se é isso que está me perguntando.

Tento ouvir o batimento cardíaco de Mara; parece alto, claro, estável. Não está mentindo. Fico surpreso — e perturbado — com o alívio que sinto.

— A gente quer descobrir por que essas coisas estão acontecendo tanto quanto você — digo.

— Mesmo? — Ele se vira para mim. — E por que isso?

Que se dane a tarde de hoje. Que se dane o professor. Que se dane meu pai.

— Porque toda vez que alguém como nós comete suicídio, eu *sinto* — respondo, direcionando minha mente *àquilo*. — Sinto o sofrimento, o arrependimento e seu medo. Acha que é divertido?

Leo faz uma pausa antes de perguntar:

— Você viu Felicity desde... Você a viu...?

Preencho a lacuna por ele.

— Morrer? — pergunto, e ele faz que sim com a cabeça. — Não. Nem Stella. Como disse antes, não tenho como achar ninguém para você.

— Ele não é um *precog*, como os que existem em *Minority Report* — acrescenta Jamie, para minha surpresa. Ele vinha se fazendo de desinteressado, ficando mais para trás, encostado contra uma das portas da cozinha, mas agora noto que sua concentração está toda em Leo, está tenso e focado. — Mas você conhece uma, não é?

O rosto de Leo se fecha um pouco.

— Sim e não. Tinha uma pessoa aqui que podia fazer isso, mas ela foi embora.

— Para onde? — pergunto.

— Foi procurar uma cura, acho. Chegou a mencionar alguma coisa sobre a Europa.

— Então vamos conversar sobre o restante de seus amiguinhos — sugiro, me recostando e esticando as pernas o máximo que posso sem chutá-lo. — E descobrir qual deles pode ajudar de verdade. — Se Leo quer uma solução, então vamos colocar a mão na massa logo de uma vez.

— Meus amigos não podem ajudar — diz, os olhos azuis aguados nos meus. — Mas seu pai pode.

27
APENAS O QUE ALMEJAM

UASE RIO. E EU AQUI PENSANDO QUE JÁ ESTAVA LIVRE DESsa porra.

Ganso é o primeiro a falar:

— *Seu* pai? — Ele se vira para Leo. — O pai de Noah Shaw?

Leo parece já ter um discurso preparado.

— Noah agora é dono de um prédio do pai. Estava cheio de arquivos com informações de pessoas a quem ele deu dinheiro para serem transformadas em ratos de laboratór...

Ganso ri.

— *David* Shaw? É alguma espécie de supervilão do mau, gênio do crime? É essa sua teoria?

Jamie faz uma careta.

— Essa parte é... bem verdade, para ser sincero.

Recupero o foco.

— *Jamie* — alerto.

— Cara, ele já sabe. Stella lê pensamentos... Tudo o que ela sabe sobre a gente, ele também sabe.

Tem razão. Odeio que tenha razão.

— Os arquivos — continua Leo. Ninguém fala. — Stella me contou sobre eles.

— E? — pergunto. — Têm uma pergunta aí, no futuro próximo?

— Quero ver as pastas sobre nós. Quero que vocês me levem até lá.

— Por que você não vai sentar no colinho do papai Noel e pede um pônei de presente? — sugiro. — É mais provável de acontecer.

Ele se empertiga.

— O que você quer tanto esconder? — Leo olha de relance para Mara. — Alguma coisa a ver com ela?

Desta vez, rio de verdade.

— Não tenho de esconder Mara. Ela se sente bem confortável com suas tendências homicidas.

Mara faz um movimento de cabeça positivo, lento.

— Bem confortável — confirma.

Daniel se insurge à mera sugestão do envolvimento da irmã.

— Stella estava lá nos arquivos com a gente, é verdade. Mas você não ficou sabendo de David Shaw até ela ouvir o que estava dentro da cabeça de algum de nós. Então responde esta charada para mim: o que *vocês* fizeram esse tempo todo para encontrar seus amigos desaparecidos depois do primeiro caso?

Muito bem, amigo.

— Vocês têm de ter feito algum tipo de pesquisa — continua. — Com certeza não ficariam esperando de braços cruzados até outra pessoa aparecer e resgatá-los?

Acertou em algum ponto sensível; Leo muda visivelmente sua estratégia de abordagem. No que diz respeito a mim, inclusive.

— Não, não ficamos esperando nossos amigos morrerem — responde. — *Nós* tentamos fazer alguma coisa a respeito da situação.

— O que tentaram fazer, então? — indaga Daniel, se provando exatamente o que preciso que seja neste momento. É Daniel a pessoa capaz de mudar o mundo. Se algum dia houve alguém neste planeta destinado à grandeza, é ele.

— Mostro todas as informações que tenho se vocês me mostrarem as que vocês têm — argumenta Leo.

— Deixa eu refletir um minutinho. Não.

Desta vez, Daniel lança um olhar nada sutil a mim.

— Olhe, a gente está aqui — digo. — Presumo que a mesma coisa possa ser dita sobre toda a merda que você deve ter coletado. Os arquivos... Ainda nem peguei a papelada com os advogados.

— Isso não parou Stella — corta Leo, dirigindo-se a mim. — Nem você — diz a Daniel.

— O que eles encontraram lá já estava planejado — explico. — Eles receberam instruções virtuais de como encontrar as informações específicas, de propósito.

— Não foi isso que Stella...

— Como já mencionei — interrompo, tentando, com esforço, não quebrar os dentes de ninguém —, meu pai orquestrou tudo o que aconteceu conosco. — Reúno toda a munição que tenho, por mais ladainha que seja. — Ele era muita coisa, mau, inclusive, mas não era burro nem descuidado. Os códigos e as senhas com certeza já foram trocados... O prédio inteiro pode estar vazio a esta altura, vai saber. Eu mesmo não fui até lá ainda. — Ao dizê-lo, me dou conta de que pode ser mesmo verdade. Com certeza eu poderia encontrar o que quisesse, *se* quisesse, mas quem sabe que tipos de obstáculos precisaria ultrapassar para chegar até lá? Tento não deixar transparecer minha satisfação.

— *Meio* que parece que você está pouco se fodendo se a gente vai encontrar Stella ou não — diz Leo.

Jamie enrola um dreadlock ao redor do dedo, fingindo examiná-lo.

— Na verdade, não sei nem se acredito que *você* esteja tão preocupado assim com ela.

Leo lança um olhar sombrio a Jamie.

— Vá se foder. Amo Stella.

Mas Jamie tem razão. *Existe* algo entre Leo e Stella, nisso acredito; só não tenho certeza se é amor. Não no que diz respeito a Leo. A urgência que *eu* sentiria se algo assim acontecesse a Mara?

— Se Mara sumisse do nada — digo — e alguém me dissesse que decepar meus braços e pernas podia ajudar a encontrá-la? Cara, eu seria a porra de um cotoco.

— Achei que você quisesse de verdade parar isso — diz Leo a Daniel, mudando de estratégia. Está frustrado e irritado, mas não em pânico. Não *desesperado*. — Mandei a mensagem para você porque tive a impressão de que se importava com as outras pessoas fora de seu grupinho.

— Sabe — comenta Jamie —, quando você está tentando persuadir alguém a fazer alguma coisa, as chances de dar certo costumam ser maiores quando não insiste em insultar a pessoa repetidamente.

Leo inspira fundo. Dramático.

— Desculpe, é só que... estou com medo, por ela.

— Que tal isto? — sugiro, uma ideia se formando. — Você compartilha com a gente o que sabe, e tomo as providências para deixar você, Daniel e Mara visitarem juntos os arquivos.

O queixo de Daniel cai um pouco. Em seguida, tenta disfarçar.

— Até parece que isso vai terminar bem para meu lado — zomba Leo. — Entrar em um prédio abandonado com um Não e uma assassina.

Mara joga a cabeça para trás contra o encosto do sofá e revira os olhos.

— Por que eu ia querer matar um bando de estranhos aleatórios?

— Para eliminar a competição?

Ela bufa.

— Não tem competição para Mara. — Jamie dá tapinhas na cabeça dela, que fecha os olhos e sorri, felina.

— Por que você pensaria uma coisa dessas? — indaga Daniel.

— Quanto menos de nós sobrarem, menos você tem de se preocupar com pessoas te atrapalhando.

— Atrapalhando no *quê?* — insiste Daniel.

— Ela é sua irmã — responde Leo. — Não vou esperar que você entenda.

Não passa despercebido por mim que Leo não tenha respondido a pergunta.

Daniel balança a cabeça.

— Se você não confia em mim, por que me mandou aquela mensagem? Por que perder seu tempo assim?

Leo hesita, antes de responder:

— Porque seus amigos confiam em você, e, se fosse você pedindo para eles virem, eu sabia que viriam.

Nisso ele estava certo. Mas... confissão: não estou aqui em busca de informações a respeito de Stella. Leo basicamente acabou admitindo que não as tem, de qualquer maneira, e não estou de todo convencido de que ela desapareceu de verdade. Compreendo então que eu provavelmente já teria ido embora, se não fosse por Sam e Beth.

Isto — seja lá o que for — começou com eles. Depois de ter ouvido seus pensamentos, o que, olhando para trás e sabendo o que sei agora, só pode ter sido culpa de Ganso, percebo que os dois me deram informações e perspectivas que jamais teria tido de outra maneira.

Sam não queria morrer, mas se matou mesmo assim.

Beth não queria morrer, mas se matou mesmo assim.

E, então, Stella ressurge em nossas vidas, apenas para desaparecer dias depois?

Há uma diferença entre engolir comprimidos em uma cama, planejando nunca mais acordar, e subir as escadas para uma torre de séculos de idade para se enforcar enquanto outro homem é sepultado. Uma diferença entre pular na frente de um trem na presença de vários estranhos e trancar-se num banheiro, deixando a vida escoar-se com a água na banheira. A demonstração pública da angústia e sua expressão isolada, privada. A maneira que você escolhe morrer reflete como escolheu viver.

Quem quer que tenha encontrado Sam, Beth, os demais, e seja lá como for que ela o tenha feito, Leo nos repassou que todas essas pessoas desapareceram; sua conexão com elas foi cortada. E depois ressurgiram quando estavam prestes a morrer. Estavam travando uma guerra, acho — entre a necessidade, por alguma razão ainda desconhecida, de terminar suas vidas e o desespero que sentiam desejando que alguém os detivesse.

Sam queria ajuda. Beth queria ajuda. Ambos se mataram em espaços públicos porque queriam que as pessoas *soubessem*.

E não "pessoas", em geral, no caso de Sam: acho que ele queria que *eu* soubesse. Pôs um fim em sua vida no dia do funeral de meu pai, na casa onde meu pai viveu durante a infância. E se soubesse a meu respeito? Se não estivesse apenas suplicando por ajuda quando morreu, mas suplicando por *minha* ajuda, em específico?

Sam não se jogou na frente de minha família, ou de mim, apenas — também cruzou o caminho de Leo, por meio de um dos amigos Agraciados dele, provavelmente. A pessoa que encontra os outros; por conta própria, ou talvez por e para Leo.

175

Ouvindo apenas Stella e sua versão das desventuras com Mara, seria fácil colocar a culpa toda sobre seus ombros. Fácil para Leo se agarrar à perspectiva de Stella e acreditar que apenas seu ponto de vista pinta o panorama completo, e não apenas um fragmento da verdade. Fácil para ele me olhar, sabendo quem foi meu pai e o que fez, e acreditar que sou a chave para desfazer seu sofrimento, em vez de olhar, olhar de *verdade*, para as vidas de seus amigos.

Escavei fundo demais meu próprio passado em busca de respostas para Mara, e a amo. Leo não vai ter o prazer de escolher a saída mais fácil, não se eu puder evitar.

— Se você ama mesmo Stella — digo —, então vai deixar seus problemas de confiança de lado, porque o único jeito de você entrar naqueles arquivos é com Mara e Daniel, ponto final.

— Por que não com você? — indaga Leo.

— Porque acho que é inútil. — É a verdade, hoje ainda mais que antes. — E porque acho que existem jeitos mais fáceis de encontrar pessoas desaparecidas.

— Tipo?

— Jamie sabe como persuadir quase todo mundo a fazer quase tudo o que ele quiser. Quanto mais olhos estiverem procurando nossa amiga, sua *namorada*, maiores as chances de alguém a ver. A mesma coisa para Felicity.

— E você acha que não pensei nisso?

— Para ser bem honesto, não acho nada quando se trata de você.

— Quanto mais olhos procurando as duas, maiores as chances de terem olhos nos vigiando também — argumenta Leo. — O que somos. Como somos diferentes.

— E não é seu trabalho cuidar disso? — indaga Jamie. — Criando ilusões?

Leo inspira.

— Como vou fazer isso de dentro dos arquivos?

Um monte de desculpas de merda, e vou colocar a boca no mundo.

— Você sabe que está desperdiçando um tempo que poderia estar usando tentando encontrar a garota que diz que ama, não sabe?

— É verdade — concorda Daniel. — Podemos fazer isso juntos. *Devíamos* fazer isso junto.

— No maior estilo Kumbaya — acrescenta Jamie.

Leo cruza os braços.

— É, você parece mesmo ser o tipo Kumbaya, todo zen.

O fato de que Mara resolve falar em seguida me surpreende.

— Se Stella contou mesmo a verdade sobre nosso grupo para você, também mencionou que somos leais.

— Estamos no mesmo barco, parceiro. — Eu me forço a dizer. — Estas habilidades... Precisamos passar por uma cacetada de coisas que as pessoas normais nem imaginam, nem sonham. Ninguém aqui precisa saber quem você é, ou quem são seus amigos, para se importar e não querer que essa situação fodida se repita.

— Um por todos e todos por um? — indaga Leo. Ele sabe que sou uma farsa. Tem de saber.

— É por aí.

— Então por que vocês me dão essa impressão de que não estão nem um pinguinho preocupados com a possibilidade de um de vocês acabar morto?

Esta pergunta, pelo menos, *posso* responder com sinceridade.

— Porque alguns de nós já tiveram de viver e superar coisas muito piores que a morte. Espero que você nunca precise descobrir o quê.

28

COLISÃO MEMORÁVEL

MINHA MODESTA PROPOSTA PARECE TER FUNCIONADO, NO entanto, pois Leo nos guia ao segundo andar, até um cômodo com uma lareira rachada e não funcional, e uma gigantesca escrivaninha ao longo de toda a extensão da parede — está mais para um balcão. O restante da casa pode estar caindo aos pedaços, mas o Mac é enorme e novo. O que captura minha atenção, no entanto, é o mapa.

A coisa toma uma parede inteira da sala, com vários alfinetes e fios de diversas cores entrecruzando-se por cima dele. Começo a me mover até lá, mas Leo fecha as cortinas, injetando poeira no ar e fazendo Jamie espirrar. E obscurecendo o mapa.

O monitor pisca, atraindo meus olhos.

Leo gesticula para a tela, abre um aplicativo e digita um endereço de website.

— É Tor, isso que você está usando? — pergunta Jamie.

— Você não usaria?

— *Touché* — admite Jamie.

Mara levanta a mão.

— Hmm, Tor?

— A dark web — explica Daniel.

— Afinal, por que não fazer tudo parecer o mais sinistro possível? — zomba Jamie.

— Parte do que existe aí é mesmo — respondo. — Tem um monte de filme snuff, não tem?

Jamie faz que sim com a cabeça.

— Receio que sim.

— Uma porrada de pornografia também, imagino? — acrescenta Ganso.

— Se você consegue imaginar alguma coisa, alguém já fez um pornô com o tema — respondo.

Mara dá um meio-sorriso.

— Ah, é?

— É fato conhecido — concorda Jamie.

Leo clica em um aplicativo que parece um globo.

— Então, este é o browser chamado Tor — explica ele, quando se abre. — É que nem o Google, mas completamente anônimo. Se vamos trabalhar nisso juntos, seria bom todos fazerem o download também.

A expressão de Ganso é de desconfiança.

— Isso não vai acabar colocando todo mundo aqui em alguma lista de vigilância estilo Big Brother, não? — pergunta ele.

— A gente... já passou dessa fase há um tempo — responde Mara.

Jamie dá de ombros, levantando as mãos com as palmas para cima, como se dissesse *fazer o quê?*

— Bem, eu não passei — retruca Ganso.

— Pare de choramingar — peço, no instante que uma página surge na tela, como se tivesse sido tirada de 1997, uma espécie de fórum, com as palavras "floquinhos de neve especiais" escritas em fonte Comic Sans.

As mensagens têm diferentes graus de bizarrice. Uma postagem é intitulada "como faço para ficar psicótico?"; outra, "gatos com dons estranhos?" — Jamie afasta Leo e clica na última antes que possa detê-lo: dúzias de GIFs estrelando felinos aparecem, a maioria de filhotes caindo de coisas, outros montados em coisas. A raça Scottish Fold é bastante popular.

Uma sombra escurece o rosto de Leo.

— Hmm, será que você pode me devolver isso?

— Foi mal — desculpa-se Jamie. — É só que me amarro em gatos.

Mara coloca a mão em seu ombro.

— Quem não? — admite ela.

Leo digita uma URL no browser: 61f73d/4ffl1c73d

— Uau! — exclama Jamie. — Isso me faz voltar aos dias de MUD.

— MUD? — repito.

— Multi-user dungeon, aqueles RPGs antigões.

Minha boca silenciosamente forma a exclamação "Ah".

Jamie olha para Mara.

— Você merecia coisa melhor.

Não tenho o tempo ou o interesse necessários para decodificar o que quer que Jamie esteja dizendo.

— Então, o que estamos vendo aí? — pergunto a Leo. Nunca soube que era possível estar impaciente e entediado ao mesmo tempo. Leo clica em uma imagem tirada da homepage do site de notícias local de Charleston, Carolina do Sul.

CULTO DE SUICIDAS TIRA CINCO VIDAS

Carolina do Sul: nesta segunda-feira, a polícia encontrou os corpos de cinco estudantes em um porão na Mantagu Street, vítimas do que aparenta ter sido um pacto de suicídio.

Entre eles estavam os corpos de três alunos do terceiro ano do ensino médio, dois do colégio Ashley Hall e um do Summerville High. Dois alunos em seu primeiro ano de faculdade na College of Charleston também estavam entre os mortos.

Mais detalhes não foram revelados até o momento.

Abaixo da captura de tela está a postagem de alguém com nome de usuário truther821:

"Isso jamais aconteceu. Eu era uma das melhores amigas de Marissa. Ela nunca teria se matado. Era AGRACIADA, como nós. Farsa???"

Tento comparar e encaixar o que sei que é verdade e aquele post, e... não consigo. Teria visto essa pessoa morrer se fosse como nós, não teria?

Leo vai descendo a barra de rolagem. E elas não param, mensagens de adolescentes, supostamente Agraciados, de vários estados — de vários países, na verdade, embora eu não chame atenção para esse detalhe —, postagens a respeito de adolescentes que desapareceram ou cometeram suicídio nos últimos três meses.

— Nem tudo aí é verdade, óbvio — comenta Leo, lendo meus pensamentos. — Mas estão ficando mais frequentes. Todos falam de pessoas de 18 anos, mais ou menos, sempre com diagnósticos anteriores de transtornos mentais, ou pelo menos é isso que a mídia está dizendo. — Leo inspira fundo. — Também sei que algumas mensagens estão falando de pessoas que a gente *conheceu*, e que algumas foram escritas por *Nãos*.

— Você insiste em ficar usando essa palavra... — começa Jamie.

— Não-Agraciados. Amigos desses adolescentes, ou parentes, acho. Enfim, a coisa já caiu na boca do povo, é isso que importa.

Mas como pode? Ele alega ter conhecido parte dessas pessoas — no passado, pretérito. Mas o fato é: apenas testemunhei três mortes até o momento.

Fazemos silêncio, até Leo dizer:

— E, para não desperdiçar mais tempo, preciso confessar que também sei que aquela médica... Kells? Então... Não era só em vocês que ela fazia experimentos. Estava injetando alguma outra substância em outros adolescentes, tentando induzir habilidades que eles não tinham. — Ele vai até uma das mesas de plástico dobráveis e pega uma pasta. — Imagino que o nome Jude soe familiar?

29

UM ACIDENTE DE MELANCOLIA

NÃO OLHO NA DIREÇÃO DE MARA E JAMIE, MAS NÃO TENHO dúvidas de que tenham *CARAAAAALHOOOOOO* escrito em seus rostos, pois, bem... É a expressão que estou tentando impedir de aparecer no meu próprio rosto.

— Stella nos contou o que aconteceu com ela. O que esse tal garoto, Jude, fez com ela, com você... — Leo acena com a cabeça para Mara. — Ela falou sobre o gene... 1821? Que é ativado em alguns de nós, mas não em outros, e contou sobre como o objetivo de Kells era criar alguém feito você. — Agora, olha para mim.

— Tudo verdade — admito, calmo como ninguém. — Mas como isso vai nos ajudar a encontrar Stella, exatamente?

— Não sabemos quem foi usado como cobaia e quem não foi.

Ofereço um sorriso genérico.

— Nem nós.

Ele volta a se sentar na cadeira e levanta a manga a fim de coçar o braço, expondo uma pontinha de tatuagem.

— O que é isso aí? — indaga Mara.

Ele enrola e levanta o restante da manga. No bíceps, curvando-se por cima do ombro, está a imagem negra de uma espada, curva, penas crescendo de ambos os lados, como se a lâmina fosse a espinha.

Ela me captura de imediato.

— De onde você tirou isso? — pergunto.

— Onde fiz a tatuagem? Num estúdio chamado Pen and Ink...

— Não. A ideia.

Ele dá de ombros, como se não fosse nada.

— São símbolos da justiça: a pena e a espada.

Todos os caminhos levam a ele. Meu sangue está eletrizado, e sinto um gosto acre na boca.

— Quem lhe disse isso? — pergunto.

— Por quê?

Cerro as mãos em punhos a fim de me manter parado, firme. No controle.

— Não vou perguntar de novo.

— Olhe, a maioria de nós aqui... Nós não temos o que alguém chamaria de uma vida familiar feliz, ok? Tem gente que nem casa tem. Ou família. Alguns têm um pai morto, e o outro abusivo. Alguns vêm de lugares, de culturas, onde são considerados párias por serem o que são; e não por causa das habilidades, mas por vários outros motivos, todos os motivos. Por serem gays. Latinos ou negros ou asiáticos. Por gostarem do estilo de música errado, das roupas erradas, por terem depressão, ansiedade, raiva ou medo. Por sermos quem somos. Todo mundo que entra por aquela porta sabe que não vai ser julgado ou hostilizado, que não vai ouvir que é errado e não tem jeito. Essas pessoas vêm para cá porque querem o que queremos: usar nossos Dons para tornar o mundo um lugar melhor.

Palavras familiares, essas.

— E a maioria de nós se tatua como uma espécie de lembrete para usar esses Dons para o bem.

E ficam mais familiares a cada segundo.

— E meio que se tornou um símbolo de quem somos, uma família. Esta casa? — Ele gesticula para o cômodo. — *Este* é nosso lar agora. E sou o último que restou e continua aqui.

Não consigo desvendá-lo; meu cérebro de merda está dividido entre o aqui e agora, e esta tarde e antes, mas Mara, minha amada, toma as rédeas por mim.

— Quem fez o desenho? — indaga a ele. — Para a tatuagem?

— Não sei.

— Como você não sabe? — insiste Jamie, o que me choca um pouco, para ser bem honesto.

— Porque não fui a primeira pessoa que tatuou a mesma coisa. Foi Isaac, um de nossos amigos, quem fez primeiro. Contou o que significava para ele, e aquilo também me tocou.

— E onde está Isaac agora? — pergunto.

Um dar de ombros incompleto da parte de Leo.

— É um pouco mais velho que nós, já saiu do ensino médio faz uns anos. Acho que agora está viajando pela Ásia. Talvez pela Índia? Não sei... Que diferença isso faz para vocês?

Para mim faz. Pois a pena, a espada — o design pode até ser diferente, mas o símbolo permanece —, isso é do professor.

E *isto* é o que ele faz. Escreveu a Mara:

Meu Dom em particular me permite esboçar uma visão deste mundo melhor — mas minha maldição é que me faltam as ferramentas para construí-lo. Meu Dom é inútil sozinho. Assim, encontrei outros para me ajudar.

Ele *usa* os outros para ajudá-lo, isso sim. Ele os encontra e usa, da mesma maneira como fez com Mara, comigo, com meus pais, Jamie e Stella, e agora com Leo. E cada segundo que devoto a pensar a seu respeito o ajuda, lhe dá o que tanto deseja.

De modo que arrasto uma das cadeiras dobráveis e a viro para o lado oposto, em direção ao mapa, e dou a Leo um comando:

— Comece a falar.

Foram mais de trinta os Portadores que cruzaram caminho com Leo, em pessoa, diz ele; vinte destes ele conseguiu trazer para Nova York, em algum dado momento. Alguns vieram, pois queriam se livrar de suas habilidades, outros porque queriam fortalecê-las. Leo estava no segundo grupo. Stella, claro, pertencia ao primeiro. Em sua maior parte, relataram as mesmas histórias: suas vidas começaram a virar de cabeça para baixo por volta dos 16 anos, no caso de alguns, o que, comenta Jamie, considerando-se que nem todos se desenvolvem na mesma velocidade, faz sentido ("puberdade de merda"). Aos 17, muitos, se não todos, foram diagnosticados com alguma espécie de transtorno contemplado no *Manual diagnóstico e estatístico de transtornos mentais*. O que, como sei pessoalmente, significa porra nenhuma. Mas Leo e os amigos — Stella,

Felix e Felicity, ao menos — começaram a catalogá-los. Nomes, datas de nascimento, cidades natais, habilidades.

Alguns tinham o poder de manipular sonhos, induzir o sono, apagar memórias. Outros eram capazes de abafar as habilidades alheias (o que é diferente de cancelá-las, parece), e algo que Leo disse fez com que parecesse ter chegado a conhecer alguém que podia prever eventos futuros.

— Todos nos perguntamos por que isso estava acontecendo conosco — prossegue Leo. — Mas jamais encontramos alguém que soubesse dizer como recebeu seu Dom. — Não tinham qualquer lembrança de terem sido submetidos a experimentos, embora muitos tenham passado por tratamentos relacionados a seus diagnósticos em particular, ou sido, voluntária ou involuntariamente, internados em algum determinado momento.

De modo que, querendo respostas e não as encontrando, voltaram-se para a internet. Como de praxe.

Leo segue até uma segunda mesa, onde há pastas, fotografias, fichas médicas empilhadas de maneira precária.

— Isto aqui é parte do que a gente encontrou e achou que podia... significar alguma coisa. Não sei. — Ele esfrega o dorso do nariz. — Parece tudo tão ridículo agora, mas o que mais a gente podia fazer? Ninguém tinha nem ideia de por onde começar.

Os olhos de Jamie se estreitam.

— Bem, espere aí. Você disse que começou tentando fortalecer seus Dons, não foi isso?

Leo se recupera.

— Alguns de nós queriam isso.

— Você, por exemplo.

Ele faz que sim com a cabeça.

Daniel vai até a pilha de documentos.

— Então quem foi que coletou isso tudo? — pergunta.

— Todo mundo. Você conhece Stella — responde Leo. — Ela não queria ser capaz de fazer... o que pode fazer.

— É, aquela ideia de cura foi coisa dela. — Jamie vai até a mesa. — Foi ela quem... Epa.

— O quê? — Estou a seu lado no mesmo segundo, mas não sei...

— Isso aí veio do Horizontes — diz Mara, olhando pelo espaço entre nossos ombros. Depois, para Leo: — Foi Stella quem deu isso a você?

Observo-o fazer suas edições mentais, o que, para mim, é confirmação o bastante: Stella lhe entregou as pastas que tirou dos arquivos. Pastas cujo conteúdo qualquer um que tenha estado neste cômodo pode ter lido, copiado, para depois usar em ou contra nós. Tanto faz.

E agora ela está desaparecida.

— A gente pode copiar isto? — Daniel parece ser o único com presença de espírito para lidar com o festival de merda jogada no ventilador que isso representa. Leo assente com relutância, e todos pegamos nossos respectivos celulares, tirando fotos de pastas, do mapa, de tudo. Antes de irmos embora, alguém promete fazer contato para falar a respeito da festinha nos arquivos — não eu. Estou pensando em incêndio criminoso, explosões, alagamento: enterrar tudo de uma vez, para sempre.

— Então! — exclama Mara, fechando a porta da cobertura depois de termos entrado. — Stella nos roubou.

— Tecnicamente falando, ela roubou Noah — comenta Jamie, a caminho da cozinha. Ele pega um copo de um armário alto. — Tecnicamente falando, foi o que todo mundo fez quando a gente levou aquele monte de porcaria de Kells para a casa da minha tia...

Agora já mal estou conseguindo acompanhar.

— Vocês fizeram o *quê*? — pergunto.

— Não dava para a gente voltar lá todos os dias e usar aquele lugar como se fosse uma biblioteca — argumenta Jamie.

Estou sem palavras, congelado, uma estátua de gelo diante da noção de que esta merda tóxica, radioativa, já tenha se infiltrado no mundo, feito um parasita.

— Esses arquivos não deviam existir — digo. — Nada disso.

— Mas existem — interrompe Daniel. — E pode ser que Leo esteja certo; pode haver alguma coisa lá dentro que não tenhamos notado antes.

— Você já viu tudo o que tem lá antes, não?

— Não estávamos fazendo as mesmas perguntas naquela época que estamos fazendo hoje — responde ele, quando Mara lhe entrega seu celular. Faço o mesmo com o meu, e Jamie com o dele, e Daniel começa a passar os olhos por todas as nossas fotos, rápido como um raio. Depois de cerca de um minuto, ele congela, e meu telefone parece ficar mais denso em sua mão, pesado como uma pedra. A boca aberta, os olhos anuviados de choque, tanto que os batimentos cardíacos começam a apresentar arritmia.

— O que foi? — pergunto, me colocando a seu lado, preocupado que possa desmaiar, e também desesperado para saber o que o deixou tão abalado.

— *Daniel* — chama Mara, e sua voz o arranca do transe, faz com que engula a seco. Seus olhos encontram os dela, ainda aturdidos, desfocados. — O que foi?

— Sophie — responde, voltando a me entregar o celular sem olhar para ele.

— Sua namorada? — indaga Jamie, olhando para o meu rosto e o de Mara, em busca de confirmação. — O que tem ela?

Daniel toma o telefone de mim outra vez, arrasta os dedos pela tela a fim de aumentar a imagem. Mostra para nós.

— Esta é a letra dela. — Ele se vira para Mara. — Em sua pasta.

30

PELE FALSA

—A I, MEU DEUS! — exclama SOPHIE, OS OLHOS SE arregalando. — Este apartamento é *mesmo* de vocês? Que incrível.

Ficou decidido que o jantarzinho comemorativo de Ganso seria a armadilha para o interrogatório de Sophie. Daniel estava sob ordens absolutas de agir normalmente, como se sua namorada pelo último ano inteiro não estivesse escondendo o fato de que é uma X-Teen. Já Mara estava sob ordens de não a matar, acidentalmente ou pior.

— Valeu — agradeço, livrando-a do sobretudo. — Já está ficando frio lá fora? — Os ingleses e o tempo; não há nada em que nos destaquemos mais do que falar sobre o clima.

A chuva goteja e escorre pelas faces do relógio e do céu que escurece, e os aromas de cordeiro refogado e ensopado, vieiras selando na frigideira e vegetais assados perfumam o ar. Quando trago os vinhos para a sala, começo a desejar que isto fosse mesmo apenas um jantar de celebração.

— Não temos nenhum vegetariano à mesa, correto? — pergunta Ganso.

Jamie inclina a cabeça para meu lado.

— Shaw aqui só come menininha...

— Vá se foder.

— Daniel é vegetariano — responde Sophie, e olha para ele. — Também ando pensando em adotar a dieta, para falar a verdade.

— Como está a Julliard? — interrompe Mara. Uma pausa desconfortável se segue.

— Hmm, difícil? — Sophie cora. — Quero dizer, só de ter entrado já foi incrível, mas agora pratico com alunos muito mais talentosos que eu.

Cotovelos sobre a mesa, Mara se debruça para a frente.

— Mas você precisa de um *dom* absurdo a fim de ter sido aceita para começo de conversa, não? — pergunta ela.

Cacete.

Um lento movimento positivo de cabeça da parte de Sophie enquanto continua a fingir ignorância, e ela age apropriadamente confusa diante da atitude passiva-agressiva direcionada. Que não vai continuar passiva por muito mais tempo.

— Nunca tive de me esforçar e trabalhar tanto na vida.

— Você está sendo modesta — retruca Daniel, o braço a seu redor, dando-lhe um apertão afetuoso e um pouco desajeitado.

A noite vai ser bárbara.

— E você? — indaga Sophie a Mara, cotovelos ao lado do corpo, mãos sobre o colo. — Vocês estão... — Seu rosto perde a expressão por um instante. — Vocês estão na... Universidade de Nova York?

Mara dobra o tronco para a frente, como se fosse um galho partido, e ouço o leve farfalhar de papel em seu punho. Por uma fração de segundo penso em detê-la, deixar a encenação durar um pouco mais, driblar o momento do embate até termos nos acomodado melhor. Mas... é de Mara que estamos falando. Vai fazer o que sempre faz.

Ela desliza uma impressão da arma fumegante por cima da mesa até Sophie. Ela não olha para a folha, mas encara Daniel com um sorriso nervoso.

— O que é isso?

— Há quanto tempo você já sabe? — A voz de Mara corta o ar.

— Já sei... o quê? — Ela ainda não voltou os olhos para o papel. Boa atuação. Talvez tenhamos todos subestimado Sophie Hall.

— Que também tem um Dom? — indaga Mara, e Daniel vira o rosto a fim de tentar esconder o sofrimento que vem sentindo desde que descobriu.

— Bem — começa Sophie, educada, e volta-se para mim. — Toco desde os 4 anos...

Mara se abaixa outra vez, depois empurra outro pedaço de papel para Sophie. E outro. Todos impressões de fotografias das pastas e fichas do Horizontes com suas notas manuscritas, bem como as de outras pessoas.

Enfim, ela desarma o sorriso e olha ao redor.

— O que são todas essas fotos?

Daniel, sentando-se a seu lado, levanta uma das folhas.

— Sua letra — responde ele. — Na ficha de minha irmã de quando estava no Horizontes.

Mas a expressão de Sophie permanece plácida, impressionantemente inocente.

Daniel vira-se para a namorada.

— Mas que caralho significa isso?

Queixos caem. Não acredito que nunca tinha ouvido Daniel dizer a palavra "caralho" antes.

Uma pausa até que Sophie se recurve sobre si mesma, como uma marionete sem vida.

— Há quanto tempo você sabe? — pressiona ele, já mal se contendo.

Quando ela ergue o olhar, há lágrimas em seus olhos, veios molhados correndo por sua face.

— Descobri aos 16 anos.

— Como? — indaga Daniel.

— Tenho... uma espécie de percepção das pessoas. É como se... Como se pudesse ver umas conexões, fios invisíveis quase, que não são sólidos, com pontos de luz no fim... E parecem... Parecem que estão amarrados a mim. Começo a sentir essa sensação esquisita de repente, quase como se fossem borboletas nas pontas dos dedos, quando encontro alguém que também é...

— Agraciado — completa Jamie.

Ela engole em seco e assente.

Daniel esfrega a boca, frustrado.

— Desde o dia que a apresentei a minha irmã, você já sabia que ela era diferente. — A voz dele treme, mas não soa fraca.

Sophie engole com mais dificuldade agora, forçando as lágrimas a não cair.

— Quando Mara chegou à escola — diz. — No primeiro dia. Senti.

— Antes mesmo de a gente se conhecer — conclui Daniel, sem inflexão.

Um pequeno aceno positivo de cabeça.

— Bem — diz ele, tentando afetar raiva, mas a dor da tristeza pulsa em sua voz. — Então foi por isso que me chamou para sair.

As coisas estão saindo dos trilhos... Tento capturar os olhos de Mara, mas estão ocupados fazendo Sophie em mil pedacinhos.

A menina parece genuinamente horrorizada com a ideia.

— Não. Daniel, *não*.

A respiração dele chacoalha seu peito.

— Você encontra outros Portadores... Leo já explicou tudo para a gente. É isso que você faz. Você achou Mara, depois concluiu que a melhor maneira de chegar até ela era através de mim.

Ela balança a cabeça com vigor.

— Não foi nada disso...

— Foi exatamente isso! — O rosto de Daniel está transparente com traição e fúria. — Você sabia de Jude. Sabia que estava vivo e torturando Mara... Podia senti-lo. E você simplesmente me deixou continuar pensando que ela estava doente? Que só precisava de ajuda, quando na verdade estava sendo torturada.

— Foi você quem disse a Leo que a gente estava aqui na cidade — corta Mara. — Foi *você* quem nos encontrou. Leo estava mentindo por você o tempo todo.

— Eu queria contar tudo antes disso — suplica Sophie. — Odiei mentir.

— Então por que mentiu? — Daniel parece estar à beira de vomitar. A comida continua intocada, azedando, esfriando e endurecendo à mesa. — Você está mentindo para mim desde que nos conhecemos.

— Mas isso foi depois de conhecer Leo — argumenta Mara, a cabeça inclinada para o lado. — Não é verdade?

Sophie funga, faz que sim.

— Eu o conheci na audição para a Julliard. Ele é violoncelista.

— Ninguém aqui está nem aí para isso — acrescenta Jamie.

— Você ficou esse tempo todo repassando para ele tudo o que estava acontecendo com a gente? — indaga Daniel. É difícil saber se o "a gente" se refere aos dois como casal ou ao grupo como um todo. Sophie está balançando a cabeça com veemência, suplicante, mas se eu fosse ele, não sei se conseguiria confiar nela outra vez. Batimentos cardíacos estáveis, ainda assim.

— A gente continuou se falando quando ele foi embora da Flórida — responde ela, o que faz as orelhas de Jamie quase se levantarem. Ele morava lá? Estava só de passagem? Ou fazia recrutamentos? — Ano passado, quando estava todo mundo na Croyden — continua Sophie, visivelmente tentando se recompor —, ele começou a me contar tudo o que estava acontecendo em Nova York... As pessoas que conheceu, e começou a se perguntar se eu conseguia senti-las a distância, ou se tinha de ser pessoalmente. Contou como ele e mais um grupo estavam treinando, tentando exercitar nossos Dons... São como um músculo, foi o que ele me explicou, e praticar os fortalece.

— Você disse a ele que a gente estava vindo? — pergunto. — Para Nova York?

— Disse. — Ela olha para baixo, os cílios louros roçando as bochechas.

Ganso se debruça sobre a mesa.

— Como? Você, tipo, sentiu que a gente tinha aterrissado no JFK? — pergunta.

— Não — responde ela, um tanto impaciente. — Foi *Daniel* quem me contou que vocês estavam vindo. Ou que Mara estava, enfim. Com você. — Ela vira os olhos azul piscina para mim.

Esplêndido. Estou mais que ansioso por seguir adiante com isto também.

— Você estava no metrô com a gente quando aquela garota morreu. — Posso ouvir todos os presentes prenderem o fôlego. — Sabia que ela era uma de nós... Ganso estava lá, ele deve ter magnificado sua habilidade. Você sabia que ela ia morrer.

Sophie abre a boca, mas nenhum som sai.

— Seu nome era Beth — digo, no instante que ela começa a balançar a cabeça. — Você podia ter salvado a vida dela.

— A gente não sabia o que ela ia fazer... Stella não estava com a gente naquela noite...

— Não foi isso que nos disseram.

— Eles não queriam me expor, ok? Mas é verdade, Stella consegue escutar pensamentos quando sabe no que precisa prestar atenção, mas naquele dia ela não sabia, e, de qualquer forma, nem estava lá! Ela e Leo mentiram para me proteger. Mas, mesmo que estivesse lá, essas coisas ainda não aconteceram com frequência suficiente para a gente saber o que esperar, além do óbvio.

— Que é?

Sua voz fica apertada com frustração.

— No meu caso, eu simplesmente sabia... É como... Imagine todo mundo aqui andando por aí com uma vela na mão. E de repente a chama se apaga. Começou a... acontecer. Do nada. Pessoas desaparecendo. Então passamos a tentar rastreá-las.

— O mapa? — pergunto.

Sophie faz que sim com a cabeça.

— Foi você que pensou nele?

— Sim... e não. Não é como se pudesse sentir as pessoas ao redor do mundo inteiro. Mas com você por perto — ela se vira para Ganso —, a coisa muda de figura.

Como muda para todos nós, parece. Meus pensamentos resvalam para Ganso e Mara, mas mentalmente fujo como um condenado.

— Como foi que você preencheu aquele mapa? — pergunto.

— Do jeito normal, em grande parte. As pessoas entravam e saíam da casa... Mas o mais comum era que quem ia procurar aquele porto seguro quisesse ficar lá num primeiro momento. Todos acabavam nos contando de onde vieram, o que podiam fazer... Começamos a encaixar as pecinhas do jeito que dava.

— Mas você estava na Flórida — diz Mara ao mesmo tempo. — Na escola.

— Quando conheci Leo, ele formou uma espécie de sala de chat para todo mundo manter contato. Comecei a conversar com Stella, bastante. Ela me ajudou.

Os olhos de Daniel encontram os de Sophie pela primeira vez.

— Todas as vezes que você me disse que tinha um concerto fora do estado no ano passado — enuncia ele. — Era para cá que você estava vindo, para se encontrar com Leo e não sei quem mais, não era?

Ela morde de leve o lábio inferior. Posso ver o momento que oscila entre mentir e contar a verdade. Decide-se pela segunda opção.

— Foi essa a desculpa que dei a meus pais, para continuarem pagando as viagens.

Isto é tudo uma grande merda. Fico péssimo por Daniel, mas não há nada que possa fazer no momento.

— Certo — digo. — Agora que vocês têm o mapa e sabem o que sabem, você ainda consegue sentir nossa presença, mesmo quando não estamos na sua frente?

Ela faz que sim.

— De que distância?

Sophie dá de ombros.

— Não sei, para ser sincera. Ganso... Esse não é seu nome de verdade, é?

— É, sim. Sou a quarta geração de Gansos na família — escarnece ele, com uma expressão maravilhosamente séria.

Sophie pisca, mas segue em frente:

— Bem, você amplia... Todo mundo. Tudo. Você tem de se concentrar para fazer isso, ou...

— Ele não é o tópico principal aqui — corta Mara. — Você é.

— Mas *devia* ser Stella — rebate Sophie, a voz quieta, mas permeada por moralismo hipócrita. — E Felicity, que ainda está viva.

— E é — retruca Jamie, sem qualquer insinuação de seus charme ou humor usuais. Está furioso.

— Então por que vocês não me perguntam nada sobre as duas?

— Por que você não está nos contando nada sobre elas? — O exterior de Mara é calmo, vigilante.

— Porque não sei de nada! Essa é a questão... Ninguém vai conseguir nada sozinho. Precisamos trabalhar juntos...

— Mas você é a caçadora... Foi mal, perdão... A... Como você se autointitula mesmo? — indaga Mara.

— E como *você* se autointitula?

Um dar de ombros indiferente.

— Assassina, carniceira...

— Chega — diz Daniel a Mara. Ela recolhe as presas, por ora.

— Como já disse — Sophie vira-se para mim, tendo decidido que sou O Razoável —, quando estou sozinha, só sei se alguém é Agraciado quando entro em contato direto com a pessoa. Quando Felicity e os outros desapareceram, sumiram do mapa. Literalmente. Não tem nada que eu possa fazer.

Não posso deixar de me solidarizar com essa última parte, não que vá admiti-lo. E não sei se quero saber qual é a resposta para a próxima pergunta que farei, mas sigo em frente:

— Quem foi o primeiro?

Uma pausa antes de responder.

— Beth foi a primeira que *vi*, mas Sam... Acho que foi Sam o primeiro.

— Por quê?

— Não o conheci pessoalmente... Leo tem uma amiga, o nome é Eva. Sam era amigo *dela*. Nunca cheguei a encontrar com ele, que morreu na Inglaterra. *Você* estava lá. Com Ganso.

E Mara.

Fecho os olhos, e, quando os abro, todos — Daniel, Jamie, Ganso, Sophie — têm um fiozinho de sangue escorrendo dos narizes. Mara parece sorrir. Deus do Céu, preciso dormir. Pisco com força, esfrego os olhos, e a imagem evapora. Ainda bem.

— Eva contou a Leo que Sam tinha se matado e que havia desaparecido um pouco antes disso. Foi aí que decidimos que a gente devia começar a ficar de olho nesses eventos.

— Mas o plano não está indo lá muito bem, não é? — desdenha Daniel.

Os olhos de Sophie estão fixos em seu prato.

— Não. — Ela levanta o olhar para Ganso. — Mas você está ajudando, mesmo sem saber. Estou começando a reconhecer e identificar a sensação de quando alguém some.

— E Felix? — indaga Jamie. — Se a conexão dele expirou, ou sei lá como se diz, era de se esperar que você notasse, não?

— Felix não desapareceu. Não foi como... os outros.

— Só um suicídio à moda antiga. — Mara vocaliza o que estou pensando, o que Sophie acaba de confirmar. *Há* mesmo uma diferença entre as mortes, entre os que foram por vontade própria e os assassinados.

— Olhe, estamos todos assustados, está bem? Estamos com medo por nossos amigos, por nós mesmos. — Sophie lança um olhar suplicante para Daniel, que parece sofrido, mas não morde a isca.

Mara, entretanto.

— Queria saber por que você estava fazendo anotações em minha ficha do Horizontes.

Sophie tem pelo menos a decência de parecer envergonhada pelo que fez. Ou talvez esteja de fato. Não sei se me importo.

— A gente achou que talvez fosse ajudar saber tudo o que podia a respeito do que aquela médica fez com vocês.

— Você podia ter simplesmente perguntado — diz Jamie, sem sorrir.

— Ah, é. — Sophie deixa escapar um ruído. — Como se vocês fossem acreditar em mim se eu contasse sobre minha habilidade.

— Leo acreditou. O resto de seus amigos também — interrompe Daniel. — Você escondeu isso de maneira deliberada. De mim, de minha irmã...

— De mim também — acrescento.

Seus olhos encontram os meus.

— Não sabia que você era um Agraciado.

— Como não?

— Não tem conexão alguma.

— Vou presumir que isso não seja uma metáfora.

— Não é. Não consigo sentir você. É como se nem estivesse aqui na sala.

Ganso parece perturbado.

— Você não vai dar cabo de sua vida agora, não, né, meu camarada? — pergunta.

— Não — respondo junto com Sophie.

— *Nunca* senti Noah — continua ela. — Não é como se ele tivesse sumido de repente. Aliás, isso que está acontecendo... Ainda não houve um número suficiente de... mortes... para a gente conseguir identificar um padrão. Não sei quanto tempo ainda resta até Felicity acabar morrendo, ou Stella...

— Como você sabe que elas *vão* morrer? — indaga Daniel.

— Porque foi o que aconteceu com Sam.

— Uma pessoa só não configura um padrão.

Ela balança a cabeça.

— Felix soube que aconteceria quando Felicity desapareceu.

— Porque você *disse* a ele que não estava conseguindo encontrá-la, e ele perdeu a esperança — retruco, chamando a atenção de Mara.

Sophie deixa escapar um fôlego trêmulo.

— Não, Felix tinha o dom da empatia — diz ela. — Podia sentir, até mudar, as emoções das outras pessoas. E quando Beth desapareceu e se matou... ele soube que o mesmo estava acontecendo com Felicity.

— Não sei, não, me parece que ele desistiu um pouco rápido demais — argumenta Jamie.

— Ele não queria viver num mundo onde ela não existisse — explico. Daniel ergue o olhar: o fato de defender Felix acaba implicando que estou, não intencionalmente, defendendo Sophie, de modo que volto à ofensiva, que é mais segura. — Então, qual é seu plano, Sophie?

— *Meu* plano?

— Você deve ter feito algum — diz Mara. — Ou estava apenas planejando mentir para a gente indefinidamente?

— Você leu minha ficha também, imagino — comento.

Ela balança a cabeça.

— Não tem nenhuma pasta com seu nome.

A testa de Jamie se franze quando ele interrompe.

— Claro que tem. Eu vi.

Sophie dá de ombros.

— Então vai ver Stella não trouxe a pasta com ela depois que saiu do Horizontes.

— Mas a minha ela roubou — diz Mara, para si mesma, acho. Um pequeno sorriso surge em seus lábios. — Claro.

— Me conte uma coisa — intromete-se Jamie. — Você sabia de mim também? Na Croyden? Porque nós dois estudamos lá desde o ensino fundamental...

— Só fui descobrir que tinha alguma coisa acontecendo *comigo* quando fiz 16 anos, e você é dois anos mais novo que eu. Quando conheci Leo e ele me disse que eu não era maluca, nunca nem me passou pela cabeça que você pudesse ser especial de jeito nenhum...

— Valeu.

— A gente se cruzava o tempo todo, e nada, até que um dia...

— Alguma coisa — finaliza ele, recostando-se na cadeira.

Com isso, Daniel se levanta.

— Não dá mais. Não dá para continuar com isto. — Ele se afasta da mesa, e Sophie se apressa em segui-lo. A cadeira arranha o piso quando a empurra para trás.

— Volto de metrô com você — sugere ela.

— Dispenso. — Ele vai pegar o casaco, mas Mara atravessa o cômodo e lhe diz algo que não consigo ouvir; Sophie está tentando falar com ele, Jamie está perguntando onde ela mora, e Ganso está estendendo a mão para o uísque.

— Já chamei um táxi para você, cara — avisa Jamie a Daniel antes que ele possa sair pela porta. Jamie olha para o celular. — Está entrando aqui na rua. Já vai ter chegado quando você descer.

Daniel pausa um instante, depois diz a Sophie:

— Melhor você ir indo. Antes que o carro vá embora sem você.

Ela parece confusa.

— Você não vem junto?

— Hoje, não.

Isso a deixa visivelmente abalada.

— Eu te amo — declara, enfim, baixinho e honesta e triste.

Daniel não responde, mas Mara abre a porta e espera. Depois que Sophie sai para o corredor, Daniel diz:

— Quem ama não mente.

Ah, se fosse verdade.

— Daniel, você devia passar a noite aqui — sugere Mara, enquanto ele permanece parado à porta, agora fechada.

— Quero ficar um pouco sozinho — retruca ele sem emoção. — Só estou esperando até ter certeza de que ela já foi.

— Você pode ficar sozinho aqui — insiste a irmã.

— Pare.

— Mas você devia mesmo ficar — interfiro. — Já está tarde. A gente tem espaço de sobra. Vamos deixar você quieto em seu canto.

Ele quer discutir, mas está exausto.

— Onde? — pergunta, olhando para o andar de cima.

— Segundo piso, vire à esquerda depois dos primeiros quartos. Vai ficar em silêncio total lá...

— Não quero silêncio.

— Tem TV — comenta Ganso. Todos viramos para ele. — O quê? Todos os quartos têm.

— O nosso, não — diz Mara para mim, apenas com movimentos labiais.

Porque temos jeitos melhores de passar o tempo, fico tentado a dizer, mas não é bem o momento para isso.

— Beleza então. — Daniel tira o casaco, dobra-o sobre o antebraço. — Vejo vocês... daqui a um tempo.

— Se cuide, amiguinho — diz Jamie.

— Boa noite, mano — deseja Mara, e ele desaparece na escada. Nenhuma resposta.

Jamie e Ganso se dispersam de maneira um pouco desajeitada, deixando a mim e Mara a sós.

Um olhar sombrio passa sob seus cílios escuros.

— Vou deitar. — Ela não parece cansada. Acho que ouço seu coração carregado, o pulso martelando nas veias.

— Já vou também — aviso. — Quero dar uma arrumada aqui.

Ela faz que sim com a cabeça, liberando o fôlego que vinha prendendo há muito tempo.

— Podia matá-la pelo que fez com Daniel — declara.

Uma ponta de um sorriso.

— Literal ou figurativamente?

Ela me beija de leve na boca, depois corre escada acima, dizendo:

— Ainda não decidi.

Com Mara, não há como saber se fala sério ou não.

31

MINHA EXPERIÊNCIA

EM SONO, LIMPO E ARRUMO SOZINHO A BAGUNÇA DEIXADA PARA trás pela inquisição da noite, e estou na cozinha deixando uma torrada queimar e preparando chá quando Mara desce os degraus em pleno raiar do dia, incoerente. O sol entra pelas janelas, pálido e fraco.

— Bom dia — cumprimento.

— Deus está morto.

— Café?

— Vá se foder.

— De novo?

Ela cruza os braços por cima do balcão e deixa a cabeça despencar sobre eles, abafando um:

— Que ódio de tudo.

Ignoro o pão e a ideia de chá (e de sexo, sejamos honestos) e vou até ela. Penteio seus cabelos para trás com os dedos, o que a faz virar a cabeça, deixando uma bochecha e um olho expostos. Está tão magoada que me dói.

— Tem alguma coisa que eu possa fazer? — pergunto.

— Não sei. Ele é louco por ela, sempre foi, desde nosso primeiro dia na Croyden. E agora acha que ela só começou a falar com ele por minha causa. Para descobrir mais a respeito de *mim*.

— Isso não significa que ela não o ame agora.

Mara vira-se contra mim.

— Ela mentiu...

— Nós todos também já não mentimos?

— Por que você a está defendendo?

Boa pergunta. De fato me compadeço um pouco de Sophie. Algo que disse ontem à noite — sobre ver Beth no metrô, sua luz se reacendendo no mapa mental de Sophie por um instante, apenas para ela mesma apagá-la no final. Conheço a sensação.

Há muitos detalhes na pequena operação orquestrada por Leo, da qual agora sabemos que Sophie faz parte, que acho suspeitos — mas até então, não encontrei evidências para colocar a culpa das mortes de Sam e Beth sobre os ombros deles. E, por ora, são os únicos que têm uma conexão verdadeira com os Agraciados que desapareceram. Não nós.

O que há de diferente a respeito de *nós*?

— Olhe — digo, com a necessidade de apaziguar Mara antes que possa refletir a respeito de tudo isso. — Daniel foi traído por uma pessoa que ele ama. É brutal. Mas o que acontece é o seguinte: parte dessa traição não tem nada a ver com o coração partido de seu irmão. Tem a ver com o fato de que ela estava de olho em você. É porque ele ama *você* que está sofrendo tanto. Acha que devia ter percebido tudo antes.

Uma suposição, claro; que faço pois é como *eu* mesmo me sinto em relação a ela, embora não haja ninguém no mundo mais capaz de proteger Mara que a própria Mara. Mas também conheço Daniel.

— Ele acha que falhou com você — completo.

— Como ele pode pensar uma coisa dessas? — diz ela, incrédula.

— Porque se sente responsável por você.

— Mas ele me conhece, sabe o que posso fazer...

— Ele é seu irmão mais velho. Não importa quão forte você seja, ele sempre vai se preocupar. — Uma ponta de culpa, pois não estou dando apoio, jamais o fiz, a minha própria irmã. Sequer estive pensando em Katie, como anda sobrevivendo ao turbulento mar infestado de tubarões que é a adolescência, lidando com a perda do pai que a amava e mimava.

A expressão de Mara é de decepção outra vez.

— Eu sei. Odeio que ela tenha feito isso com ele.

Deixo que Mara diga o que sente, mas confissão: não concordo. Não a odeio, quero dizer. Sophie mentiu por omissão, verdade, e pode muito bem ter passado todo esse tempo nos espionando para Leo *et al.*, claro. Mas não consigo sentir malícia por trás de suas ações. Desconfiança, sim. Curiosidade, com certeza. Mas estivemos agindo da mesma forma para com eles, a bem da verdade.

Apesar das diferenças e especificidades, eles querem o mesmo que (a maioria de) nós: respostas. A verdade. Importam-se uns com os outros da mesma maneira como nos importamos.

Então, tenho uma ideia.

— Acho que você, Jamie e Ganso deviam encontrar Leo hoje.

— O quê? — O tronco de Mara recua um pouco do balcão. — *Agora?*

— Agora que Sophie nos contou tudo o que sabe, acho que precisamos aceitar o fato de que Stella está mesmo desaparecida. A noite foi longa, e pensei muito. Dois de nós já se mataram... Sam se enforcou, Beth pulou na frente de um trem. — Mara abaixa a cabeça, sabendo o que está por vir, que estou certo, antes mesmo de dizê-lo. — Temos de começar a trabalhar em conjunto. Encaixar as peças do quebra-cabeça que temos com as que eles têm. Você, Jamie e Ganso, apesar de ele não parecer, são todos brilhantes.

— Então por que a gente não desvenda tudo sozinho?

— Porque não temos a menor ideia de quem eles *eram*. Aquele pessoal pode ter uns documentos, gravações, relatórios e mais todo tipo de merda para nos mostrar, mas nós nunca chegamos a *conhecer* as pessoas que foram vítimas do que está acontecendo, fora Stella. Sophie e Leo conheceram. São *os* amigos *deles* que estão cometendo suicídio até agora, mas existe alguma coisa maior por trás de tudo, um relógio em contagem regressiva, e não sabemos quanto ainda falta, nem para quem o tempo está correndo. Se queremos encontrar uma conexão, vamos precisar olhar, olhar *de verdade*, para as pessoas que têm alguma ligação com isso tudo, e, até o momento, isso significa olhar para eles.

Mara murcha, recurvando-se, amuada.

— O quê? Você não quer ir? — *Não quer ajudar Stella*, é a pergunta que não faço.

— Não é isso. É só que... detesto deixar Daniel aqui sozinho.

— É disso que ele está precisando.

Mara estende a mão, puxa a barra de minha camiseta.

— Por que você não vem junto?

Enrolo um dedo em uma mecha de seu cabelo, mascarando a menor das pontinhas de ressentimento e autodesprezo em minha voz.

— Quero dar uma olhada nas coisas que os advogados mandaram para cá. Da Inglaterra — minto. Mais ou menos.

— E quer fazer isso sozinho.

— Não — respondo. — É só que o tempo que se gasta escavando plantas velhas de imóveis e coisas do tipo com certeza vai ser menos produtivo do que o que vocês vão gastar mexendo no que Leo e Sophie coletaram. Ninguém sabe o que aconteceu no Horizontes melhor que você — argumento. — E Jamie.

Jamie desce as escadas primeiro.

— Estamos de saída para encontrar os androides, foi isso mesmo que ouvi? — pergunta ele.

— Você vai ter com que se entreter aqui sozinho, certo? — indaga Ganso, logo atrás.

— Sempre — respondo, enquanto os dois guardam celulares nos bolsos e vestem os casacos. O sol entra em flechas através das faces de vidro do relógio, cortando as sombras no apartamento com branco.

Mara lança um olhar vigilante para trás, por cima do ombro, e lhe dirijo um meio-sorriso.

— Vê se não demora — peço, alto o suficiente para apenas ela escutar.

Ela se vira, mas não antes de eu ter um vislumbre de seus olhos se revirando e um sorriso se abrindo em seu rosto. Fecho a porta atrás deles.

E sigo direto até Daniel.

32

HOMENS DE PALHA

BATO À PORTA, E NÃO EDUCADAMENTE. TENTO A MAÇANETA E A encontro trancada.

— Daniel! — grito. — É uma emergência. Preciso de sua...

Ele abre a porta, os olhos injetados e vermelhos, mas arregalados.

— O que foi? O que aconteceu?

— Hora de acordar.

Seu rosto se franze em confusão.

— O que...

— Não aconteceu nada. Está tudo bem.

— Então por que diabos...

— Preciso de sua ajuda.

— Você vai ter de se conformar com uma vida de decepção — retorque ele, e começa a fechar a porta.

Eu a detenho com a mão.

— Foi mal, mas não. Se vista. Você tem aulas para assistir.

— Vou faltar.

— Daniel, Daniel. Não se esqueça de quem é.

Nada. As pálpebras se fecham, os braços se cruzam contra o peito.

— Só quero ficar um pouco sozinho, ok?

Ele soa patético, e sinto meu coração se apertar, mas... Petulante, ele acrescenta:

— Você disse que iam me deixar quieto.

— Digo muita coisa. E, de qualquer forma, deixamos você quieto ontem à noite. O tempo acabou. Se vista.

As narinas se expandem, e, por um segundo, enxergo a semelhança familiar entre ele e Mara que em geral permanece oculta.

— Aonde a gente vai?

— Acho que você já sabe.

Jamais quis ver o lugar antes, e agora que estou parado aqui, observando-o, discreto e todo fechado em uma parte toxicamente feia do Brooklyn, sinto que tinha razão em não querer. Há janelas se estendendo para cima, de um andar a outro, todas lacradas com tábuas de madeira, sem qualquer refinamento. Meu pai sempre foi bom em esconder as coisas.

— Está falando sério? — indaga Daniel, fitando a construção.

— Mais sério impossível — afirmo. Ergo a porta de metal, que range em protesto, e tateio a superfície em busca da fechadura. A porta vermelha enferrujada se abre, e corro a mão pela parede a fim de encontrar o interruptor.

As luzes se acendem de uma vez só, no susto, e a repentina claridade artificial é um pouco chocante.

— Não acho mesmo que a gente vá encontrar nada aqui que consiga parar o que quer que está acontecendo — comento, olhando para cima, para as estantes altas —, mas você acha. E confio em você para deixar tudo o que pode ou não estar aqui em suas mãos.

Daniel está em silêncio, encarando os corredores que se estendem adiante, sem fim.

— Então é isto que está acontecendo hoje — continuo. — Mara, Jamie e Ganso estão lá na casa com Leo...

— E com Sophie, provavelmente — resmunga Daniel.

Dou de ombros, como se não importasse.

— Pode ser, quem sabe. Ninguém me mandou mensagem ainda, e não estou muito preocupado com isso, para ser sincero. Mas escute... Havia um mapa lá que mal consegui olhar direito... Tenho uma memória quase fotográfica, mas o quarto estava escuro, e não consegui enxergar todos os detalhes. Agora que estamos no mesmo time...

O rosto de Daniel se volta para o chão, e ele desvia os olhos.

— No time do "vamos-impedir-que-pessoas-inocentes-continuem--morrendo". — Inspiro fundo, tentando não soar frustrado. — Você sempre achou que a resposta para a questão dos suicídios estava aqui. Então Mara, Jamie e Ganso estão *lá*, coletando os nomes dos outros Portadores, de onde vieram, suas habilidades e o mais importante: tirando fotos daquele mapa. E você vai cruzar todas essas informações com esse monte de merda que está aqui neste lugar.

Daniel solta uma gargalhada.

— Você não faz a menor ideia de como as coisas funcionam.

— Está bem, e como as coisas funcionam?

— Kells deu nomes falsos a todas as pessoas em quem fez experimentos, para que não pudessem ser identificadas caso alguém descobrisse este galpão. Presumo que tenha sido sugestão de seu pai — revela Daniel. Parece mesmo coisa dele. — O que quer dizer que tentar achar nomes que batam, fichas que batam... A ideia de cruzar informações é... — Ele olha para cima, examinando a imensidão do prédio. — É impossível.

— Mesmo tendo aquele mapa?

— Talvez sim, talvez não. — Daniel morde o lábio inferior. — Existe uma sistematização. Foi assim que encontrei as pastas da própria Kells e tudo o que achei que a gente ia precisar, que a gente levou para a casa da tia de Jamie e que Stella aparentemente roubou. — Ele solta o fôlego. — Mas a gente estava procurando coisas diferentes na época: tudo o que levasse a Jude e Mara e tal. Pode ser que... Se eu soubesse onde esses adolescentes nasceram, talvez, bom... É óbvio, na verdade... Com certeza deviam existir outras clínicas de tratamento, entre aspas. Tipo, alguém chegou a perguntar de onde Leo vem?

Exatamente o que eu estava pensando. Um canto de minha boca se recurva para cima.

— E é por isso que você está aqui. — Pausa. — E mais ninguém.

— Como assim? — pergunta ele, franzindo a testa.

— Assim: estou dando acesso exclusivo a você. A você e a mais ninguém.

— Então quando você disse a Leo que ia deixá-lo vir aqui comigo e com Mara, o que você estava dizendo na verdade era...

— O exato oposto.

Daniel não parece surpreso, mas está um pouco frustrado.

— Preciso de pelo menos mais uma pessoa para segurar e carregar as coisas, para me ajudar a olhar tudo. Dividir para conquistar e tudo mais, sabe?

Abano a mão como quem faz pouco caso.

— Você não está se dando o crédito que merece, amigo.

Mas Mara e Daniel vestem suas emoções no rosto, e sei o que Daniel vai dizer antes mesmo de abrir a boca.

— É com Mara que você está preocupado — conclui. — Não quer que *Mara* saiba que estou aqui.

— Não quero que ninguém saiba, *inclusive* Mara — respondo, com cuidado.

— Por quê?

Deixo escapar um suspiro tenso.

— Você sabe por quê.

Ele se enfurece.

— Não, não sei. Você a ama, mas não confia nela?

Reconheço de imediato aonde está indo essa linha de raciocínio, dada a traição de Sophie, e a interrompo antes que chegue lá.

— Não tem nada a ver com isso. Olhe, quando se trata de mim, da sua irmã e, ainda mais importante, de qualquer coisa relacionada a meu pai e a nossa história... Mara não é a namorada de quem estou escondendo segredos. É... — Busco a palavra correta, uma que me traga a reação de que preciso sem arriscar outra que não consiga aplacar. — Imprevisível — lanço, enfim. Cada palavra importa agora. — Você sabe o que Mara pode fazer — continuo, em vez de dizer *Você sabe o que Mara é capaz de fazer.*

Uma pausa interminável antes de Daniel dar de ombros. Basta para que eu prossiga:

— Você já a viu em ação? — indago, fazendo um desvio brusco a fim de evitar os específicos.

Daniel me imita.

— Tipo, cara a cara?

— Cara a cara, gravado, algo assim? Com a mente ou com as mãos? Palavras erradas, as últimas. Posso fisicamente enxergar a atitude de Daniel mudar.

— Ela matou pessoas — diz ele —, e estou usando o termo "pessoas" de uma maneira bem relaxada, por *legítima defesa*. — Leal até o fim, essa família Dyer. Ele a ama tanto. É aí que jaz a questão.

Em meu caso também. A palavra "amor" sequer captura uma pontinha do que sinto por Mara. Mas a enxergo sob uma luz que ele não consegue... que ninguém mais consegue. Nós nos vimos um ao outro em carne viva, despidos de tudo o mais, exceto nossa essência, para o bem ou para o mal. Eu a reconheço, e ela me reconhece. Amo-a pela pessoa que *é*, não pela pessoa que acredito ou desejo que seja, pois não *quero* que seja qualquer outra coisa senão ela mesma.

O amor de Daniel é diferente. Ele não *consegue* enxergá-la dessa maneira. Inclusive, tenho certeza de que Mara fez esforços hercúleos a fim de evitar compartilhar aquele prazer particular e secreto que sente em sua habilidade de destruir.

— Você não acha que ela quer parar o que está acontecendo? — Ele parece incrédulo. — Acha que ela quer que esses estranhos continuem morrendo?

Não sei o que ela quer, não digo. Não sei quem ela quer que morra, é a verdade.

— Ela não é uma assassina em série — defende Daniel. — Não é uma assassina em massa.

São afirmações, não indagações, e sequer tenho certeza de que Daniel de fato crê nelas. Seu coração está correndo, noto com desconforto.

Os pensamentos que pipocam são fruto de minha conversa com Stella. Se Mara tem mesmo algo a ver com essa história, não pode ser intencional; não se encaixa em *seu* padrão.

— As coisas que ela faz, não importa o quê, são porque acredita que sejam justificadas — argumento, tentando tranquilizar sua mente. E a minha. — E confio nela, sim.

— Estou pressentindo um "mas" no futuro dessa sua frase...

Balanço a cabeça.

— Não tem "mas" algum. Eu a amo. Faria tudo para protegê-la. E isto aqui faz parte de como vamos protegê-la. Tem, *sim*, alguma coisa em Mara que a separa de pessoas como Stella, Leo, Sophie...

A expressão de Daniel se fecha.

— Verdade. Sophie.

— E Felix e Felicity, até Jamie.

— E você — lembra Daniel, dando voz ao que eu estava tentando evitar.

— Verdade. De mim também. Você ouviu o que Sophie disse. Ela não consegue ter percepção de mim por alguma razão. — Talvez devesse estar paranoico ou desencorajado, mas estou predominantemente anestesiado.

— Mas ela consegue sentir Mara. — Ele engole em seco. — Você acha que ela pode... estar correndo algum risco?

Não da maneira como Daniel está pensando. Mas talvez eu possa usar esse, seu temor por ela, de modo que faço que sim com a cabeça.

Ele reflete por um momento, depois dá alguns passos à frente, correndo as mãos pelas etiquetas nas caixas mais próximas de nós.

— Andei pensando, e acho que o fator comum pode não ser uma pessoa, necessariamente, mas uma característica.

Sim. Brilhante.

— De que tipo? — pergunto.

— Você viu a lista, não viu?

— Qual delas?

Ele segue em frente, os passos ecoando no cimento.

— A Dra. Kells criou uma tal lista que ela mostrou para Mara e Jamie, e acho que para Stella também. Existiam duas versões, na verdade... Uma dizia que você estava vivo, e a outra, que havia morrido.

Ah. Essa lista.

— Nas duas constavam os nomes de vocês todos, e mais vários outros, inclusive o de Jude, e as seguintes classificações — ele olha para o corredor seguinte —: "original", "suspeita de ser original" ou "artificialmente manifestado ou induzido".

— Você acha que isso tem alguma coisa a ver com esta situação toda de agora?

— Pode ser — responde Daniel. — Quero dizer, a ideia de Kells, dar codinomes aos gêmeos em que ela trabalhava, foi bem inteligente.

Só tinha ouvido falar a respeito disso pelo mais breve dos resumos; por minha própria culpa. Mara não queria conversar sobre o assunto, de modo que nunca perguntei.

— Continue — encorajo, num pedido o mais generalizado possível. Não tenho certeza se quero que ele saiba o quanto *não* sei.

— As crianças que ela abrigou... Só encontrei registros e informações sobre elas procurando pelos pseudônimos que receberam, que correspondiam às letras do alfabeto. Era tudo codificado, e todos eles morreram com idades diferentes, com sintomas diferentes, mas sei que eram pelos menos sete meninos, sem contar Jude e Claire, e alguém, em algum lugar, precisaria ter descoberto sobre eles se tivessem vindo todos do mesmo lugar.

— Mas não vieram.

Daniel balança a cabeça.

— Vieram de todos os cantos do país. Ela quis reunir o mais diverso leque de opções possível, provavelmente. E estava na folha de pagamento de seu pai na época, então ele com certeza deve ter ajudado a encobrir qualquer rastro.

Não é de se admirar que tenha nos obrigado a vir morar nos Estados Unidos, no fim das contas.

— É um país bem grande.

— É um mundo bem grande — retruca Daniel. — Como eu disse, ficar procurando nomes aqui não vai levar a lugar algum, mas, se a gente pensar de uma forma mais ampla... em termos de países e cidades natais, datas de nascimento, aí talvez, em algum lugar enterrado junto ao que vai provavelmente parecer ser um monte de porcaria corporativa inútil, pode ser que a gente encontre alguma informação sobre pelo menos algumas pessoas que...

— Desapareceram — termino por ele.

— Pensei em procurar as coisas sobre Stella aqui, na verdade, quando ficamos sabendo que ela estava na cidade. Foi uma das primeiras ideias que pipocaram em minha cabeça quando fui procurá-lo. — Seus olhos percorrem as estantes de baixo para cima, parando no topo.

— Por que você não me disse isso logo de uma vez quando foi me perguntar?

Ele empurra os óculos mais para cima da ponte do nariz, um tique nervoso.

— Mara, Stella e Jamie têm... uma dinâmica um pouco incomum — admite, enfim.

— Você também não queria que Mara ficasse sabendo de seus planos — acuso, sentindo-me justificado por um instante até Daniel balançar a cabeça.

— Na verdade, era com Jamie que eu estava mais preocupado.

Ora, ora.

— Por quê?

— Então, sempre achei meio esquisito que Stella tenha sido classificada como "suspeita de ser original". Não "original", como você e Mara, nem "artificialmente manifestado", que nem Jude. Uma vez, quando Mara não estava conosco, fui perguntar a Jamie sobre isso. — Ele se vira para mim. — Na verdade, foi no dia em que vocês receberam aquelas cartas, lembra?

Ah, se eu pudesse esquecer.

— Enfim, a gente teve aquela conversa sobre Super-Homem *versus* Homem-Aranha, a teoria do "nascido com um poder" *versus* "poder adquirido", e cheguei à hipótese de que talvez eles não soubessem o histórico genético de Stella quando a lista foi feita, e que talvez fosse assim que os estivessem tipificando.

Tipificando. Perco um momento me perguntando se Daniel sabe a respeito dos arquétipos que supostamente representamos — de onde meus pais tiraram a ideia de que eu estaria destinado a ser alguma espécie de grande Herói, e que deu origem à convicção de meu pai de que Mara era a Sombra, destruidora de mundos ou alguma merda do tipo. A fonte de tudo isso é o professor, assunto que quero desesperadamente evitar.

— Mas, enfim, Jamie mencionou que ele também tinha sido classificado com "suspeita de ser original", e eu sabia que ele era adotado; meio que queria perguntar mais, porém, você sabe, também não queria ser... insensível? Aí, no meio disso tudo, ele foi pegar a correspondência. Stella também recebeu uma carta. Lembra?

Agora que ele mencionou o fato, lembro, sim, mas com pouca nitidez. Daniel me agradecera por tê-lo salvado de meu próprio pai, e, naquela época, estava ocupado, tentando fechar meus olhos para o mundo. Mas faço que sim com a cabeça de qualquer forma.

— Eu me senti um pouco excluído. Não pedi para ler a carta de Mara porque ela havia acabado de passar por... muita coisa. Todos vocês também, então meio que me distanciei para dar o espaço de que precisavam. Quando vi Jamie de novo, ele já estava usando aquele pingente que você costumava usar, e agindo de um jeito totalmente diferente de antes. Tentei retomar a conversa, mas ele não me deu papo.

Nada de surpreendente aí.

— Mas perguntei o que ele achava que a gente devia fazer a respeito da carta de Stella, porque ela já havia ido embora. Dei minha opinião, que a gente devia jogar fora, respeitar sua privacidade. Sabe o que ele disse? *"Vamos topar com ela de novo"*.

— Isso é... — Acho difícil encontrar a palavra certa.

— Esquisito? — Daniel está fazendo que sim com a cabeça. — É. Na época, achei que era só algo na linha de, sei lá, *Ah, Stella está por aí, não evaporou e sumiu para sempre*, esse tipo de coisa... Mas agora?

— Agora é esquisito — concordo.

— E você reparou como Jamie ficou todo interessado quando Leo mencionou que ele e os amigos treinavam as habilidades juntos?

— E se isso que está acontecendo agora for por causa da tentativa de alguém de aperfeiçoar os próprios poderes? — Eu penso em voz alta.

O cenho de Daniel se franze.

— Pode até nem ser intencional.

— Quem sabe. — Duvido. Também duvido de que Jamie seja o responsável, mas que ele possa estar conectado a essa tal pessoa misteriosa me parece mais plausível a cada instante que passa.

— O que você achou da tatuagem de Leo? — pergunta Daniel, e congelo. — Não pense que não vi seu interesse lá na casa.

É necessário esforço consciente para manter minha expressão indiferente.

— A tatuagem de Leo — enumera Daniel. — O pingente de Jamie... E o meu. O de Mara.

— Que ele recebeu de Lukumi, ou Armin Lenaurd, ou seja lá quem for aquele cara — prossegue. — O que escreveu as cartas que vocês receberam. Achei que você gostava de mim porque sou esperto.

— Tem mais a ver com sua beleza estonteante, na verdade — brinco. — Mas boa jogada. O que você acha de tudo isso?

— Onde você conseguiu aquele pingente?

Uso a única carta que tenho na mão.

— De minha mãe. Encontrei nas coisas dela depois que morreu.

— Ah — diz Daniel, alternando o peso entre as pernas.

Este era o momento. Poderia contar a ele sobre minha sórdida história familiar e minha triste vidinha patética, contar sobre a carta que minha mãe me escreveu, a carta que o professor escreveu a Mara, e o que mais fosse necessário até Daniel saber de tudo. Sobre mim. Sobre nós.

Mas Mara jamais contou ao irmão. Manteve a carta em segredo.

Sua força e sua convicção crescerão, e, longe de você, as de Noah também, foi o que o professor dissera a ela. *Você amará Noah Shaw até a ruína, a menos que o deixe ir.*

Foi por isso que ela nunca disse nada a Daniel esse tempo todo. Mas me deixou ler. Foi nossa grande briga, a que repetimos em uma centena de encarnações ao longo das centenas de milhares de horas que passamos juntos. A questão de se ela deveria me deixar, para meu próprio benefício.

Vi a morte dele acontecer de mil maneiras em mil sonhos ao longo de mil noites, e a única que pode impedir é você.

Recusei-me a aceitá-lo na época, e continuo me recusando agora. No entanto, o que está em jogo para Daniel é diferente, claro.

— Você acha que o professor continua no jogo? — pergunto, como se a ideia jamais tivesse me ocorrido antes. Se não tivesse mencionado minha mãe morta há pouco, ele provavelmente me chamaria a atenção pela farsa.

Os olhos de Daniel se estreitam de leve por trás das lentes dos óculos de armação escura enquanto balança a cabeça positivamente.

— A esta altura ele poderia muito bem se candidatar até ao título de mestre de xadrez... — Daniel deixa a frase morrer de maneira um pouco constrangida, tendo invocado a memória de ambos os meus pais mortos em um período curto de tempo.

Mas fico me perguntando o que ele pensaria se lhe contasse tudo.

— E o que isso envolveria? — pergunto. O campo das hipóteses é seguro para ele. Para nós dois.

— Tipo, Jamie mencionou os "precogs" de *Minority Report* quando a gente se encontrou com Leo, e parecia que o cara estava sempre um passo à frente antes...

— Mas como isso pode funcionar? Ele sabe tudo o que vai acontecer no futuro? Livre-arbítrio não existe?

— Isso... levantaria muitas questões filosóficas, é verdade — concorda Daniel, assentindo com a cabeça.

— Você é um homem das ciências. Qual é sua opinião? — indago, com curiosidade genuína.

Ele sorri, de volta a território conhecido.

— Admito que as habilidades que você, Mara e Jamie possuem forçam um pouco os limites da lógica, mas pelo menos elas funcionam com alguma estruturação. Limitações. Vocês são portadores de um gene que se ativa e manifesta graças a fatores ambientais e biológicos. Por meio de algum... não sei, talvez um mecanismo subatômico, esse gene os permita afetar matéria de maneiras diferentes. Lukumi também escreveu o *Novas teorias em genética* — lembra ele, dando de ombros. — Achei absurdo quando Mara me mostrou pela primeira vez, mas depois, bem, você sabe o restante da história.

Sei, sim.

— Então é em livre-arbítrio que você acredita, ou em predestinação?

— Livre-arbítrio — responde, assertivo.

Sei de coisas que Daniel não sabe, e vi coisas que não viu, mas acredito no mesmo que ele. Sou obrigado a crer. Senão, qual é o sentido?

33

COMO É VÃO

SAÍMOS DOS ARQUIVOS POUCO DEPOIS, TENDO SATISFEITO A curiosidade de Daniel e deixado que chegasse à própria conclusão do que fazer em seguida.

— A gente precisa voltar à casa de Leo, descobrir a origem de todos os Portadores que ele conhece, cruzar as informações para ver se existem subsidiárias da companhia de seu pai que já tenham operado nesses lugares ou perto deles, e depois usar tudo o que conseguimos para voltar aqui e conferir se tem alguém que seja meio como Kells no campo de saúde mental e que já tenha tratado algum desses adolescentes, alguém que possa estar no volante, na direção de alguma coisa. Começar pequeno, para depois ir ampliando os planos.

— Maravilha! — exclamo. A proteção de metal range quando a puxo para baixo a fim de esconder a porta. — Hoje à noite mesmo já começamos com isso.

— Peça a seus colegas de apartamento para me mandarem as fotos, para eu poder usar o mapa como ponto de partida. E você... — Ele aguarda, na expectativa.

— Vou falar com Jamie.

— E com Ganso — acrescenta.

— E com Ganso — repito, antes de nos separarmos.

Quando ele o mencionou pela primeira vez, perguntou primeiro como era o senso de moralidade de Ganso, e respondi que não sabia, que a última vez que tinha passado um tempo considerável em sua companhia, ainda mal precisava se barbear.

— Por quê? — indaguei.

— Porque — respondera Daniel, passando as mãos pelos cabelos —, odeio essa expressão, mas não tem como negar que ele é um divisor de águas. Se... isso que está acontecendo... tem alguma conexão com Mara... de alguma forma...

O que ficou no ar foi que Ganso poderia transformar Mara em uma arma de destruição em massa caso ela quisesse sê-lo.

Observei Daniel enquanto falava e notei que, em sua opinião, ela não iria querer algo assim.

Não tenho tanta certeza.

Estou ansioso por voltar à cobertura, e não apenas por conta de Mara. Minhas defesas estiveram levantadas por tempo demais hoje, e é exaustivo.

O apartamento está vazio quando chego, no entanto. Deveria ter ficado aliviado; em vez disso, me sinto um pouco oprimido pelo vácuo. Mesmo quando somos apenas Mara e eu, sua presença já basta para encher a casa.

Vou até o bar, me sirvo de uma dose de uísque. Bebo a primeira, depois uma segunda. Minha incapacidade de ficar própria e completamente bêbado apenas me faz sentir pior.

Meus passos ecoam na escada, e ignoro o ar frio e os movimentos rápidos das nuvens do outro lado da vidraça, que me deixam tonto por algum motivo. Quando chego ao escritório, fecho a porta.

A metáfora de Daniel, de alguém no volante, rodopia dentro de minha mente. Não consigo detê-la nem pará-la, de modo que deixo que faça suas voltas e acabo diante do baú cheio com os pertences de minha mãe. Mal me surpreende, considerando-se que passei o dia nos arquivos de meu pai. Eu conseguiria entediar até mesmo o pior dos terapeutas.

Vasculho os livros e as outras coisas, não encontrando nada que seja particularmente interessante até notar um pequeno diário vermelho espiando de debaixo de *O único e eterno rei*. Há um laço por entre as páginas de beiradas douradas.

O dia em que deixarei de ser meu pior inimigo pode até acabar chegando, mas não será hoje. Abro o diário de minha mãe e começo a ler.

26 de junho

Cacete, acabo de conhecer os pais de David e acho que teria ficado mais feliz se me afogassem no rio Tâmisa — ou se tivesse me jogado de uma das torres do tão amado solar daqueles dois — que casada com um membro dessa família maldita.

O dragão da mãe dele me cumprimentou com um olhar de desdém que complementava o sorriso quase invisível, depois o pai, que não é um homem de todo terrível, me inundou com perguntas a respeito de caça e tiro, coisas que abomino e que David sabe muito bem, e acho que podia praticamente ouvi-lo trincando os dentes durante a hora do chá, preocupado com o que a amante plebeia poderia dizer ou fazer para ofender o lorde e a lady.

Não se trata apenas de sua família. Quem dera fosse apenas isso, para ser franca. É que David é tão... fraquinho. Não fraco de inteligência, óbvio. Jamais ficou em segundo lugar em nada, fosse em exames, colocações ou provas — sua gangue de coleguinhas está sempre em seu pé por causa disso, provavelmente por inveja. Ele é sempre o único no pub no domingo seguinte às provas finais, sem nem um pinguinho de preocupação de que não vá passar nas matérias. E, objetivamente falando, o cara é lindíssimo, tem-se de admitir isso. É a cultura de merda do conhaque depois do jantar, o "veraneio" na Cornualha, em Yorkshire, para "aproveitar a temporada" — temporada de caça, embora já tenhamos conversado (gritado) a respeito do assunto e ele tenha jurado parar, o que vai fazer com que Lady Sylvia tenha uma síncope. Ele <u>está</u> se esforçando, e sei que é por <u>mim</u>, o que quase torna as coisas ainda piores.

Está desesperadamente apaixonado por mim. Posso senti-lo quando estamos juntos, um calor irradiando-se dele, a fome em seu olhar, e tudo aconteceu tão depressa, tão fácil. Ele é um garoto — não um homem, ainda não —, acostumado a conseguir o que quer, e decidiu que me quer. Fui eu quem fiz isso. Não posso colocar a culpa em ninguém, senão em mim mesma.

O professor me disse que é meu Dom, criar desejo (e destruí-lo, imagino, embora ele nunca tenha me contado este detalhe explicitamente — é tão evasivo quando sou eu que estou fazendo as perguntas). Mas, para ser honesta, acho que sempre tive a impressão de que era diferente, e especial, antes mesmo de conhecê-lo, antes de ele me contar. Era de se esperar que um bebê abandonado, uma garota sem família, seria alguém digna de pena! Criada por freiras, sem dúvidas! Não importa que tenha estudado em Cheltenham, ou que meus pais tenham sido pessoas esplêndidas; o fato de que até minha família adotiva tenha morrido parece escandalizar Lady Sylvia (o que não a escandaliza?). Fingiu não saber de nada, mas David me contou que sabia, que ela discorrera sobre a morte dos dois em um acidente de carro "brutal e violento" (existem acidentes de carro fatais que _não_ sejam brutais?). Mas, na verdade, tinha mais a ver com o fato de que nem mamãe, nem papai tinham outros parentes, tirando alguns primos distantes que nunca cheguei a conhecer. É _este_ o verdadeiro pecado, que eu seja uma menina saída de um lugar desconhecido, com quase nada em meu nome, que eles não conseguem tolerar.

Foi um pouco chocante no começo; achei que os faria comer em minha mão com meu charme, mas ambos se provaram estranhamente imunes ao que quer que seja que me torna irresistível aos olhos de todos os outros. Acho que, se meus pais ainda estivessem vivos, aquela dupla confrontaria David um pouco menos.

Parte de mim queria ter morrido com eles. Quer morrer sem eles aqui.

Sei que seria egoísmo, e um desperdício, blá-blá-blá, mas, Querido Leitor Que Não Existe Pois Este É Meu Diário, Então Vá Se Foder, não fosse pelo professor, acho que eu já teria encontrado meu fim — Deus sabe que temos um estoque de drogas à mão, mesmo (especialmente) em Kings. Não tenho problemas com sangue; sei como cortar os pulsos da maneira correta, e, se não fosse assim, poderia sempre imitar os escaladores noturnos de Cambridge e mergulhar para fora da torre (ainda não instalaram grades — será que ninguém nunca pensou na possibilidade? Sério mesmo?).

Então veja você, Querido Diário, esta é a linha de raciocínio que nunca para nem vai embora, o fio de pensamento que corre por toda a área de minha cabeça à noite, mesmo depois que caio no sono. Jamais diria nada a David, mas acho que ele suspeita de que exista uma ponta de melancolia sob a superfície, uma vulnerabilidade que ele quer porque quer amainar. Quer me consertar, o coitadinho.

Não sei se posso me convencer a amá-lo.

É a verdade. É feia, sei disso, e apesar de suas (muitas) falhas, simplesmente me parece um crime casar não por amor, mas propósito, mesmo sabendo que não será para sempre. Isso consegue ser pior ainda? Casar com ele, conceber seu filho, sabendo que um dia morrerei por isso?

Fui conversar com Mara — ela mudou de ideia, acho. Diz que sonhou com minha morte "de mil maneiras, ao longo de mil noites", e que não existe nenhuma linha temporal em que eu dê à luz o filho dele e viva. É estranho — jamais quis ser mãe antes, mas agora que sei quem será meu filho, o que ele ou ela vai fazer, se tornar... estou ansiosa. Pronta. Ela diz que pode ser que eu venha a me arrepender de minha escolha, depois de segurar a criança em meus braços. Que o fato de uma coisinha tão inocente e boa e pura, que eu mesma criei, precisar tão desesperadamente de mim fará meu coração mudar e talvez me faça mudar de ideia, mas aí será tarde. Já estou dentro deste barco.

Como o professor mesmo costuma dizer, todo dom vem com um preço.

34

LEIS MAIORES

É MESMO UM CHOQUE DO CARALHO LER O DIÁRIO DE MINHA MÃE. Talvez o único ato parental que possa ser considerado bom da parte de meu pai é que ele jamais tenha me deixado saber que o livro existia. Talvez ele próprio tenha lido aquela parte.

Não noto quanto tempo se passou até ouvir passos ruidosos agitando a escada e batidas à porta.

Fecho o diário, depois o baú. Abro a porta para encontrar Jamie do outro lado, e minha promessa a Daniel me vem à mente, mas, no momento, tudo de que preciso é ar.

— Não queria interromper — diz Jamie, cauteloso.

Passo por ele.

— Então por que interrompeu?

— Seu celular está vibrando há horas com mensagens de Mara...

— O quê? — Viro para ele. — Ela não está com você?

Ele me olha com desconfiança.

— Não... — Ele alonga a palavra. — Foi por isso, inclusive, que ela mandou as mensagens. Queria ficar.

— Por quê?

— Vai ver ela *escreveu* por quê...

— Tem alguma coisa que você queira me dizer, Jamie?

— Em seu estado atual, não.

Fecho os olhos e inspiro fundo.

— Foi mal. Estou sendo um babaca — admito, então.

Ele abre um sorriso brilhante.

— Isso você está *mesmo*. Legal ouvir a admissão. — Passa por mim, despreocupado, e desce a escada. Eu o sigo.

— Então, o que aconteceu hoje? — Forço as palavras a saírem.

— Com o pessoal da casinha, suponho?

— Fofo, você — escarneço, enquanto ele desfila na direção da mesa de sinuca. Não é bem verde, esta; é de um azul-esverdeado vibrante que acentua o cobre da moldura.

Ele arruma o conjunto de bolas.

— Está *a fim* de um joguinho? — Ele imita um sotaque inglês.

— Está me zoando.

— Estou pegando o jeito de seu amigo Ganso. — Jamie tira um dos tacos do lugar na parede. — Não me importaria se ele quisesse *me* pegar de jeito.

— Jura?

— Juro. — Ele me oferece outro. — Sou o tipo dele?

Tipo. Literalmente, não consigo escapar disto.

— O Ganso que conheço nunca foi de negar fogo — respondo. Jamie se agacha, encontrando uma posição favorável.

— Excelente notícia.

— Agora conte.

Ele faz a primeira jogada.

— Foi mais ou menos o que a gente já esperava mesmo... Nenhuma novidade. Eles têm na biblioteca o Doutora Kells: Os Primeiros Anos, as experiências com gêmeos, um monte de merda do Horizontes, tipo meu generoso perfil psicológico, o seu, o de Mara, A Lista. — A bola atingida rodopia e faz a 6 listrada cair dentro do buraco.

— A Lista? — Quero saber quanto consigo me fazer de ignorante. Daniel eu conheço, mas a relação entre Mara e Jamie... Esta é um mistério para mim. Especialmente depois da tarde de hoje.

— A lista de Kells — esclarece ele.

— Sei. Nunca cheguei a vê-la.

Jamie olha para cima, coloca o taco na posição vertical.

— Está de sacanagem. — Arqueio as sobrancelhas. — Você nunca viu?

— Vou ter de suborná-lo com favores sexuais para ficar sabendo sobre ela?

— Bem que você queria, *coração*. Mas sei *todos* os lugares por onde você rodou.

— Você tirou foto?

Jamie balança a cabeça em negativa.

— Mara tirou uma.

Corro para olhar meu celular: de fato tenho mil mensagens não lidas de Mara. Algumas fotografias, outras apenas blocos e blocos de texto. Está mudando de opinião sobre Leo, parece. E até sobre Sophie. E está compartilhando todos os detalhes, literalmente, comigo. Bom, bom. Vou passando pelas imagens e mensagens. Enfim, eu a encontro — iniciais, nossos sobrenomes...

Volto à mesa, encarando o telefone.

— É esta?

Jamie o toma de mim, dá zoom.

— Yep — confirma, destacando bem o *p*.

Estudo duplo-cego
S. Benicia, manifestou (portadora do G1821, origem
desconhecida).
Efeitos colaterais(?): anorexia, bulimia, autoagressão.
Responde a farmacêuticos administrados. Contraindicações
suspeitas, mas desconhecidas.
T. Burrows, não portadora, morta.
M. Cannon, não portadora, sedada.
M. Dyer, manifestando (portadora do G1821, original).
Efeitos colaterais: TEPT concorrente, alucinações,
autoagressão, possível subtipo esquizofrênico/paranoico.
Responde ao midazolam. Contraindicações: suspeita-se que
n.e.s.s.?
J. Roth, manifestando (portador do G1821, suspeita de ser
original), induzido. Efeitos colaterais: possível transtorno de
personalidade limítrofe, possível transtorno comportamental.
Contraindicações suspeitas, mas desconhecidas.

A. Kendall: não portador, morto.

J.L.: artificialmente manifestado, protocolo Lenaurd, indução acelerada. Efeitos colaterais: transtorno de personalidades múltiplas (não responsivo); enxaquecas, agressão extrema (não responsiva). Nenhuma contraindicação conhecida.

C.L.: artificialmente manifestada, protocolo Lenaurd, indução acelerada, morta.

P. Reynard: não portadora, morta.

N. Shaw: manifestado (portador do G1821, original). Efeitos colaterais(?): autoagressão, possível transtorno desafiador opositivo (não responsivo), transtorno de conduta? (não responsivo); testados: barbitúricos classe a (não responsivo), classe b (não responsivo), classe c (não responsivo); não responsivo a todas as classes; (objeto m.a.d.), morto.

Efeitos colaterais generalizados: náusea, temperatura elevada, insônia, terrores noturnos.

Passo tanto tempo olhando fixamente para a lista que Jamie acha necessário estalar os dedos diante de meu rosto.

— Tudo beleza?

— Excelente — respondo, embora minha voz esteja um pouco apagada.

Sinto-me tonto, a cabeça leve: posso contar nos dedos da mão as vezes que me senti mal de verdade, e foram todas na presença de Mara. Mas ela não está aqui.

— Jamie — chamo, deixando o celular na mesa, mais para ter algo onde me apoiar que por qualquer outro motivo. — Mencionaram um tal protocolo Lenaurd aqui. — Debruço-me por cima do taco e digo: — Três, caçapa lateral.

Uma sombra cruza seu rosto quando acerto a jogada.

— É...

— Lenaurd tipo Armin, Abel, et cetera...

— É...

— Tipo, o homem que criou o projetinho de merda anteriormente conhecido como Jude.

— É.

— Quando foi a última vez que o viu? — E pronto.

A respiração de Jamie fica presa na garganta, mas ele se recupera depressa.

— Por quê?

— Acho que ele pode ser a razão de Stella ter desaparecido — respondo sem rodeios.

Jamie lança uma bola, e ela quica.

— Então você devia perguntar a ele.

— Talvez fizesse isso se soubesse onde encontrá-lo. Não que seja uma surpresa, mas você não respondeu minha pergunta.

— Não é da minha conta o que Lukumi faz ou deixa de fazer.

— É assim que você o chama?

— Na verdade, não, mas gosto da sonoridade.

— Maravilha. — Reviro os olhos. — Quantos anos ele tem?

— Cara, dá para mudar de assunto?

— Por que é um mistério tão grande? — Vou *desfilando* até o outro lado da mesa, porque não quero dar a impressão de estar *tão* interessado assim, apenas perguntando por curiosidade entediada, claro.

— Não precisa ser — responde ele, fingindo indiferença, mas, mesmo sem Ganso, ouço a elevação no pulso, aquele batimento cardíaco revelador. — Todo mundo recebeu uma carta e mais uma coisa com ela. Você não usa o seu, mas sabe onde está, não sabe?

— Sei — confesso. Mara os guarda em uma bolsinha de pano que coloca nos bolsos de todas as roupas ou mochilas que usa. Estão com ela, sempre, mas não preciso olhar o meu para conseguir visualizar cada entalhe, cada curva e linha: nossos pingentes são imagens espelhadas um do outro, não foram feitos para formar uma unidade inteira. Olho de relance para Jamie; a prata pisca através da gola da camiseta quando se dobra por cima da beirada da mesa, mas não consigo enxergar de fato a forma da joia. Não consigo ver qual lado é a pena e qual é a espada.

— Então coloque no pescoço e vá fazer suas perguntas diretamente a ele.

— É isso que você faz? — insisto. — Já perguntou a ele por que sua amiga sumiu? Por que estamos nos matando?

Jamie faz menção de preparar o taco, mas está irrequieto e tenso agora. Endireita a postura.

— Não é assim.

— Claro que não — desafio. — Não entendo... Ele é o suposto Arquiteto de algum Mundo Melhor, mas não consegue realizar o tal grande plano sem nos usar como ferramenta...

— Não sou ferramenta de ninguém.

Aí está, um fio que posso puxar.

— Mas é — afirmo. — Faz relatórios para ele, você o mantém informado das coisas, não é verdade?

Ele solta um suspiro, apoia o taco ao lado de um dos relógios e suspende o corpo, sustentando-se na beirada da mesa, as pernas longas o suficiente para mal balançarem.

— Sua carta — digo, e observo quando a sombra volta a cruzar o rosto de Jamie. — O que quer que tenha lido o fez firmar um compromisso, naquele momento, com a missão de um homem que vem nos manipulando faz meses... Anos. Meu Deus, décadas, até. Antes mesmo de nascermos, no meu caso. — Ainda assim, ele permanece em silêncio.

— Vai ver que no seu também — termino, esperando provocar uma resposta. Conseguir pelo menos isso.

— Como você mesmo disse, ele está tentando tornar o mundo um lugar melhor.

— Como? Ele chegou a dizer? Contou como pretende fazer isso, exatamente?

Jamie fica quieto, e é toda a resposta de que preciso.

— Aquela carta não define quem você é. Ou o que vai fazer. A escolha é sua. Só sua.

— Tem razão, é, sim.

— Não é de seus pais.

Há aço por trás de seus olhos agora.

— Você não sabe nada a respeito de meus pais.

— Verdade — admito. — E mal sei alguma coisa a seu respeito, fora o fato de que Mara o ama, e que ela não ama facilmente. Mas três pessoas já morreram, e tem uma quarta desaparecida agora, e você está na posição de quem pode fazer perguntas a alguém que alega ter todas as respostas, mas se nega a perguntar?

Jamie fica em silêncio, mas não evita meus olhos. Não está abalado.

— O que aconteceu com a premissa de pensar por si mesmo?

Jamie revira os olhos.

— Preto no branco clássico.

— Como é?

— Todos aqueles anos de terapia não ensinaram isso, não? Preto no branco: é tudo maniqueísmo, uma coisa ou outra para você. Mostrei interesse nas ações do professor, logo, em sua cabeça, abri mão de minha autonomia. É tudo ou nada. O bem ou o mal.

Apoio o peso do corpo na parede, lânguido, casual.

— Ah, é? Então me explique Mara.

Observo-o refletir por um momento.

— Ela é sua falha trágica, acho. — Seus lábios se curvam em um sorriso. — Todo herói tem uma.

— Não venha me dizer que você acredita naquele monte de merda que meu pai falou. Por favor, não diga isso.

Um dar de ombros apático.

— Não é seu pai, Noah. É só... É quem você é. Você não é *lawful good*, mas sim *chaotic good*.

— Você está planejando fazer sentido?

Seus olhos se voltam para a face do relógio atrás de mim, e ele os fixa na meia distância entre mim e ela.

— Daniel é o que chamamos de *lawful good*.

— Ainda não faço a menor ideia de que merda você está falando.

— Tendência, alinhamento. Dungeons & Dragons? Espere, nem precisa me dizer nada. — Jamie mantém um dedo levantado. — Você nunca jogou. *Quelle surprise.* — Puxa um dos dreadlocks, olha para ele. — Como Mara consegue sustentar uma conversa com você? Você não tem um graminha de cultura nerd para serem compatíveis.

— A gente dá nosso jeito — respondo, com superioridade.

Jamie ergue a mão, um olhar de horror no rosto.

— Não diga mais nada. Por favor. Ok, quando alguém é *lawful good*, ou seja, ordeiro e bom, a pessoa basicamente acredita nas morais do mundo em que vive, e segue essas morais a vida inteira... ou tenta o melhor que pode, pelo menos.

— Daniel — exemplifico.

— Precisamente.

— Mas quem tende a ser *chaotic good*, ou seja, caótico e bom, é diferente. O jogador é menos rígido quando se trata de encontrar meios de conseguir o que são objetivos do bem, no fim das contas... "Do bem" levando-se em conta o mundo do jogo. Está acompanhando?

— Ainda estou me aguentando aqui, mas valeu pela preocupação.

— De nada — retruca ele, inclinando-se mais para trás na mesa.

— E sua tendência, qual seria? — pergunto.

— *Chaotic neutral*, isso é, caótico e neutro — responde, sem hesitação. — É quando o jogador tem um código moral próprio e tem a flexibilidade de chegar aos objetivos seguindo esse código dele.

Mara.

— Ou dela.

Inclina a cabeça, admitindo o argumento.

— Ou dela. Você nunca sabe para que lado ele vai pender, com que outros jogadores vai criar alianças ou inimizades.

Recordo-me da desconfiança que Daniel demonstrou mais cedo, mas... simplesmente não a sinto.

— Então, o que você está me dizendo é... — Injetando sarcasmo nas palavras: — Você é tipo um *coringa*.

Ele dá de ombros.

— Pode-se dizer isso.

— Se rebelando contra os grilhões da sociedade. Então é assim que você vê Mara também?

— Com certeza.

— Caótica e neutra — repito. Outra maneira de se dizer "dissonante", o que é adequado.

— Isso aí. — Ele faz uma pausa, longa o bastante para que o silêncio se estenda e vá do meditativo ao desconfortável. — Mas nós dois não seguimos o mesmo código.

Sua voz soa magoada. Há uma fraqueza ali; explorável. De modo que:

— Você matou Anna Greenly, me disseram.

Ele pisca à menção do nome, reagindo como se jamais o tivesse escutado antes. Mas então:

— É. Acho que matei.

Eu, neutro:

— Você sente culpa?

Ele pula da mesa, volta a pegar o taco.

— Não muita. — Não consigo ver seu rosto, o que é sem dúvida intencional.

— Por causa de seu código?

— Não... — Ele alonga a palavra, ajeita o taco entre os dedos. — Primeiro, eu não a teria matado se soubesse que, tipo, só de mandar alguém jogar o carro de um penhasco faria com que a pessoa me obedecesse. Nem todos estamos perfeitamente no controle de nossos Dons o tempo inteiro. — Mira em uma das bolas e a encaçapa. — Mas não estou nem um pouquinho triste que ela tenha morrido.

Ah, não?

— Os bullies nunca lembram, mas os que *sofrem* bullying jamais esquecem — diz ele, inclinando a cabeça para a mesa.

Conheço Jamie há quase três anos. Vi como era tratado, por Anna, por outras pessoas. Mas quero que continue falando. Preciso descobrir mais coisas.

— E se ela acabasse mudando um dia? — pergunto.

Ele deixa escapar um bufo.

— Ninguém muda. Somos o que somos até o dia que morremos.

Arqueio uma sobrancelha.

— Bem, isso não soou nada dramático de sua parte.

Ele inspira, circulando a mesa após eu ter acertado uma bola na caçapa.

— As pessoas crescem e se tornam versões um pouquinho mais complexas das pessoas que foram na infância-barra-adolescência, mas isso, em geral, significa que só pioram com a idade — argumenta ele. — Ficam mais apáticas. Menos apaixonadas. Entediadas. — Olha para cima. — Entorpecidas. — Outra bola, outro buraco.

É ele quem está colocando o dedo em *minha* ferida agora, mas é pior no meu caso: é uma ferida aberta, em carne viva. Não consigo não morder a isca da provocação.

— Então, segundo sua filosofia, sou o Herói, e não há nada que vá mudar isso.

— Nadinha. — Ele ri, uma risada de quem está achando graça genuína misturada com sarcasmo. — Você entra num lugar precedido pelo cheiro de sândalo e unicórnios, e sei lá mais o quê. Sua pele brilha no sol.

— Ora, Jamie — ironizo. — Se não o conhecesse tão bem, ia achar que está com invejinha.

— Não é invejinha, é irritaçãozinha. Tem diferença.

— Desabafe.

— Porque é tudo um clichê do caralho! — Ele gira, joga-se de costas contra a parede. — O garoto branco privilegiado... agora oficialmente órfão... com um passado turbulento... destinado a salvar o mundo. Ah, corta essa, cara. Você já leu esse livro mais de mil vezes.

— Já li — concordo sem inflexão.

— E, com certeza, você deve se olhar no espelho — continua, imitando meu sotaque agora. Mal. — O maxilar forte, cabelo perfeitamente despenteado, o corpo magro mais ainda assim musculoso, a altura... Você é praticamente o Capitão América.

— Só que inglês.

— Pior ainda!

— Verdade. Mas sem dúvida, meu camarada — digo, exagerando o sotaque, devolvendo na mesma moeda —, você se vê no espelho também, não? Sabe qual é sua aparência, como as pessoas o veem... Homens *e* mulheres. Tipo, eu comeria você, se me pedisse com jeitinho.

— Passo — diz Jamie, mas seria impossível pará-lo agora, mesmo que eu quisesse. — Tudo bem, não estou usando minha camiseta de membro do coro do teatro grego, mas vou cooperar: seu foco está em evitar essa merda toda envolvendo sua família, em não se transformar no seu pai, ou no que quer que tenha sido que ele disse que você se tornaria, mas também se recusa totalmente a procurar as respostas nos únicos lugares que importam de verdade.

A atmosfera no cômodo muda. Está febril, elétrica.

— E não é porque não quer ajudar Stella, ou os outros, porque isso você quer, sim. Por que você acha que não fiquei pisando em seu calo esse tempo todo?

— Porque *você* não está nem aí?

Os lábios se partem em um sorriso.

— Claro, dribla o assunto sendo um cretino.

Tem razão. Jamie é muitas coisas, mas não insensível. Quase foi embora também quando Stella resolveu partir. Pois Mara teria assassinado pessoas que não mereciam, de acordo com Stella.

— Foi sacanagem — admito. — Foi mal.

Ele dá de ombros.

— Você ouviu o que seu pai disse: você é o Herói. Você quer *tanto não* ser isso que está deixando seu velho escrever do além-túmulo o único outro papel que você *pode* encenar.

— Que é...?

— O do Louco.

Outro arquétipo. Os pelos se arrepiam em minha nuca. Tento disfarçar fazendo uma jogada.

— E os outros? — indago, quando a bola quica na beira da mesa.

— Antes de você desviar o assunto, reflita sobre a psicologia reversa que existe em entregar a você as chaves do reino, sabendo o quanto você odeia a porra do rei. Isso basicamente garante que você nunca vá querer explorar o território, não é?

— Uau, Jamie. É um panorama de outro mundo esse que você está me dando agora.

— Valeu. Eu tento.

— Bola cinco, caçapa do canto — anuncio, e erro. — Presumindo que você esteja certo, o que acha que está enterrado no tal reino e que estou subconscientemente tentando evitar?

Ele rola o taco entre as palmas das mãos.

— Alguma coisa que diz respeito a Mara, aposto. Provavelmente algo que signifique que vocês não possam ficar juntos.

— Nada significa que não podemos ficar juntos — afirmo, e as palavras mal tiveram tempo de sair de minha boca antes de um sorriso digno do gato de *Alice no país das maravilhas* surgir nos lábios de Jamie.

— Viu? Esse é seu objetivo final. E o dela. Mas que pena, você é o herói da história, e ela é a vilã... O casal refém do destino, que sentencia os dois a viverem separados.

— Você acha sinceramente que é *Mara* quem está por trás disso tudo? — indago. Ele não a chama de Sombra, pelo menos, embora isso dificulte julgar se está falando de maneira abstrata, em tropos e figuras metafóricas, ou se acredita mesmo no monte de besteira que meu pai cuspiu em nós.

— Não, o que estou dizendo é que todos nós temos papéis... Os que achamos que estamos desempenhando, os que os outros acham que estamos desempenhando, e os que de fato desempenhamos. Mas o jogo foi pensado e colocado em ação muito antes de aparecermos no tabuleiro. — Faça a próxima jogada.

— Então estou *destinado* a desempenhar qualquer que tenha sido o papel que me atribuíram? — pergunto, não sendo capaz de dissimular minha repulsa à ideia. — Você acredita mesmo nisso?

— Seu pai não estava errado a respeito de tudo, Noah. Nós todos temos uma herança. Seja dono da sua.

Certa vez, falei a Mara: "*Seja dona de si mesma.*" Meu Deus, se não sou mesmo o Louco.

— E Stella? — pergunto, alinhando o taco, errando mais uma vez. — Qual é sua tendência?

— Steeeella. — Ele alonga o som de seu nome. — Se você tivesse me perguntado isso antes dessa merda toda acontecer, teria dito que ela tendia a ser ordeira e boa, *lawful good*.

— Mas e agora?

— Não sei. Antes de sumir, minha leitura dela mudou. Caótica e boa, *chaotic good*, acho. Não sei bem ainda. Bola oito, caçapa do canto — diz, posicionando-se.

— Me avise quando descobrir?

Acerta. Fim de jogo.

— Boa — congratulo, deixando meu taco com os demais, virando as costas para ele e nossa conversa o mais depressa possível. Ouço a voz de Jamie atrás de mim assim que começo a subir a escada com o celular em mãos.

— Só aceite entrar nos jogos que sabe que tem chances de ganhar.

35

COISAS DO DESESPERO

EUS PASSOS ECOAM NOS DEGRAUS AO SUBIR PARA O SEGUN-
do andar, depois para o terceiro, direto até o terraço. O
sol está se pondo, sendo engolido pelos pináculos agudos
do horizonte de Nova York e pelo crepúsculo denso que
já começou a cair. Verifico se tenho novas mensagens — zero —, mas
repasso as imagens que Mara enviou. Algumas parecem fazer fricção
contra uma vaga lembrança que um dia tive, mas que agora não consigo
invocar. É mais que perturbador: jamais precisei dedicar minha atenção
a livros, anotações, pinturas ou qualquer outra coisa para ser capaz de
me recordar dos mínimos detalhes. Viro a palma para cima, a que cortei
para mostrar a Ganso. A ferida está fechada, mas continua vermelha,
raivosa. Minha mente se volta para a lista.

Suspeita de ser original
Artificialmente induzido
Protocolo Lenaurd

Os últimos dois, uma tentativa deturpada de criar os tipos de habilidades que temos naturalmente, que resultou em Jude. Sua irmã, Claire,
deve ter sido um... experimento malsucedido, ou seja lá o que formos.
Mas *não somos* todos iguais, como Daniel mesmo apontou. Se acreditar-

mos no mesmo que meu pai, então Mara e eu somos diferentes, pois representamos dois lados de uma mesma moeda. Mas os demais naquela lista, excetuando-se Jamie e Stella, estão todos mortos agora.

É possível que Stella também esteja, quem sabe. Estou debruçado sobre o deque fechado do terraço, a vertigem quase nauseante. A vista da rua tão distante lá embaixo é visceralmente atraente.

E então, me recordando do diário de mamãe.... percebo que até mesmo a ideação suicida parece ser genética, no meu caso. Meu legado, coloquemos assim. Peguei um maço de cigarros que Ganso deixa guardado na cozinha e tirei um para acender. Não o faço há algum tempo, e a fumaça preenchendo o espaço em meus pulmões é quase... reconfortante.

— Afanou um, parceiro?

O sentido é óbvio, mas o fraseado me parece tão errado agora. Estou há tempo demais neste país.

— Pensei que você preferia enrolar os seus você mesmo? — digo a Ganso, quando ele se aproxima da balaustrada e olha para a cidade comigo.

— Preferia — responde. — Prefiro. Mas não tem mais papel, e você roubou meu maço extra, então... vamos nessa.

Passo o pacote para ele, que o bate na palma até um cigarro cair, e gesticula para pedir meu isqueiro, depois protege a chama com a mão em concha.

— Porra, que coisa boa.

— Mara está lá embaixo? — pergunto.

Ele franze o cenho, fazendo as sobrancelhas claras quase colarem uma na outra, e balança a cabeça.

— Ela não voltou com você? — Meu coração acelera.

— Não, a gente ficou com fome, eles não tinham comida na casa, quiseram ir a um pub, fiquei um tempo com eles, mas o lugar não era dos melhores, então voltei.

Olho o celular. Nada novo de Mara. Envio uma mensagem a ela.

Ele dá uma longa tragada.

— Acho que vi um rato na cozinha deles.

— Você foi maculado. — Expiro fumaça pelo nariz.

— Terrivelmente. Escapei por um fio.

Volto a verificar o telefone no exato instante em que vibra. Mas não é Mara. É Jamie.

Moleque, você vai querer descer aqui

Acrescentou um emoji fazendo careta no fim da frase no lugar de um ponto.

Jogo o cigarro pela lateral da torre do relógio.

Ganso sorri.

— O quê, é proibido fumar dentro de casa? — pergunta.

— Mara odeia.

— Americanos. Tão puritanos.

— Não são? — concordo, enquanto descemos para a sala de estar, onde encontramos Mara esparramada em um dos sofás.

Meu coração para por um instante, até ouvir sua risada. Encaro Jamie.

— Não olhe para mim, não. Ela estava sóbria quando fui embora.

— Escapa mais depressa do que seria humanamente possível.

Tomo Mara pelo antebraço, então a puxo até ficar de pé. Sorriso sonhador no rosto, ela balança para trás, direto para dentro de meu abraço.

— Você é tão fofo — elogia ela. Puta merda. Olho para Ganso; ele dá de ombros, inocente. Mara está mole e sorridente, quieta, as pálpebras meio caídas.

— O que você tem? — pergunto.

— Nada em que você não possa dar um jeito — responde ela, a voz resvalando para um tom sensual.

— Vou deixar vocês a sós, então? — Ganso recua, mas não antes que eu pergunte:

— *Você* tomou alguma coisa, por acaso?

— Sério mesmo, parceiro?

— Coopere comigo.

Uma negativa de cabeça.

— Mas eles falaram alguma coisa sobre dar uma relaxada.

— E você a *deixou sozinha* lá?

Uma revirada de olhos.

— Não tinha nada a ver com drogas, tinha a ver com seus... Dons, ou sei lá — responde Ganso. — Disseram que usá-los pode dar onda, às vezes.

Maravilha.

— Você pirou? Isso é pior ainda.

— Você controla a garota com rédea curta assim mesmo, parceiro? — Ganso mal conhece Mara, claro, e, embora eu compreenda completamente por que não acreditaria em todas as implicações, neste exato momento meu impulso mais forte é querer lhe dar um safanão.

— Dê o fora daqui, porra.

— De bom grado. Tenha uma boa noite, amigo.

Mara se despede com um aceno, ainda jogada de costas em meus braços. Eu a empurro de leve para a frente, para o sofá.

— Ai!

— O quê?

Ela faz bico.

— Mordi a língua. Dá um beijinho para sarar?

— Tentador, mas não. O que você fez hoje, querida?

— Aprendi como usar...

— Usar... heroína? Cocaína?

— Usar. Meu. Dom.

— Você sabe qual é a natureza de seu suposto dom, por acaso?

— Seeeei — responde ela, arrastando a palavra para alongá-la, virando os olhos para mim.

Não sei se devo levar o que está dizendo a sério, uma vez que ela está claramente fora de si, e Ganso não sabe de nada.

— Então, o quê? Pensou que seria uma boa ideia praticar um assassinatozinho casual hoje?

Seus olhos semicerram.

— Não — refuta, e sua voz se afia um tanto. — Não matei ninguém.

— Então o que você fez? E o que Leo e Sophie ficaram fazendo enquanto você praticava não sei o quê?

Um dar de ombros lento, parcial.

— Eles me ajudaram. Mostraram como faziam para treinar e deixar os Dons mais fortes.

— E você acha que isso é mesmo uma boa no seu caso? Falando *sério*. — Fito este pinguinho de gente e me pergunto, de maneira fugaz e pela primeira vez, se, caso resolva ajudá-la a se despir hoje, encontrarei o sangue de outra pessoa em sua pele? Ou só nas mãos?

— Acho que é uma boa aprender como controlar meus poderes — responde ela.

— Claro.

Ainda está bêbada com qualquer que seja a energia percorrendo seu corpo. Não sei se estou distinguindo bem seu tenor. Ouço uma nota rapsódica ondulando acima do resto. Mas *está* ondulando. Se for Mara, vai se esvair logo. E, enquanto está neste estado, me pergunto...

Daniel e eu nos esquivamos e evitamos pensar mesmo na menor das implicações de que Mara pudesse ser responsável pelo que aconteceu aos outros, de modo que nem me ocorreu contar a ele a respeito de minha conversa com Stella.

Mas agora, aqui, sozinho com Mara assim... pode ser que sua língua esteja solta o bastante para poder confiar.

— Onde está seu bisturi? — indago.

A coluna se empertiga à menção da palavra.

— O quê?

— Onde ele está?

— Não tenho bisturi algum. — Os ombros se erguem em um movimento de indiferença. — Por que eu teria...

Desta vez, ouço seu som mudar. Mentirosa, mentirosa.

— Está com você agora?

Aquele sorriso sinistro.

— Talvez.

— Bom — comento. — Joguinho perigoso este, não?

Os olhos de Mara ganham aquela qualidade felina.

— Não estou brincando — responde ela.

Seguro-a pelo pulso, levanto-a. Está sóbria o bastante para não oscilar. Muito.

— Coloque as mãos na parede — peço, inclinando a cabeça para o local.

Mara arqueia uma sobrancelha.

— Ande.

Ela atravessa a sala com cuidado, mas consegue chegar ao ponto determinado. Espalma as mãos contra a tinta branca, e paro a centímetros de seu corpo.

— Afaste as pernas.

Ela ri, com vontade, soando cada vez mais como si mesma, o que significa que meu tempo está correndo. Não falta muito para a Mara de sempre ressurgir e me dar a volta.

— Estamos inovando nas preliminares?

— Quem sabe, se você der sorte — respondo, e agacho diante de seus tornozelos. Corro as mãos sob a bainha dobrada do jeans rasgado, depois por cima dele, em um movimento vertical preciso até os quadris. Nada. Mudo de posição e tateio ao longo da parte interna de suas pernas; Mara estremece logo antes de meus dedos chegarem aonde ela mais os quer. Mudo para o abdome, passando as mãos por cima da camiseta até pouco antes dos seios, depois por baixo do tecido. Minha cabeça está inclinada na direção da sua, alguns fios de cabelo meus misturando-se às ondas escuras de Mara, meu maxilar áspero encontrando sua maçã do rosto macia. É nosso único ponto de contato — nossos corpos não estão se tocando em absoluto —, mas a carga é explosiva, o ar queima, branco, afastando todo e qualquer pensamento que não seja *ela*. Paro, pois preciso encontrar aquele bisturi, se é que existe mesmo, e, se não procurar agora...

Ela sente minha hesitação, vira, me lança um olhar; uma provocação.

— O quê?

Meus olhos recaem sobre seu peito. Pego-a sorrindo.

— Está procurando alguma coisa? — Não sei se está zombando de mim ou falando sério, se continua ébria ou se está completamente sóbria.

— Tem alguma coisa para eu encontrar?

Ela toma minha mão na sua, entrelaça os dedos nos meus, e me guia para o andar de cima. A cidade está toda acesa do outro lado das vidraças, mas a lua está cheia e delineia as curvas do corpo de Mara em sombra e luz. Fecho a porta, e ela me empurra contra a madeira com toda a força.

Sua boca na minha, as mãos em minha cintura e meus cabelos — não há um gesto fora do tom, uma única nota errada. Cada movimento, cada toque, cada beijo vai aonde quero e como quero, como se ela estivesse dentro de minha cabeça, desenrolando o fio de meus pensamentos e o seguindo. Começo a levantar a barra de sua camiseta, e ela traça a carne de meu pescoço com os lábios, inclina a cabeça para cima e sussurra:

— Vou tomar um banho. — Morde minha orelha com aqueles dentinhos afiados. — Vem comigo?

Talvez seja culpa dos dentes, ou a execução perfeita de minha fantasia, mas puxo sua regata e a abaixo.

— Espere — peço. O meio-sorriso na boca de Mara vacila. Pressiono o corpo contra o dela, então a empurro para a cama.

— Estou bem sujinha...

— Eu sei.

— Não, é sério...

Aproximamo-nos mais da cama até ela estar encostada contra o colchão. Olha para mim através da franja de cílios escuros, o rosto deslumbrante parcialmente velado por um maço de cabelos.

— Vire — digo.

Fico imaginando se vai se recusar. Não se recusa. Esconde um sorrisinho, no entanto, íntimo, cheio de malícia.

— Dobre o corpo para a frente — instruo.

Ela obedece, para minha surpresa, dobrando-se na altura da cintura por sobre a cama, esticando a silhueta felina diante de mim. Deslizo as mãos por baixo da regata, depois mais para baixo. Mergulho-as dentro da cintura do jeans, depois mais para baixo. Minha respiração engasga ao sentir o aço frio cortando a ponta de meu dedo. Minha mão se fecha ao redor do bisturi escondido no elástico da calcinha. Só Deus sabe como conseguiu evitar se cortar — ou a mim — antes deste instante.

Ouço o sorriso em sua voz, abafado pela bochecha pressionada contra a cama.

— Como isso foi parar aí? — pergunta.

— Pois é. Como?

Ela se vira, ainda dobrada, o peito subindo e descendo com a respiração enquanto morde o lábio.

— Por que você estava andando por aí com isto? — indago, como se estivesse perguntando por que decidiu usar aquela calça jeans em particular hoje.

— Me dá a sensação de segurança — responde Mara, como se não fosse nada.

Viro o instrumento com cuidado, me perguntando se foi o mesmo, como alegou Stella, que usou para despedaçar os inimigos. Reviro também a mentira de Mara.

É um troféu. Não posso negá-lo nem para mim mesmo.

— Ei. — Ela se levanta, e como não me movi, seu corpo está contra o meu, o joelho entre minhas pernas. Inclina a cabeça para cima com a intenção de me beijar, e estende a mão para pegar o bisturi, que está agora atrás de minhas costas.

Pressiono a palma contra seu esterno e recuo, precisando da distância, precisando de ar. Mara se afasta, quica de leve no colchão.

— Noah — queixa-se, e o som de sua voz deixa meu coração apertado mesmo agora. Pisca devagar, os cílios roçando as maçãs do rosto. Parece uma obra de arte, uma escultura viva. E depois começa a falar.

— Venha para a cama — chama, o tom de seda.

Inclino o corpo até alcançar sua orelha, sinto seu sorriso contra minha face.

— Dorme que passa, amor.

Depois saio do quarto, deixando um rastro de sangue atrás de mim.

Meu Deus, Simon. Minhas mãos tremem, minhas palavras — mal consigo me forçar a escrever isto, embora já tenha se passado uma quinzena inteira. Mas devo. Tu ias querer saber; e creio de verdade que já conheças meus pensamentos, mesmo antes de escrevê-los. Quiçá me renda alguma paz de espírito.

A noite teve um início tão bonito. O casamento foi glorioso — não havia outro vestido como o dela. Sua aparência era tão única e exótica e soberba que o marido não conseguia desviar os olhos, tampouco os demais convidados. Pensei que então, tendo requisitado a presença todos que são alguém na sociedade, eles finalmente compreenderiam: a cor de sua pele não a torna inferior a ninguém. Atrevo-me a dizer que, pela maneira como o ouro bordado no vestido branco reflete o bronze de sua pele, eles deveriam ter enxergado como a torna superior, mais. Tão mais. Mais bela, mais elegante, mais inteligente, mais talentosa — mais. As louras e morenas em seus vestidos ordinários com suas conversas ordinárias e habilidades ordinárias não eram páreo para minha filha; passei a pensar nela desta forma, marido. Minha filha. A que sempre desejei e nunca tive.

As autoridades chegaram perto do amanhecer. Os senhores foram convidados a aguardar na sala de estar, ainda trajados com seus chapéus e casacos, pingando, criando poças no chão.

Quando morrestes, permitiram que a Sra. Dover os aliviasse dos chapéus e casacos, e me fizeram companhia enquanto chorava, todos nós sentados.

Esta noite, não me deixaram sentar.

A Sra. Dover me acordou, batendo à porta com veemência, abrindo-a antes de eu chegar a responder. Ficou parada lá enquanto eu despertava, sua vela na mão. Senti-me como se estivesse coberta de piche, meus sonhos ainda manchando minha mente de sangue.

"O que há?", perguntei, a voz rouca de sono.

"Perdão, madame, mas a senhora precisa descer imediatamente."

O pânico que senti, Simon! "Aconteceu algo com os meninos? Elliot, Simon, estão..."

"Dormindo, estão bem", garantiu-me a Sra. Dover. "É a polícia, minha senhora. Recusaram-se a me adiantar o assunto que os trouxe até aqui. Recusaram-se a dizê-lo também a Albert. Exigem a presença de milady de pronto. Venha agora, vamos vesti--la, está bem assim?"

Não respondi, mas me levantei, trêmula, e permiti que deslizasse qualquer que fosse a peça que tinha em mãos por cima de minha camisola; meus dedos estavam congelados. Sentia um terror que não conseguia compreender bem então, mas ainda assim o sentia.

A Sra. Dover desceu comigo, de braços dados, como se eu fosse uma mulher frágil a ponto de quebrar. Quando chegamos à quase ofuscante sala de estar, meus olhos perscrutaram os rostos, alguns dos quais pareciam um espelho do meu, o que apenas serviu para me deixar mais aterrorizada.

"Lady Shaw", começou um deles. "Houve um...", as palavras não lhe vinham com facilidade. "Houve um assassinato."

Minha mão foi cobrir minha boca. Mara. Minha Mara.

"Foi minha..." Por pouco não disse 'filha'. "Foi minha sobrinha?" Era a Sra. Christensen agora.

O inspetor sustentou meu olhar diretamente. "O marido, o Sr. Christensen, receio. Os empregados não escutaram coisa alguma, mas uma criada relatou ter passado pelo quarto dos dois um pouco mais cedo que de costume, tendo encontrado dificuldades para dormir, e disse que, embora não tenha ouvido qualquer ruído, sentiu-se compelida a procurá-los para se certificar de que estavam bem. Quando bateu à porta e não obteve resposta, decidiu buscar a chave mestra e destrancá-la. Seus gritos acordaram a casa inteira".

"O Sr. Christensen foi encontrado na cama. A Sra. Christensen, não", acrescentou um policial diferente.

"Não compreendo", insisti. "Ela foi levada? Raptada? É possível que o marido estivesse apenas doente, ou..."

"Havia sangue. Na cama".

"Bem, naturalmente que havia", falei, perdendo toda a noção do que era apropriado ou não. "Era a noite de núpcias do casal!"

"Não, milady". O inspetor baixou os olhos, envergonhado. "Havia sangue demais nos lençóis. E nenhum nele".

"Temos de encontrar minha sobrinha imediatamente!", insisti. "Está correndo perigo!"

"Uma outra empregada nos contou que a viu trajada no capote de viagem, saindo da casa, por volta daquela mesma hora. Nós a estamos procurando agora, fique tranquila a respeito disto".

Mas tranquilidade não era algo que pudesse sentir, nem naquela noite, nem depois. Não vou chorar por ela, não posso crer que tenha morrido. Aferro-me à esperança desesperada de que tenha sido levada à força, de alguma forma, mas que continua viva, e que nos reencontraremos algum dia nesta vida ainda.

Mas há os sussurros, Simon. Dizendo que fugiu noite a dentro com um demônio. Que ela própria era um demônio, um que tolamente recebemos de braços abertos e permitimos que se instalasse em nossa família e se alimentasse de nossa bondade, generosidade e amor, como um carrapato, até ter amadurecido de todo e encontrado outra pessoa para parasitar.

Não posso crê-lo. Não devo. Mas que Deus me perdoe, marido, sonho com isto. Uma visão coberta de sangue, de camisola, fitando o novo marido — me assombra todas as noites.

Fui amaldiçoada.

36

SUCESSO DEPLORÁVEL

ACORDO COM UM GRITO ALOJADO EM MINHA GARGANTA. Chamas lambendo caixas, derretendo prateleiras metálicas. Olho para baixo — não estou mais segurando o diário. Metamorfoseou-se em uma garrafa de fluido de isqueiro, e minha mão já não me pertence mais. É a de uma garota, as unhas pintadas de azul, no dedo do meio um anel delicado feito de ouro retorcido. Seus pulmões estão cheios de fumaça.

Por favor não quero morrer por favor não quero.

Caio pelo buraco no chão de minha mente, aterrissando com violência na própria realidade; de volta ao apartamento, ao escritório. Mas meu corpo ainda sente o mesmo que o dela — meus pulmões estremecem, tentando expelir fumaça que não está lá. Sigo aos tropeços até a porta para acordar meus amigos, mas ela se abre antes de eu chegar. Mara e Jamie estão à soleira, juntos.

— Alguma coisa está acontecendo com um de nós — digo a eles, sedento por oxigênio. — Está acontecendo de novo. Não sei se é Stella, mas...

— Não é Stella — corta Jamie.

— Preciso parar de falar — aviso, tentando recuperar o fôlego. — Procurar dentro da cabeça dela... mas queria que vocês soubessem... — Uma crise de tosse convulsiona meu corpo.

— Está acontecendo — diz Mara, e toma minha mão, me puxa pelo corredor. Preciso de todas as células, todos os meus neurônios em plena atividade para não cair da escada. Apoio as costas contra a parede quando chego ao fim dos degraus, e, quando minha respiração se estabiliza um pouco, consigo perguntar: — Como vocês sabem que não é Stella?

— Porque ela está na TV.

Na sala, Ganso está sentado, curvado para a frente, cotovelos nos joelhos, assistindo a um vídeo de Stella na CNN, a tela gigantesca dividida em duas, com um âncora falando por cima da voz dela. Não consigo escutar o que nem um nem o outro estão dizendo, pois os ruídos dentro de meu crânio são altos demais.

A menina em minha mente tem vidro quebrado sob as botas.

A menina na televisão está em um cômodo escuro, o rosto brilhando na luz que o celular oferece.

A menina a meu lado, a minha menina, está com as mãos em meus cabelos e sussurrando meu nome enquanto tento me segurar, me aferrar e focar no som de sua voz. Manter o controle, o suficiente para poder encontrar um sinal, algo que me diga onde a menina incendiada está e quem é, embora imagine que já saiba qual é a resposta.

Na parte interna de seu pulso existe uma pequena tatuagem de coração, a letra F ali dentro. Ela o vira para cima quando tenta alcançar algo, não consigo enxergar o quê — as chamas são ofuscantes demais, queimando suas retinas. É como se estivesse dentro de um forno; observo enquanto estica o braço para pegar algo, e metal quente marca sua pele. O fogo ruge, o cheiro de plástico, tecido e papel, tanto papel, queimando, e há algo mais sob ele, algo vertiginoso, químico...

Vidro explode; os estilhaços caem como glitter, chovendo sobre ela, mil pedacinhos ardentes perfurando a pele que já cria bolhas. Felicity olha para cima, para o teto, e sei...

— Ela está nos arquivos — digo em voz alta, e sei que Mara e Jamie e Ganso me escutam, embora eu não consigo escutá-los, não mais.

A explosão ressoa em meus ouvidos, engolindo minha consciência, mas de uma coisa sei: ela está viva quando começa a queimar.

37

UMA INDÚSTRIA INTERNA

SONHO COM FOGO, MAS QUANDO ACORDO, MINHAS ROUPAS ESTÃO encharcadas.

— Ela morreu — anuncio a ninguém. O teto branco se avulta acima de mim, a centenas de quilômetros de distância. Sequer tenho certeza absoluta de que continuo na Terra, até ouvir a voz de Daniel.

— A gente sabe — avisa ele, e qualquer horror que pudesse vir a emergir é soterrado pelo alívio que sinto de saber que está aqui, vivo.

Sento, ansioso, lembrando o que Mara e Jamie disseram antes de Felicity começar a queimar.

— Stella...

Tenho um breve vislumbre do rosto de Daniel, profundamente desconfortável, desviando os olhos.

— Onde está Mara? — pergunto, tentando levantar o tronco, mas Daniel me detém.

— Ela estava aqui agorinha mesmo — responde. — Foi ao banheiro, acho?

— O que aconteceu com Stella?

Ele solta o ar devagar.

— Ela fez, está *fazendo*, um vídeo. Agora, neste instante. Ninguém sabe onde está, mas ela está... falando — responde, a voz baixa. — Não expôs vocês... ainda... mas está falando sobre o incêndio, e Felicity, e sobre o que está acontecendo com ela agora.

— Que seria?

— Tudo o que aconteceu com os outros Portadores, os que sumiram. Ou é o que ela alega.

— Ela começou já faz um tempo. — A voz de Ganso, de algum ponto para além de meu campo de visão. Quando viro a cabeça, tudo fica embaçado.

— Desde quando? — indago, tentando me recuperar, ou ao menos esconder que estou tão destruído desta maneira. Odeio a ideia de que me vejam assim. Mesmo Mara. É insuportável.

— Desde que essa sua crise começou, amigo — responde Ganso, depois me dá um tapa no ombro ao se sentar a meu lado. Meus dentes chacoalham dentro do crânio. — Bom ter você de volta entre os vivos.

— Me mostre — peço de imediato, primeiro a Daniel, depois a Ganso. Ele aponta para a televisão, mas os âncoras estão dissecando tudo o que Stella vem dizendo, recapitulando partes do discurso uma e outra vez, sem parar. — Preciso assistir a tudo de uma vez só.

— Estou gravando — diz Jamie. — Sophie e Leo já estão vindo para cá.

A expressão de Daniel muda, talvez à menção do nome de Sophie. Mas se resigna, suponho, dadas as circunstâncias.

— Coloco para rodar? — indaga Jamie da cozinha. Viro o corpo com cuidado. Desta vez é melhor. Estou melhorando.

Ganso põe o noticiário no mudo, e Jamie se aproxima com o laptop, passando as longas pernas por cima do encosto do sofá. Coloca a tela sobre a mesinha mais próxima de mim. O vídeo de Stella já tem mais de cinquenta mil visualizações.

— Quando foi que ela fez o upload?

— Não tem nem meia hora — responde Jamie. — Primeiro o vídeo começou a bombar nas redes sociais, e aí finalmente os jornais colocaram as mãos nele, porque, óbvio.

— Óbvio...?

— Você vai ver. — Aperta o Play.

Tudo o que vejo é o rosto de Stella, a pele tingida de azul pela luz da tela. Está encarando a lente.

247

— Está acontecendo de novo — começa, e há um sorriso perturbador em seus lábios. — É com Felicity. Não achei que eu seria a próxima até me dar conta de que estava dirigindo. Com isto aqui do meu lado, no banco do carona. — Ergue e mostra uma arma.

— Puta merda — murmuro.

— É — concorda Jamie. — Continue assistindo.

A lente da câmera é tão pequena que o revólver toma todo o quadro — não é possível ver o que há ao redor de Stella, nada que sirva de indicação de onde está. Seu rosto surge, e ela sorri outra vez.

— Acho que você queria que eu fizesse *isto*? — pergunta ela.

Coloca o cano na boca, um olho na lente, os lábios ainda curvados em um sorriso, mostrando os dentes. Afasta a arma.

— Não é que comprei mesmo uma arma? Em Vermont, parece... Basta ter 16 anos para eles venderem uma destas para você lá, sabia disso? Nem sei como *eu* sei, mas sei. Você também deve saber. — Ela semicerra os olhos, inclina-se para a câmera, as pupilas negras e dilatadas. — Posso sentir você aqui dentro. Me pressionando. Acho que já faz um tempo que você está dentro de mim, mas nunca notei de verdade, mesmo depois de nosso reencontro. Tipo, você precisa ter cuidado, né? Não quer que descubram tudo agora, depois de todas as coisas que fez. Não é verdade?

Suas palavras são vagas... o bastante para se referir a qualquer um, a *qualquer* um, mas eu sei. Embora não tenha dito o nome de Mara ainda, sei.

O rosto de Stella perde a tensão.

— Ela ainda está viva. Queimando viva. Ele não vai salvá-la a tempo. — Ela solta uma risada amarga. — Eu sabia que não ia. — Pisca, olha para baixo, para algo oculto, depois de volta para a lente. — Mas acho que você podia, se abrisse sua mente para a possibilidade. Para eles. Mas ela jamais o deixaria fazer isso. Quer vê-lo arruinado, sem jeito. Gosta das coisas que não têm conserto. E ama a ideia de que é ela quem está o arruinando.

Stella pega algo mais — deve ter apoiado o celular contra alguma superfície ou objeto, porque a imagem fica escura, mas ainda podemos escutá-la.

— Comprei tudo isto também. — Em seguida, podemos ver uma faca de caça e uma garrafa, bem como agulhas. — Posso sentir você aqui, mas *continuo sendo eu*. Meu tempo ainda não acabou. Quero dizer, sei que não tem mais nada que possa fazer a esta altura. — Dá de ombros casualmente. — Fui feita desta maneira, para não ser capaz de lutar contra você. Mas acho que posso pelo menos escolher como vou morrer, não é? — Seu rosto some, e a câmera focaliza na faca, depois nas agulhas e na seringa, e enfim na arma e na caixa com as balas, demorando-se em cada item por um instante tremido. — Mas nada do que tem aqui está fazendo minha cabeça de verdade. — Inspira fundo. — A arma tem *sua* cara. As agulhas... com certeza não são sua praia. Você odeia agulhas. Odiava sangue também, lembra? — Joga a cabeça para trás, gargalhando. A garganta se movimenta, domina a imagem. — Você mudou muito. — A expressão se endurece, os olhos voltam a ficar distantes. — Todos nós mudamos. Mas você mais que ninguém.

Uma batida à porta, e Jamie pausa o vídeo no momento que balanço a cabeça.

— Ganso, convide-os para entrar. Daniel, isso continua por mais quanto tempo? — pergunto.

— Acho que ela ainda nem acabou de gravar — responde, olhando para a televisão. Jamie verifica o celular antes de se levantar.

Abaixo a voz.

— Você sabe o que Stella está querendo dizer — afirmo a Daniel. — Acha que Mara...? — Deixo a frase morrer. Não consigo me obrigar a dizê-lo, nem mesmo a ele. Viro o corpo: Jamie continua perto da porta, com Sophie e Leo e Ganso. Onde está Mara?

Daniel balança a cabeça em uma negativa.

— Isso tudo aponta para Mara, é verdade. Mas não acho que tenha sido ela.

— Por quê?

— Preste atenção na maneira como Stella está descrevendo tudo... Não se trata de assassinato. É... Tem alguém na cabeça deles, os influenciando a fazer essas coisas. Alguém os *coagindo*. — Ele olha de soslaio para a porta. Jamie está voltando com Ganso, Sophie e Leo. — Você fez o que me prometeu que faria?

Assinto com a cabeça.

— E?

— A turma está toda reunida agora — anuncia Jamie, parado ao lado dos outros três.

Lembro o que aconteceu na noite passada. O bisturi que Mara escondia. Os segredos. Engulo minhas palavras, cerro o punho a fim de deter os pensamentos que querem me atropelar. Encontro os olhos de Daniel e balanço a cabeça. Ele preferiria acreditar que há um dedo de Jamie envolvido na situação. Mas não há.

Sophie está sentada em outro sofá, e Ganso reclamou para si a poltrona. Leo continua de pé, assistindo ao noticiário mudo.

— Meus pêsames — começo, olhando para ele. — Por Felicity. — Nenhuma resposta.

— O incêndio passou no jornal — diz Sophie. — Os pais dela... — As bochechas e nariz estão vermelhos. Esteve chorando.

Daniel vira-se para mim.

— Aquele prédio está em seu nome — comenta ele, baixinho. — Você vai começar a receber ligações daqui a pouco.

— Não escutei tocar ainda. — Procuro pelos bolsos. Meu celular não está comigo. Devo tê-lo deixado lá em cima.

— Era bom dar uma olhada em seu telefone — aconselha Daniel. — Já deve ter gente tentando falar com você.

Não sei bem o quanto isso me importa, mas me levanto ainda assim.

— Podem continuar assistindo — sugiro, embora apenas Daniel e Sophie pareçam estar prestando atenção a mim. — Tentem ver se conseguem descobrir alguma coisa que indique onde Stella está. Sophie você não a viu, né?

Balança a cabeça.

— Está desaparecida para mim. Ainda. Não... Sua luz não acendeu. Se é isso que você está querendo saber.

É isso.

— Então ainda temos tempo.

— Hã, meus camaradas? — Ganso tirou a televisão do mudo. — Era bom vocês ouvirem isto.

Stella estava sumida da imagem havia algum tempo, mas voltou a pegar o celular agora, ou seja lá o que for que esteja usando para gravar.

— Quero que você veja — diz para a lente. — Que me assista, não de dentro da minha cabeça, quero que enxergue tudo de fora também. Tenho este monte de coisa aqui, mas não é... — Balança a cabeça. — Não é o que quero. Não que eu de fato quisesse isso que está acontecendo, mas como não tenho escolha... como você já está basicamente me forçando a me matar mesmo, pelo menos ainda posso decidir como vou fazê-lo. Ainda tenho algumas escolhas.

Os ecos de minhas conversas com Daniel, com Jamie, com Mara... É como se ela tivesse escutado tudo.

— É por isso que estou gravando. Tudo. Sei que você se acha a pessoa mais leal que já pisou na Terra, que eu a traí indo embora... Você sabe que podia dizer seu nome, né? O de vocês todos? Sei que estão assistindo. Quero que vocês todos me vejam fazer isto, mas... não está... certo. Não é... pessoal o bastante. — Stella olha para outra direção, depois de volta para a lente. — Quero *seus* olhos olhando nos *meus* quando ela me matar. Quero que veja do que ela é realmente capaz — decide, e um dedo gelado percorre minha nuca, pois sei que está se dirigindo a mim. — Não vai acreditar se não for assim.

Em seguida, Stella estica a mão para a lente e a tela escurece.

38

O FIM DEFINITIVO DO HOMEM

— PARECE QUE SEU DESEJO FOI ATENDIDO.

Demoro meio segundo para registrar que é Leo falando. Continua encarando a tela.

— Como é? — pergunto, pois ninguém diz nada.

— Os arquivos não existem mais, como você tanto queria — responde, simplesmente. — Quem quer que a tenha matado, ela fez questão de fazer esse favor a você.

Não me escapa o uso deliberado do pronome "ela". De forma inconsciente, volto a procurar Mara pelo cômodo.

— Isso não é justo — argumento, sem saber se falo em defesa própria ou na dela.

— Não é *justo*?

— Gente. — Daniel se coloca entre mim e Leo. — Esta briga é a exata definição de "inútil". Leo, sinto muito, muitíssimo mesmo, pelo que aconteceu com Felicity, mas a gente ainda pode ajudar Stella. Sophie, tem algum jeito, qualquer que seja, de você saber se ela está... aqui ainda? — Está procurando ajuda em todos os cantos, e Sophie é a primeira que pode oferecer alguma.

— Não é como se ela estivesse usando uma coleira com GPS — responde Sophie, sem inflexão.

Daniel fecha os olhos. Não é dado a gritar, mas, se fosse começar, hoje seria o dia.

— Vou lá ver se alguém ligou — digo a ele, na esperança de desviar seu foco. Seus olhos encontram os meus. Faz que sim com a cabeça.

Evito dar a Leo a satisfação de minha atenção quando passo por ele e subo a escada. Não que fosse saber o que dizer a qualquer um que tivesse ligado, que versão da verdade passar adiante para ser remoída e revirada. Reflito a respeito da ideia de desligar o celular quando o encontrar, até lembrar que Stella tem meu número e pode tentar telefonar ou enviar mensagens.

Acelero o passo — pode ser até que já o tenha feito. A porta do escritório está semiaberta. Abro-a completamente e encontro Mara sentada no chão.

Está com as pernas cruzadas, em uma das mãos traz o diário que eu mesmo estava lendo não faz muito tempo; na outra, segura uma carta, antiga, desdobrada. O pequeno baú com detalhes em prata ainda aberto.

Olha para mim através da cortina de cílios negros. A expressão não é bem de culpa, ou vergonha, nem mesmo raiva. É nada.

— Você nunca me contou — acusa ela, primeiro.

Não sei qual é a carta que tem em mãos, não faço ideia de que páginas leu, mas não importa. Basta o fato de não ter pedido primeiro e de se sentir no direito de me acusar de esconder coisas dela.

— A gente não tem tempo para isso agora. — Eu me forço a dizer. Ela me encara como se estivesse falando outra língua, e me faz pensar na noite em que levantou da cama e se desfez da boneca da avó, acordando na manhã seguinte sem qualquer lembrança de tê-lo feito. Talvez Daniel tenha razão e seja algo involuntário, sobre o qual ela não tenha nenhum controle.

Agacho, tirando carta e diário de suas mãos, fazendo contato com sua pele.

— Felicity morreu. E Stella... — começo.

O nome a traz de volta para o reino dos vivos.

— Eu vi — responde.

Examino seu rosto, busco dentro de seus olhos, mas parece ser a mesma de sempre outra vez. Soa como a mesma de sempre.

— Você não chegou a ver o *grand finale* — comento, enfim.

Mara pisca, uma vez.

— Ela não...

— Não. Ainda não. Mas estava falando com a gente. No... vídeo... que gravou.

— Ela disse meu nome?

Usei o termo "a gente". Mara queria saber se Stella *a* nomeou.

— Se ela pretende fazer isso, ainda não fez — respondo, levantando. Pode significar algo ou nada, e talvez Daniel possa saber. Pego o celular. De fato, tenho mais de vinte ligações perdidas. As mais recentes são da Srta. Gao, uma de Ruth, nenhuma de Katie. Talvez não esteja sabendo, não tenha ouvido.

Ou não se importe.

Stella também não ligou, tampouco escreveu.

— Venha — convido Mara, estendendo a mão para ela. — Você pode assistir à coisa toda lá embaixo. Jamie gravou.

— Ela viralizou — comenta Mara, balançando a cabeça, ainda sentada no chão. — Vai todo mundo começar a procurá-la agora. E ela ainda tem mais tempo, Felicity não morreu até...

— Stella não quer mais tempo — interrompo, e as palavras fazem pipocar conclusões. — Ela se ressente, de nós todos. Mas de você sobretudo. Acha que é você quem está mexendo os pauzinhos, controlando os fios dela, e prefere cortá-los ela mesma.

Sei que as palavras são verdadeiras pois compreendo o que há por trás delas. Stella lutou, com afinco, para mudar quem é, o que pode fazer. Tentou usar a habilidade para o bem, canalizá-la, mas isso não lhe trouxe nada senão sofrimento e destruição. Compreendo querer silêncio, depois disso.

Mas ninguém que queira silêncio escolhe se expor publicamente. Só faz isso quem deseja barulho.

39

DOS MOTIVOS

CAIO NO MEIO DE UMA DISCUSSÃO AO DESCER. O NOTICIÁRIO com volume alto como cenário, Ganso grudado na televisão. O rosto de Sophie tem marcas de lágrimas; Daniel parece nauseado. Jamie está andando em círculos pelo apartamento, tentando disfarçar a inquietude.

— Mas quem está fazendo isso tudo? — pergunta ele.

— Não importa *quem* — retruca Daniel. — É o *porquê* que a gente devia tentar entender.

Os olhos de Sophie são atraídos até os meus, no meio da escada.

— Bem, seja qual for o motivo por trás disso, é o mesmo que aparentemente se alinhou com o propósito de destruir a pesquisa do pai de Noah.

— Não era a pesquisa do pai dele — corrige Daniel. — Era a pesquisa que o pai dele financiou para salvar a vida de Noah.

— Isso não faz nenhum sentido.

— Foi assim que ele justificou a coisa toda para si mesmo, e você não estava lá, Sophie.

— E, pelo que entendi, você não estava nem consciente na hora.

— Parem — ordena Mara, parada ao fim da escada. Não são apenas Sophie e Daniel que silenciam, são todos. — Meu irmão está certo. Não importa quem está fazendo isso com Stella, a esta altura... ela sabe que ainda não morreu, mas acha que está no abatedouro.

— E que você é a carniceira de plantão — escarnece Leo.

— É o que ela acha — admite Mara. — Não sou. Mas não importa. O que importa é o *porquê* de ela estar fazendo isso. Stella não quer morrer, certo? — Mara olha para mim primeiro, depois Leo.

— Não que ela já tenha comentado comigo. — Ele parece surpreso pela pergunta. — *Eu* não entendo por que ela está fazendo isso.

— Porque quer um pouco de controle de volta — responde Mara, me encarando em busca de afirmação. — Sabe que é questão de tempo antes de quem quer que esteja fazendo isso a force a se matar. Você ouviu o que ela disse no vídeo.

— Stella acha que é inevitável — corrobora Jamie. — É a mesma coisa que dizer a alguém que ela tem uma doença degenerativa no cérebro, e que, sendo assim, daria no mesmo se ela se sacrificasse para salvar uma nação se jogando dentro de um vulcão.

Ganso olha para ele, depois para mim.

— E eu achando que não fazia ideia do que estava acontecendo aqui *antes...* — comenta.

— Esquece — diz Jamie. — O que estou dizendo é que Mara tem razão. Stella ainda está no controle, pelo menos até certo ponto. Algo a fez dirigir até Vermont para comprar uma arma e colocá-la na própria boca. Não acho que ela faria uma coisa assim, nem de brincadeira.

— A polícia, todo mundo vai estar procurando pelos mesmos sinais que a gente — continua Mara. — Qualquer coisa que aponte para... *qualquer coisa...* que indique onde o vídeo foi gravado. O aparelho que ela estava usando parecia um celular... É provavelmente por aí que vão começar, imagino?

— A gente já verificou isso tudo enquanto vocês estavam fazendo sei lá o quê. Estamos em Nova York — diz Leo. — E ela tem um iPhone. As torres de celular conseguem rastrear as pessoas com tanta precisão assim? Para conseguirem dizer de onde ela estava fazendo aquela gravação?

— Ela deixou o celular lá — respondo, e todos me encaram. — É o que eu faria, se quisesse guiar as pessoas na direção errada.

— Mas por que fazer isso? — indaga Leo, a voz quase suplicante.

— Ela disse... *você* disse... que *sabia* que nenhum deles queria morrer.

Tento editar minhas palavras antes mesmo de dizê-las. Seguir seu exemplo.

256

— Porque, na cabeça dela, a decisão já foi tomada — respondo. — Pretende segui-la até o fim.

— E se não tiver ninguém procurando Stella? — pergunta Sophie. — E se estiverem achando que é só mais uma louca na internet...

— Estão questionando sua saúde mental e tentando identificá-la, com certeza — corta Daniel. — Descobrir quem é, e se ainda está viva.

— Não só isso — acrescento. — Ela mencionou o nome de Felicity no vídeo. E o número de ligações perdidas em meu celular confirma que as pessoas já estão sabendo do incêndio...

— Explosão — corrige Ganso. — Chamaram de explosão no jornal.

— Certo, os jornalistas já estão explorando a história. Ela passou a ser uma suspeita em qualquer que seja a investigação que vão fazer daqui para a frente.

— Pensando assim, você também é, parceiro.

Era o que Daniel estivera tentando me dizer, antes, o motivo pelo qual pensou em meu telefone.

É Jamie quem fala em seguida, no entanto:

— A gente devia dar o fora daqui antes de eles virem procurar você, Noah. Tipo, eu consigo dar meu jeitinho aqui e ali, mas ia ser bem mais fácil se...

— Eles não vão me *prender* — retruco.

— Podem manter qualquer um na delegacia por até vinte e quatro horas sob a alegação que quiserem — argumenta Mara. — Sem precisar prendê-lo.

— Estados Unidos.. — resmunga Jamie.

— Felicity foi assassinada na sua propriedade — lembra Daniel.

— Ela cometeu suicídio — rebato. — E com os advogados de meu pai... eles não iam nem se atrever. — Olho de relance para Mara, apenas começando a entender de fato a extensão e alcance da vida privilegiada que venho levando.

— Não vão mandar uma equipe da SWAT para cá — concorda ela. — Provavelmente vão ser uns dois investigadores ou coisa do tipo.

— Você está mesmo preocupado com o que pode acontecer a você quando Stella acabou de anunciar ao mundo inteiro que vai se matar dentro de poucas horas? — pergunta Leo. Fúria ferve logo abaixo da expressão plácida, anfíbia. Onde estava toda essa intensidade quando ela desapareceu?

— Minha preocupação é que, se eu for detido, não vou conseguir ajudar ninguém. — Sequer lhe dou a satisfação de encará-lo. Em vez disso, guardo celular e chaves no bolso, uma das quais pertence a um carro que jamais dirigi, nem pedi, mas que foi comprado para mim de qualquer forma, pela assistente. Não há momento melhor que o presente. — Vamos dirigindo?

— Dirigindo...? Para onde? — indaga Sophie.

— Para qualquer lugar que não seja aqui, até a gente dar um jeito de descobrir onde Stella se meteu — respondo.

Daniel me acompanha até a porta.

— Por mim, beleza — concorda ele. Depois, mais baixo: — Fui a última pessoa naqueles arquivos. A polícia vai querer falar comigo.

— Não, não vai. A gente saiu de lá junto.

— Voltei sozinho depois.

Preciso de algum esforço para não deixar transparecer que ele disse qualquer coisa.

— Não importa — respondo, depressa. — Você tinha minha permissão. E, como Jamie disse, ele pode dar um jeito em qualquer pergunta que...

— Onde você acha que ela está? — Mara me pergunta. Está no processo de vestir uma jaqueta quando Sophie e Leo se juntam a nós.

— A gente tem de pensar do mesmo jeito que ela.

— Mas ela não está pensando, e aí que mora o problema — intromete-se Leo. — Se estivesse, não faria um negócio desses.

— Ela *está* pensando — insisto. — Só que é da maneira... da maneira como alguém que desistiu de ter esperança pensaria. — Um padrão de pensamento com o qual tenho familiaridade.

— Como a gente pode tentar prever isso, então? — Sophie vira-se para mim, depois para Leo. — Como vou encontrar Stella antes... — Deixa a frase morrer antes de terminá-la, mas nem seria necessário.

— As pessoas que consideram suicídio como saída acabam pensando nas coisas de que iam sentir falta no mundo, caso fossem deixá-lo para sempre. Então, o que Stella mais ama na vida? — pergunto a Leo.

— Hmm, achei... quero dizer... acho... que ela me ama? — responde ele, enfim.

Boa tentativa, camarada.

— Não, o que ela *ama* de verdade?

— Os amigos, a família — sugere Sophie.

Evito olhar para Jamie e Mara: ver seu ceticismo e descrença não ajudaria.

— Vocês não estão me escutando. Estou falando de coisas que não sejam os clichezinhos de merda que todo mundo coloca nos perfis de aplicativos de encontro — digo a Leo.

— Como você sabe o que as pessoas dizem nesses perfis? — indaga Ganso.

Mara vira-se para ele.

— Está falando sério?

— Foi só uma pergunta.

— Se você tirasse algo de Stella — continuo, procurando as palavras certas —, o que seria essa coisa que, se você roubasse, estaria roubando um pedacinho de quem ela é também?

Leo e Sophie se entreolham. O silêncio é pior do que apenas desconfortável. Ninguém neste cômodo parece jamais ter conhecido quem Stella era de fato.

— Ela amava ficar na água — lembra Jamie, de repente. — Ama — corrige. — Ela ama a água.

— Fazia parte da equipe de natação no ensino médio — acrescenta Mara. — Lembro que me disse alguma coisa sobre isso no... Horizontes.

— O que foi que ela disse no vídeo mesmo? — pergunto a Jamie. — Me mostre no celular; coloque para rodar de novo.

— Tudo?

— Só a última parte. — Ele me entrega o telefone. É ainda mais sinistro agora, ouvir sua voz, sabendo o que está planejando fazer.

Quero que vocês todos me vejam fazer isto...

Quero seus olhos olhando nos meus quando ela me matar.

— Vai ser em público, que nem os outros — arrisco. — Mas não exatamente igual. — Não seria por enforcamento nem pulando na frente de um trem. Qualquer que seja a parte de Stella que ainda tem autonomia está ciente das outras vítimas. Quer que sua escolha seja colocada em evidência.

— O rio? — Jamie olha para Mara, depois para Daniel.

— Qual?

— Meus camaradas — chama Ganso —, acho que já pode ser tarde para a gente dar o fora daqui. Acabei de ver dois helicópteros...

Mas já estou atravessando a cobertura em direção à face do relógio à direita, ao vidro que nos separa da Ponte de Manhattan. Ela se ergue do East River, como uma fera pré-histórica, as torres enferrujadas pela idade quase parecendo ter músculos. O vão principal é como uma espinha dorsal, os cabos de suspensão, costelas. Fica entre as ilhas, esticando o pescoço, cauda, carregando centenas de pessoas nas costas, mesmo agora. E sei que Stella é uma delas.

... seus olhos olhando nos meus quando ela me matar

Não quer uma audiência de espectadores quaisquer; quer *nossa* audiência. A minha. Quer que eu testemunhe. Escolheria pôr um fim em sua vida de uma maneira que eu não pudesse deixar de assistir, de quase qualquer que fosse a direção.

Pressiono a palma da mão no vidro.

— Ela está na ponte.

40

VOU RESPIRAR

CAMINHAMOS EM SILÊNCIO E UM POUCO AFASTADOS. JAMIE É O primeiro em nossa pequena fila; sigo-o com Daniel, Leo e Sophie. Mara e Ganso vêm logo atrás. Vamos em direção às ruas Jay e Sands, e não somos parados. Talvez a polícia nem saiba o que está acontecendo, se é que Stella está mesmo aqui. Escolheu uma boa hora para o espetáculo.

— Pode ser que ela nem esteja aqui — Daniel dá voz a meus pensamentos. Tê-lo a meu lado me estabiliza, me impede de pensar em Mara na sala de estudos; ou melhor, escritório. Meu pai tinha o que chamava de sala de estudos.

Pisco na luz fraca, poeirenta. Abaixo de nós, em algum lugar, está o carrossel, em uma redoma de vidro, como se fosse uma caixinha de joia. A nosso redor vejo grafite, cheio de agressividade e raiva. O sol está tentando nascer, como um pintinho tentando se libertar do ovo. Mas o amanhecer não chegou ainda.

Parece que já estamos andando faz séculos quando vejo o primeiro policial. Está virado para longe de nós, mãos nos bolsos, fitando algo que não consigo identificar do ângulo onde estou. Está imóvel — demais para ser natural — quando nos aproximamos. Não vira a cabeça, os olhos sequer se movem, nem para piscar.

Jamie olha para nós.

— Mas que bruxaria é essa agora?

— Bruxaria nenhuma — assegura Leo. Ele e Sophie se entreolham. — Estou tentando uma coisa.

— Isso tem a ver com a razão de eu ter ficado enjoado agora, do nada? — grita Ganso, de trás de nós.

Leo para.

— Estou trabalhando numa coisa — responde ele. — Numa ilusão. Para os policiais e para a gente.

— Um aviso teria sido bacana — reclama Ganso, com aparência nauseada.

— Não sabia se ia funcionar — explica Leo. — Ainda não sei.

— Sophie, tem quantas pessoas aqui?

— Só estou vendo a gente.

Fico para trás, para permitir que Ganso me alcance.

— O que você está sentindo, companheiro? — pergunto.

— Umas coisas bem péssimas.

— Pode ser mais específico?

— É como se tivesse perdido seis litros de sangue... direto do cérebro.

Daniel fica tenso.

— Se Leo está usando você como catalisador para criar a tal... ilusão... em sabe lá quanta gente... — diz ele — não vai sobrar energia em Ganso para ajudar mais ninguém.

Ainda assim, ao lado de meu amigo, o som percussivo de milhares de batimentos cardíacos espanca meu crânio. A ponte treme com o passar dos trens, mas não consigo ouvir automóveis. Talvez a polícia tenha ficado sabendo do que está acontecendo e detido o trânsito?

À frente, Jamie parou. Quando chegamos, vejo por quê.

Stella subiu na balaustrada. Está agarrada a ela, encarando a calçada, não a água. Estava a nossa espera.

Não é a única lá. Há policiais acima, bem como paramédicos, e um deles está suspenso entre a parte mais alta da ponte e o local onde estamos. Mas, como aquele primeiro policial, estão todos congelados.

— Que bom que vocês vieram — diz Stella, atraindo meu olhar.

— Não tinha certeza se iam querer se dar o trabalho de me procurar.

As narinas de Jamie se arregaçam com irritação.

— É claro que a gente...

— Era mais com Noah que eu estava falando, na verdade — esclarece Stella. — Sabia que você ia me achar, se pudesse. Mas não tem os *Dons* dele. — Cospe o termo. — Que palavrinha mentirosa.

— É por minha causa que você está fazendo tudo isto? — indago, direto ao ponto.

— Não se ache — diz ela, rindo. Observa Leo, então, e os olhos marejam. — Truque maneiro.

— Queria que a gente pudesse conversar sem eles se intrometendo.

— Se eles *estivessem* se intrometendo, talvez pudessem ajudar de verdade nesta situação... — resmunga Daniel.

Balanço a cabeça, sabendo que Stella o escutou; seus pensamentos, se não as palavras ditas de fato.

— Com eles no caminho, Stella ia pular — disparo. — Não é verdade?

Ela sorri.

— Gosto de água. — Vira a cabeça para a esquerda, o máximo que pode ainda agarrada à balaustrada. — Meio que sempre me perguntei como seria pular de uma ponte.

— Seria meio que como quebrar o pescoço — responde Mara. As bochechas estão coradas; posso sentir a raiva emanada dela, como se fosse fogo. — Por que está fazendo isto?

— *Eu* não estou fazendo nada — retruca Stella. Sua fúria é fria. — É você quem está.

— Isso é mentira, e, em algum lugar aí dentro, você sabe disso.

— Pare — diz Leo a Mara, erguendo a mão. Vai na direção de Stella. — Deixe eu trazê-la para cá. Todo mundo aqui, junto, a gente pode fazer isso ir embora...

Os olhos de Stella viram gelo.

— Gravei um vídeo para garantir que *não* iria embora. Agora o mundo inteiro vai saber o que somos, que existimos, e vão parar o que está acontecendo conosco.

— Ou vão querer *nos* parar — argumenta Mara, sem comentar que a garota nunca chegou a nomear ninguém para que fosse detido.

Um sorriso torto se forma nos lábios de Stella.

— É. Talvez queiram mesmo. Vou ficar torcendo.

Não importa. A realidade não importa; apenas o que existe na cabeça de Stella, e não sei se algum de nós tem as palavras certas para mudá-lo.

Mas, se pudéssemos ganhar mais *tempo*...

— Stella, não faça isso — pede Sophie, interrompendo meus pensamentos. — A gente pode dar um jeito.

— Não, *a gente* não pode. Talvez *eles* possam — rebate, indicando Mara, a mim mesmo. — Mas *a gente*, não. Eles são os Originais. Nós somos apenas cópias.

— Isso não significa o que você acha que... — começa Mara.

— Não está ajudando — interrompo.

— Do que ela está falando? — pergunta Sophie. — Originais, cópias?

— Ah, só uma coisinha que ouvi Felicity pensando antes de morrer — responde Stella. Então tira uma das mãos do apoio, os músculos flexionando nos braços, abdome, quando limpa a mão na camiseta; devem estar pegando fogo por conta do esforço. É mais forte do que aparenta. Ou algo a está deixando mais forte.

— Noah sabe, aposto. Jamie também. — Pausa. — E Mara, claro.

Não quero levar muito a sério nada do que ela diz por medo de que já esteja fora de si e não seja confiável, mas minha conversa com Daniel me vem à cabeça mesmo assim. Foi o primeiro a mencionar o tipo de Stella — "suspeita de ser original". Ela acaba de chamar-se a si mesma de cópia. O que sabe agora que antes não sabia?

Pergunto-me se Daniel também notou. Há movimento em minha visão periférica. É ele, recuando.

— Stella — chamo, sentindo cada segundo que se perde, querendo mais. — Você não estava lá quando meu pai falou aquelas coisas.

— Nem precisava. Está tudo em sua cabeça. Consigo ver.

— O que você consegue ver é a *lembrança* dele — contra-argumenta Mara. — Lembranças são deturpadas. Não confiáveis. Se você olhasse para dentro de minha memória, aposto que seria diferente.

Stella sorri outra vez, afetando timidez.

— E o que leva você a pensar que já não fiz isso?

Olho para Mara por reflexo. Seu rosto não revela nada, a expressão quase tão paralisada quanto a dos policiais estáticos.

— Foi por isso que fiz o vídeo — continua Stella. — Para todo mundo poder ver quem você é, o que você faz. É óbvio que não dá para confiar em lembranças. Tipo, é só olhar para onde estou agora.

— Você não precisa estar aqui — insiste Mara.

— Não, não tenho de estar *aqui*. Podia estar em algum porão qualquer com uma arma na boca... Provavelmente ia demorar um pouco até me encontrarem. Uma morte mais discreta teria sido bem mais conveniente para você.

Leo olha para mim, os punhos cerrados.

— Por que você não a está parando?

— Parando quem? É Stella que está no controle aqui. Não é, Stella?

Ela olha ao redor, para cima, para a polícia e os paramédicos congelados. Depois para cada um de nós, pousando enfim em Mara.

— Estou?

Sigo seu olhar: os corpos de todos que não somos Nós reluzem e piscam. E então... nada. É elegante, a maneira como são varridos para longe. Substituídos por lacunas. As peças não se encaixam de todo; o asfalto estremece, como miragem, onde tinham estado pouco antes.

— Ela também está aí dentro de sua cabeça — me diz Stella, mas é Leo que encaro.

— O que você está fazendo? — pergunto a ele.

— Estou tentando colocar o foco em Stella, porque não vou conseguir sustentar a ilusão de todo mundo por muito mais tempo.

Volto-me para Ganso, que está branco como papel, Daniel a seu lado, falando em voz baixa. Mara dá um passo na direção de Stella.

— E o que estou dizendo para você, em sua cabeça?

— Não está dizendo nada. Só está quieta lá, agachada feito um tigre. — Stella ri, o que é especialmente perturbador, considerando-se que não há nada entre ela e uma queda de mais de 40 metros. Quando endireita o corpo, fixa os olhos em Sophie. — Você é a próxima, acho. — Pisca devagar. — Acho que ainda não está correndo risco, Leo. Que bom.

— Estou implorando — pede ele. — Não faça isso.

Tento concentrar minha energia nele, para ouvir seu pulso, ouvir se está mentindo para nós ou dizendo a verdade, mas tudo o que ouço é um enxame de moscas. Olho para trás e vejo Sophie, mas, em vez de seu rosto, enxergo uma caveira.

— Pare — digo a Leo entre dentes, mas Stella acha que é com ela. Está prestes a responder quando Mara diz:

— Então largue.

As palavras ecoam, depois se achatam como uma linha, depois se tornam parte do enxame.

— Stella — digo depressa —, isso não está acontecendo do jeito que você acha que está. — Viro, buscando Daniel, Jamie, ajuda, e a ponte atrás de mim desaparece, misturando-se no espaço em branco.

— Você disse que queria uma cura. — Ouço Mara dizer. — Podia estar lutando por uma. Mas, em vez disso, está desistindo.

— Vá se foder — cospe Stella. — Não estou desistindo, nem largando nada. Não pude escolher minha aventura, mas posso escolher meu final.

Não sei se é ilusão de ótica criada por meus olhos, por Leo, ou se o que estou vendo é real, mas Stella não cai da ponte nem pula.

Ela mergulha.

41

NATUREZAS FORTES E VALENTES

O ÚLTIMO PENSAMENTO CONSCIENTE DE STELLA QUE OUÇO É
Sua vez
É assombroso, assistir ao rio engolindo seu corpo. A
pessoa mais próxima de Stella, em matéria de distância, era
Mara. Mas era em mim que estava pensando quando o pescoço quebrou. Um raio branco de dor e depois, nada.

Não tinha notado que o dia já havia raiado, que já é manhã, até agora. A polícia está se movimentando mais uma vez, falando conosco, vindo em nossa direção, e Jamie já está a toda, na liderança do grupo com Leo. A ilusão foi quebrada, Daniel e Ganso estão a meu lado — Ganso, com o peso apoiado contra a grade da ponte, o mais fraco de nós. "Exaurido" seria uma palavra mais adequada, creio. Giro o corpo, procurando por Mara, mas a única pessoa que vejo atrás de nós é Sophie. Está chorando, baixinho.

— Você viu Mara? — pergunto a ela.

Olha para mim através dos cílios louros escuros.

— Ela foi embora no segundo que Stella... — responde.

— A polícia vai querer falar com a gente — avisa Daniel. — Há câmeras na ponte, sem mencionar os helicópteros...

— Acha que algum deles tinha acesso ao áudio? — Quero repassar tudo o que aconteceu. Certificar-me de que minha memória não foi adulterada.

— Quem *se importa?* — Leo vira, me encara. — Quem se importa, caralho?

— Todo mundo aqui devia se importar — explica Daniel, embora não pela razão que supunha. — Nós dois mais ainda, considerando-se que já temos 18 anos.

— E isso é relevante por quê? — indaga Leo.

— Porque significa que podemos ser interrogados sem um responsável presente — responde Daniel, sem entonação. — Porque podem prestar queixa contra nós como adultos.

— Queixa de quê? Ela cometeu suicídio — lembra Sophie, baixinho. — Ninguém aqui vai ser preso por assassinato.

— Embora *um* de nós devesse ser — zomba Leo. Ele vira aqueles olhos de escrotinho em minha direção, uma vez que Mara está ausente.

— Cale a boca! — exclamo, quando Jamie livra nossas caras para um dos policiais, mas não o digo por raiva. Paro diante da balaustrada, passando os dedos pela grade. Um barco navega pelo rio, seu rastro curvando-se como um sorriso.

Sob os carros, sob os trens, sob as vozes e sons de todos os seres vivos em Nova York...

Sob a água, há um pulso.

42.

POR MAIS CRUEL

— ELA ESTÁ VIVA. — ESTOU FITANDO A ÁGUA, OBSERvando o barco, mas é como se alguém tivesse passado a palma aberta por cima de uma pintura a óleo inacabada, e então a borrado inteira. Não sei dizer se o corpo de Stella subiu à superfície e começou a boiar, ou se enviaram mergulhadores em seu resgate, e minha mente se recusa a apreender simples fatos como deveria.

Leo aproxima-se de mim, olha para baixo.

— Como é que...

— Preciso ir até ela.

— Noah. — Sophie pousa a mão leve em meu braço. — Ela morreu.

Não me desvencilho. Mal está lá, uma luzinha ora tremeluzindo, ora não.

— Você consegue dar um jeito da gente passar? — chamo Jamie.

Preciso gritar: está ensurdecedor aqui, agora que a ilusão foi desfeita. Os carros e trens e a cidade; mal teríamos sido capazes de escutarmos uns aos outros.

— Estou tentando! — grita Jamie de volta, no instante que Ganso desaba no asfalto.

A voz de Daniel me captura enquanto se agacha ao lado de meu amigo.

— Você pode fazer alguma coisa para ajudar? — pede ele.

Tento deixar tudo entrar, todos os sons que ouço normalmente; pulmões se expandindo, sangue correndo por artérias, corações como metrônomos, mas, em vez disso, é todo o resto que me domina; pistões funcionando a pleno vapor nos motores que dão vida aos automóveis, um saco de lixo sendo pisado por alguém, vidro se quebrando, o tique-taque do relógio de Leo.

Estou debruçado por cima de Ganso — posso ver seu peito se movendo, mas não consigo escutá-lo respirar. Inclino a cabeça, a orelha perto de sua boca, e, ainda assim, mal ouço um fôlego estremecido, embora possa vê-lo. É como se eu estivesse sendo empurrado para dentro de um corredor, as luzes se apagando uma a uma. Alguém chama meu nome, mas estou no concreto, surdo, mas não cego. Uma gota de sangue se forma na narina de Ganso, depois escorre pela bochecha. Vai pingar no chão. Tampouco consigo escutá-la caindo. O ar agita seus cabelos, a gola da camisa.

A boca de Daniel se move, mas palavras não saem. Ganso some num piscar de olhos de meu campo de visão, mesmo eu estando ajoelhado a seu lado. Quando volta, é a mão *dele* em meu ombro, e eu deitado no asfalto, de costas, gritando para todos calarem a porra da boca.

Observo dois pombos alçando voo por entre os cabos de suspensão. A cor se esvai do céu; o mundo é cinza e branco antes de eu desmaiar.

43

PINTANDO A PRÓPRIA ATMOSFERA

SUA VOZ SE FECHA AO REDOR DE MEUS NERVOS. Um contralto instantaneamente familiar com um leve rugido que empresta às palavras uma pontinha sarcástica. A primeira vez que a ouvi foi em meio ao público denso e pulsante de uma boate. Em dezembro, as hordas de turistas descem como animais na South Beach, mas passo pelos seguranças um, dois e três sem qualquer esforço. Esse idiota da Croyden chamado Kent veio carregando dois amigos de Pine Crest; já esqueci seus nomes. Estão olhando boquiabertos para as garotas — modelos, em sua maioria — remexendo os corpos ao som da música em uma nuvem de fumaça falsa.

Sinto as notas sob a pele. Atrozes, mas engolem o ruído das coisas que não deveria ser capaz de escutar, mas sou, acordes de vida misturando-se em uma sopa de barulho discordante.

Abro os olhos para encontrar duas louras altas e angulosas — gêmeas, talvez — entrelaçadas e dançando a poucos metros de nós. Uma delas me lança um olhar, depois fala em russo com a segunda. Kent e amigos estão enfeitiçados; eu, incansavelmente entediado. Recosto-me no assento, as pernas esticadas diante de mim, e me pergunto se conseguiria dormir. Mas uma das garotas se aproxima. De olho em mim para saber se estou de olho nela.

Ergo meu copo e tomo um gole lento do uísque. Ela está dançando entre minhas pernas agora. Se não quebrar contato visual, em seis segundos vai estar ajoelhada.

No quarto, desvio os olhos.

Ela volta para dentro da multidão, mas lança um olhar por cima do ombro. Está magoada.

Melhor assim. Quer forjar alguma conexão, e não sei como fazer isso.

Kent diz algo obsceno por cima da música, e considero socá-lo só para quebrar o tédio. Consigo resistir, mal e mal, e tomo outro gole. Faz anos que não sou capaz de me embebedar de verdade, mas gosto da ardência.

É o que estou pensando quando ouço sua voz pela primeira vez. Medo e ira entrelaçados em duas palavras:

"Tirem elas daqui".

Sua voz traz dor consigo; minha cabeça pulsa e dói, e todos os músculos parecem doloridos. Depois, fico cego.

Teria entrado em pânico se fosse a primeira vez que algo assim me acontecia. Mas não é, e sei que continuo com Kent, cercado por turistas, ainda que não veja nada em um primeiro momento quando tento olhar para baixo, para mim mesmo, por puro hábito. Em seguida, saindo da escuridão, mãos começam a entrar em foco. Pressionadas contra algo — uma parede, teto, talvez. Não são minhas, porém: as unhas são pequenas, sujas, os dedos finos, femininos. Mas os vejo, como se fosse através das lentes de meus próprios olhos. Tomam impulso contra a parede, e posso sentir a textura do cimento e terra ainda que minhas próprias mãos estejam limpas.

O pesadelo desperto termina, enfim, mas agora, quase dois meses depois, volto a ouvir a mesma voz. Quase as mesmas palavras.

O sol está brilhando violentamente, e eu fito o telhado de palha de um dos quiosques absurdos da Academia Croyden, evitando-a e evitando as aulas. Não desvio os olhos para ver quem está espancando uma das maquininhas que vendem doces e salgados até ouvir aquela voz. Eu a teria reconhecido em qualquer situação, em qualquer sonho ou lembrança, mas jamais imaginei ouvi-la de fato, no mundo real.

Quando ouço, me endireito e a observo. A menina está mais para raivosa que irritada, como se o mau-funcionamento da máquina fosse algo pessoal contra ela.

— Você tem um problema de controle da raiva — comento. Ela se vira depressa.

Meu desastre psicológico parece ter desenvolvido uma existência fora de minha psique. Está parada lá, de jeans escuros que seriam indecentes se o restante do traje não fosse tão causal, com uma camiseta preta esmaecida e larga que destaca a cor de sua pele. Não era da Flórida, claramente uma aluna nova, e tão linda que quase rio alto. E com aquela expressão no rosto de quem poderia estar pouco se fodendo para o que penso. Perfeição.

Ela me encara por um longo momento, o cenho se franzindo.

— Tire ele daí — diz Mara. É sua voz, mas a boca não se move. E o tom está errado: estranhamente metálico e tão distante.

— O quê? — pergunto, ou tento, mas algo está forçando todo o ar para fora de meus pulmões. O sol perfura o abrigo da sombra do telhado de palha.

— Ele está acordando; ligo depois. — As palavras chegam de lugar nenhum. E não é mais a voz de Mara. É Jamie.

44

A RAZÃO DE MEU VIVER

PISCO E VEJO UM CLARÃO DE LUZ. O SOL EM MINHA MEMÓRIA transforma-se numa lâmpada fluorescente na realidade.

— Noah, ande, a gente precisa sair daqui.

É Jamie, sacudindo meu ombro. Inspiro com dificuldade, buscando oxigênio, e a imagem da Flórida se desfaz; a mesa de piquenique se encolhe até virar uma cadeira horrorosa, o telhado de palha esmaece até sobrar apenas um teto branco. As máquinas de lanche e bebidas continuam lá.

— Onde está todo mundo? — pergunto a ele.

— Onde a gente precisa estar.

— Onde *a gente* está?

— No Hospital Mount Sinai — responde, e as peças se encaixam. Estamos em uma sala de espera. — Você insistiu.

— *Eu* insisti?

— Eles trouxeram Stella para cá, mas.... — Jamie balança a cabeça. — Não é nada bom.

Uma imagem me vem à cabeça, uma lembrança, possivelmente, de pessoas a tirando de dentro d'água; ainda tinha um dos sapatos no pé.

— Ela está viva?

Jamie assente, mas desvia os olhos.

— Por enquanto.

— Você consegue me levar até ela?

Balança a cabeça, os dreadlocks chocando-se com as bochechas.

— Ninguém pode chegar nem perto dela agora. Quebrou o pescoço e está respirando com ajuda de máquinas, foi o que eu ouvi.

Posso escolher meu final.

Não escolheu, no entanto, uma vez que continua viva. É especialmente cruel, me parece.

— Noah, a gente precisa *mesmo* se mandar daqui.

— Onde está Daniel? — pergunto ao me levantar, balançando um pouco. Uso uma das cadeiras para me estabilizar. Jamie não vê: está encarando a entrada.

— Na delegacia. Esperando os pais.

— O quê? Qual *delegacia*? Mas que porra... Por quê?

— Porque não quer falar com a polícia sem um advogado. E você também não vai querer.

— Dou meu jeito — asseguro. — Mas seria mais simples se você tirasse a gente dessa.

— Não consigo mais tirar a gente nem dessa, nem de nenhuma outra furada. Você não pode dar *jeito* nenhum em nada. Está me ouvindo? — Ele vira para mim, abrindo um sorriso falso, falando entre dentes. — Alguém cortou a energia. Tipo, literalmente, em nosso caso. Nossas habilidades não existem mais. A gente *tem* de *ir embora* agora.

45

NÃO MAPEADO E INEXPLORADO

J AMIE TENTA PREENCHER AS LACUNAS EM MINHA MEMÓRIA EN-
quanto o acompanho, entorpecido, para a saída do hospital.

— Ganso desmaiou na ponte enquanto eu estava tentando tirar a gente de lá — conta. Então essa parte aconteceu de fato. Bom saber. — Daniel estava ficando paranoico.

— Com razão, pelo jeito.

— Pois é. Aí, quando Ganso apagou, você tentou curá-lo, mas acho que não deu certo.

— Mas está tudo bem com ele? Quando você disse que alguém cortou a...

— Ele está bem. Não sei que porra aconteceu lá, mas parece que nenhum de nós consegue mais fazer o que fazia antes.

— *Nenhum* de nós?

— Nenhum — repete, balançando a cabeça. Mas para no meio do movimento. — Bem. Presume-se que seja o caso.

— Presumir nunca é bom — comento, mais para mim mesmo que para Jamie. — Mas, enfim, com certeza é uma coisa temporária.

— Claro, por que não seria? — pergunta Jamie, a cabeça baixa, as mãos nos bolsos. Noto que está evitando as vias principais. — Enfim, vi que não conseguia mais fazer o que geralmente faço, e a polícia parou a gente. Sophie começou a falar com eles enquanto ainda estávamos na ponte. Ela se ofereceu para explicar tudo. Acho que ela não é do tipo que se sai muito bem sob pressão.

— Meu Deus.

— Então Sophie, Leo e Daniel estão na delegacia agora. Se é que ainda não voaram nas gargantas uns dos outros.

— E eu insisti que a gente fosse ao hospital — digo. — Para ajudar Stella.

— Na verdade, você teve a presença de espírito de dizer para a polícia que precisava ir por causa de Ganso. Porque vocês dois são ingleses, e ele não tem família aqui, blá-blá-blá. Funcionou, eles também o levaram para o Mount Sinai. Pude vir junto porque disse que não estava passando bem. Para ser sincero, me sentia um bagaço mesmo.

— Ele não está mais no hospital, não, né?

Jamie balança a cabeça.

— Não, se mandou sozinho.

— E onde ele está, então?

— Indo para um hotel, acho.

— E Mara? — Estivera lá conosco até Stella mergulhar. Depois...

— Não tenho... certeza — hesita Jamie, ao responder.

— Por que não?

— Porque ela não me disse.

— Mas você a viu ir embora? — Não tenho qualquer lembrança disso.

Jamie parece ter, porém.

— Vi, mas não perguntei aonde estava indo. A gente meio que tem um princípio de Ninguém Pergunta, Ninguém Responde um com o outro. — Ele olha para mim por um segundo. — Recomendo.

Em vez de seu rosto, é Ganso que vejo, inconsciente, uma gota de sangue escorrendo do nariz pela face até cair no asfalto.

Penso nas últimas palavras de Stella.

Sua vez.

Saco o celular do bolso. Nenhuma mensagem de Mara, nem ligações. Cerca de um milhão de outras que ainda não retornei, no entanto.

— Qual é o plano agora, então? — pergunto a Jamie, me sentindo perdido.

— Bem, você provavelmente já tem um exército inteiro à espera na cobertura. Eu vou para a casa de minha tia.

— Você não mora lá.

— Mas é melhor que eu more agora. Aí está — diz, olhando para o condomínio da torre do relógio.

— Certo — digo, devagar. — A gente se fala depois?

— Aham — responde Jamie. — Com certeza.

Não preciso de minha habilidade para saber que está mentindo.

Parte III

"E muito — diz Malory
— chorou Sir Lancelot,
como se fosse uma criança
que acaba de levar uma surra."

—T. H. White, *O único e eterno rei*

46

VIVER DELIBERADAMENTE

N ÃO SEI O QUE ESPERO ENCONTRAR QUANDO ENTRO NO PRÉ-
dio, mas "nada" certamente não é a resposta. E é bem o que
encontro. Nada.

Nem porteiro. Nem investigadores. Ninguém.

Meu estômago parece afundar quando o elevador começa a subir,
e, quando as portas se abrem, hesito. Eu me forço a seguir em frente, a
encaixar a chave na fechadura.

Sinto-a no espaço ainda que não consiga vê-la. Meus pés me car-
regam para o cômodo onde se encontra.

Está de pé no escritório, não sentada entre baús e caixas. Parada
à janela.

— Senti sua falta — confessa ela, sem se virar.

Minha intenção é reciprocar as palavras, mas elas saem diferentes:

— Você sumiu, na ponte.

— Queria chegar aqui primeiro.

— Por quê?

Ela se vira. Os olhos estão anuviados; esteve chorando.

— Porque sim.

— *Porque sim?* O que foi que você fez?

Ela parece sobressaltada pela pergunta.

— O quê? — retruca.

Estou pensando as palavras *ninguém pergunta, ninguém responde,* mesmo quando digo:

— O. Que. Você. Fez?

Ela engole em seco.

— Quando? — pergunta.

— *Quando?*

Sua expressão se enrijece ao rebater:

— É, *quando?* O que fiz hoje? Cinco meses atrás? Antes de a gente se conhecer?

— Vamos começar por hoje — sugiro, ficando mais irritado a cada segundo que passa. Sou eu quem está no escuro aqui. Ela tem a vantagem e sabe disso.

— Por que você não me pergunta de uma vez, Noah? — Ela dá um passo à frente. — Pergunte.

— O que você disse a Stella, na ponte?

— O que você acha que eu disse?

— Para ela largar. Que estava desistindo — respondo, buscando no rosto de Mara qualquer coisa a que me agarrar, qualquer indício de que eu esteja errado.

— Isso — responde ela, então.

Parte de mim esperava que fosse negá-lo, e essa parte se rasga da metade que sempre soube. Deixo que a última tome controle.

— Ela está num hospital agora — revelo. — Com o pescoço quebrado e precisando da ajuda de máquinas para respirar.

— Eu sei — afirma Mara, calma como só ela.

Já ultrapassei a ira e agora estou enlouquecido.

— Daria na mesma se você tivesse ido até lá e a empurrado para fora da ponte pessoalmente.

— Não. O que ela fez não foi culpa minha.

"*Não é sua culpa, Mara. Diz.*"

É o que falei a ela quando meu pai me forçou a escolher entre salvá--la e matar Daniel; ou o inverso. Mara implorou que lhe desse a injeção que pararia seu coração, e eu me recusei. Até ouvi-la comparar-se a Jude.

"*Não posso deixar Daniel morrer*", dissera ela, desesperada. "*Não posso deixar que o que aconteceu comigo aconteça com Joseph. Os dois não fizeram nada,* nada *de errado. Eu fiz tudo.*"

"*Não tudo.*"

"*Você não* estava *aqui! Seu pai não está mentindo. Fui eu que fiz essas coisas.* Todas *elas*".

E respondi em seguida: "*Tenho certeza de que eles mereceram.*"

Quantas pessoas mais morreram porque Mara acreditava que mereciam?

— Alguma coisa neste mundo já *foi* culpa sua?

— Já. Seu pai.

— O que tem ele?

— Eu o matei.

Ela o anuncia. Assim, como se fosse nada.

Rio, porque o dia está lindo lá fora e o corpo arruinado de Stella foi retirado do rio e a garota que amo está me informando que deixou minha irmã órfã.

— Ele se matou — rebato, feito um idiota, sabendo que não é verdade.

— *Pareceu* que ele se matou — corrige ela. Está me estudando, a coluna reta, o olhar direto. Não está se escondendo. Não está de braços cruzados, na defensiva.

— Porque você armou a cena para que assim parecesse.

— É.

Pisco e vejo Sam Milnes, dependurado daquela viga.

— Como você fez com os outros.

— Não — ela nega.

Beth salta da plataforma na frente do trem.

— Não foi como os outros — insiste.

Felicity coloca fogo em si mesma. É tudo o que vejo quando olho para Mara agora. Isso e o escroto de meu pai. Tinha se esfaqueado, disseram na porra do obituário, e aquele artigo...

— Mas que merda foi aquela história de envenenamento? — Eu me arrependo da pergunta no instante que a faço, assistindo às palavras se estilhaçarem contra a rocha que é Mara. Nenhuma culpa, nenhum remorso, nenhum medo; não há nada lá. Não mais. — Tudo o que Stella disse... — Deixo a frase morrer no meio, pensando nela naquele hospital, sozinha. — Eu a defendi.

— Nunca pedi para me defender — declara. — Para ninguém.

—Você pediu minha *ajuda*. Me pediu para consertá-la, porra!

—É verdade, pedi, sim. E você me disse que eu não precisava de conserto.

O que mais se deturpou dentro daquela cabecinha nesses últimos nove meses? Mara suportou um trauma que vai muito além da tortura, sempre soube disso, mas *aquilo* não leva a *isto*, leva?

—Meu pai. — começo, me aferrando àquilo que posso compreender. — Como foi que você fez?

—Eu o esfaqueei no pescoço.

Penso em minha conversa com Stella, penso em minha conversa com Mara, em nosso quarto. Em como saí e a deixei lá, o sangue escorrendo de minha mão depois que encontrei...

—Com o bisturi? — completo. — O que você guardou depois de atacar a Dra. Kells?

Mara balança a cabeça.

—Não levei aquele. O que tenho é outro. Roubei de um hospital.

—Você já assassinou alguém com ele?

—Não.

—Já *matou* alguém com ele? — reformulo, depois de refletir.

—Não — insiste ela.

—Então por que guardar uma coisa assim?

—Já falei, me dá sensação de segurança — explica, e agora os braços estão cruzados, e ela está na defensiva. — Não menti para você. Você nunca perguntou, então nunca contei.

—Estou perguntando agora.

Ela dá de ombros.

—E estou contando agora.

—Já é um pouco tarde.

—Você me disse que me enxergava. Tantas vezes. Disse que me amava de qualquer jeito, não importava o que eu fizesse. Achei que você entendia.

—E quero. — Deus me ajude. — *Me ajude* a entender — imploro.

—Meu pai... Você estava se defendendo...

—Não, não estava — interrompe, mas a admissão é penosa para ela. — Eu esperei. Sabia que isso o machucaria, mesmo você tendo dito mais de uma vez que achava que seu pai merecia morrer pelo que fez. Minha razão principal foi garantir que ele nunca mais iria atrás de minha família.

Entendo essa motivação, de verdade. Mas os outros...

— E por que as outras pessoas?

Seu silêncio é horripilante. O apartamento está tão quieto que eu deveria ser capaz de escutar nossos corações batendo, mas não consigo ouvir coisa alguma.

— Foram doze pessoas que apareceram — revela, enfim. A voz não tem entonação, soa robótica. — Jamie e Daniel estavam numa câmara debaixo da fábrica. E aí sobramos eu, com você nos braços, e Jude, implorando para morrer. E o matei porque ele tinha matado você, que era exatamente o que Jude queria, no fim das contas.

— Não foi grande perda.

— Ele, não. Mas você, sim. — A voz se aperta. — Eu ainda tinha na mão a faca que usei para matá-lo quando a polícia chegou. Não estava pensando neles. Senti o ar deixar seu corpo, Noah. Ouvi seu último batimento cardíaco. E aí me vi cercada por pessoas que estavam ali para fazer o trabalho delas, para depois voltarem para casa, para as famílias, e que logo estariam rindo à mesa de jantar e lendo histórias para os filhos dormirem, enquanto você e eu nunca teríamos o privilégio de fazer essas coisas, porque você estava morto, e eu, sozinha. — Sua voz falha, e um dedo gélido percorre minha nuca. — Eu teria aberto mão de tudo para trazer você de volta. — Mara olha para mim, guardando todas as emoções dentro do peito. — E foi o que fiz.

Há milhares de palavras circulando dentro de minha mente, mas nenhuma escapa de minha garganta.

— Minha avó me escreveu uma carta — continua, e me lembro vagamente de tê-la lido, mas nada lá explica a expressão em seu rosto. — E ela dizia: "Pode escolher acabar com a vida ou escolher presenteá-la, mas punição se seguirá a cada recompensa". Posso recompensar as pessoas, sabia disso? — diz, quase que para si mesma, olhando por cima de meu ombro para a cidade lá fora. — Essa foi uma das coisas que ela escreveu, na carta que deixou antes de se matar. Uma das lembranças que tenho. Junto com a de seu trisavô a encontrando. E a dela se mudando para a Inglaterra para viver com sua família.

285

— As cartas que você estava lendo, o diário — gesticulo para os baús, as caixas, furioso mais uma vez. — Já sabia do que se tratavam, mas ficou pegando no *meu* pé por ter escondido umas merdinhas de nada de você? — Tudo dentro de mim está se atropelando. — Quem *é* você?

— Eu não sabia que podia trazê-lo de volta daquele jeito. Não sabia que ia funcionar. — Ela dá de ombros. Como se não estivesse falando do assassinato de pessoas inocentes, como se estivesse me contando que tinha experimentado ficar chapada pela curiosidade de saber como era. — Mas não me arrependo. Você está aqui.

— E eles não estão — constato, com a voz recém-esvaziada, oca. Seus olhos se embaçam, duros e abismais.

— Faria tudo de novo.

É surreal que estejamos no mesmo cômodo, no mesmo universo, tendo esta conversa.

— Acho que isso não importa mais, agora que os poderes se foram — comento.

— O meu não foi.

— Como você... Não. — Quase rio. — Eu literalmente não quero saber. Você nunca mais vai fazer isso de novo — consigo dizer, a voz alta e sem hesitação.

— Vou ser obrigada a fazer de novo. Porque você não consegue mais se curar. E não é temporário. Andei lendo. — Ela olha para os baús. — Seu pai estava certo sobre algumas coisas.

— Isto, não — digo. — Isto *nunca*, nunca mais.

— Não vou pedir desculpas por ter salvado sua vida.

— É *minha* vida!

— E quantas vezes você já não tentou acabar com ela? *Você* me deixaria morrer? — pergunta, mas não estou pronto para isso, portanto respondo que não.

Mara se encosta na escrivaninha, toda cheia de dentes e imóvel. Ela é uma pedra contra a qual quero me chocar. A expressão deixa claro que ela pensa que obteve algum tipo de vitória, e estou tão furioso e consumido por vergonha que a última coisa que lhe digo é:

— Mas não quero vê-la nunca mais.

47

NENHUMA OUTRA VIDA SENÃO ESTA

E RESPONDE, NÃO LEMBRO. NÃO ME LEMBRO DE VÊ-LA FAZER AS malas e partir. Apenas o som da porta se fechando. Fico a encarando por um momento, e depois pressiono a testa contra a madeira e berro.

Naquele instante infinito, há uma tempestade dentro de mim. Quando volto a conseguir respirar, vou até a janela e fito a rua lá embaixo. O dia escapou entre meus dedos, de alguma forma — quando raiou, a coluna de Stella ainda estava intacta, e minha vida, inteira. Agora a rua escura está vazia, exceto por um carro preto. E então a vejo. Mara caminha pelas calçadas de paralelepípedos, uma mancha pequenina, um pontinho, distanciando-se cada vez mais até virar a esquina.

Preciso parar de encarar o espaço onde esteve, mas, quando forço meus olhos a se desviarem da janela em um minuto que parece uma eternidade, *continuo* aqui, nesta *porra* de sala, de alguma forma fantasticamente inalterada desde que ela se foi. É incompreensível — como foi que cheguei aqui? Andando em círculos dentro de um cômodo cheio de relíquias, tão completa e fodidamente perdido?

Não consigo ficar parado, e parece que não consigo me obrigar a sair, de modo que destranco um dos outros baús, este pequeno e de bronze, e começo a vascular ali dentro com fúria, procurando uma distração, um desvio. Encontro.

Um envelope, grande e preto, com caligrafia dourada endereçado a mim na casa de North Yorkshire. Um cartão contendo condolências, é provável — os demais pareciam sê-lo —, mas este é único o bastante para captar minha atenção, que precisa desesperadamente ser captada, e é assim que o abro com descuido, rasgando um pedacinho do cartão grosso que contém apenas duas frases.

Meus pêsames por sua perda. Felicitações pela herança.
— A. L.

Atiro o papel para longe, como se fosse um disco, cedendo à nova onda de asco. Estou prestes a amassar o envelope e jogá-lo fora, quando noto algo saindo da dobra. Outra folha, que também desdobro, já sabendo que vou me arrepender, mas o que é mais um arrependimento para acrescentar à pilha?

É uma página arrancada de um livro: alguma espécie de livro de história. O título não aparece. Uma seção falando sobre esconderijos feitos especialmente para padres durante o período de perseguição na Inglaterra, passagens secretas do século XVI, criadas em uma época em que ser padre católico era considerado alta traição.

Há quartos nesta casa que nem eu conheço.

Esmago a folha, então a jogo de volta no baú. A tampa se fecha sozinha com um baque, e com ela, tudo o que enfrentei para me trazer a este exato instante. Ele arquitetou o que somos. Sabia disso, mas o ignorei, e ainda assim acabei jogando com a mão que me foi dada muito antes de eu sequer existir, mesmo sem conhecer o jogo.

"Só aceite entrar nos jogos que sabe que tem chances de ganhar", dissera Jamie. Não tinha me dado conta de que o mero fato de minha existência já me tornava um jogador. Como venço no jogo de outra pessoa, com regras feitas por ela?

Olho o celular, pois ainda não me convenci de fato de que Mara se foi. Abro nossas mensagens, e-mails, esperando aquele pequeno (1) surgir na conta que criei apenas para ela, mas não há nada novo. Compreender que existe a possibilidade de que nunca mais haja algo novo outra vez — que eu lhe *disse* que não *quero* ter mais nada a ver com ela, e ela aceitou — é uma dor de outro mundo. Não posso desdizer minhas palavras. Também não posso devolver as vidas que ela tirou.

Minhas mãos se cerram em punhos, e enterro as unhas nas palmas. Sangram.

Isso nunca me aconteceu antes; também preciso me convencer de que não sou mais capaz de me curar, suponho. Considero a questão.

Não preciso viver sem Mara se não quiser, não mais. Posso finalmente parar, colocar um ponto final em tudo, alcançar o esquecimento que sempre busquei, me cortar e sangrar até não restar mais sangue. Esse também seria um fim.

É quando vejo a bolsinha cinza no chão, onde Mara estivera sentada. Sei o que há lá dentro antes mesmo de desatar o nó, antes de o pingente solitário escorregar para a palma de minha mão. Mara levou o outro consigo.

Sei neste momento que não vou escolher morrer, pelo menos não ainda. Apostei nela meu coração e perdi, uma e outra vez, mas, ainda assim, eu o faria de novo. Jamais poderia apostar em outra pessoa. Sei como ama finais, Mara. Mas este não é o nosso.

Fecho a corrente ao redor do pescoço.

Não vou sair do jogo. Vou destruir a porra do tabuleiro.

epílogo

O ENCONTRO DE DUAS ETERNIDADES

O AR SE TORNA MAIS RAREFEITO A CADA SEGUNDO. SAIO, EN-caro o elevador, vejo o botão e sei instantaneamente que não posso apertá-lo. Sigo pelo corredor até avistar a porta, quase escondida, que dá para as escadas. Desço os degraus de dois em dois, da cobertura ao térreo. Estou arfando, respirando rápido, meus pulmões explodindo, o coração correndo para alcançar minha mente tonitruante. Saio do prédio pela saída de serviço num rompante, e então...

— Tem isqueiro?

Minha cabeça se vira na direção da voz: feminina, contralto, íntima com uma pontinha familiar de sarcasmo, brandindo um sotaque da parte sul de Londres. Pertence a uma mulher que está parada na esquina onde vi Mara pela última vez. Um carro preto está estacionado com o motor ligado a alguns passos. Polícia? Alguém enviado por minha família para me encontrar? Minha mente corre em mil direções diferentes, mas a voz da mulher é uma âncora, a pergunta, um comando.

Ela usa um vestido — seda, marfim, e a barra voeja na direção do East River na brisa quente. Abro o isqueiro quando chego perto o suficiente, e ela se abaixa de leve, mergulhando o cigarro para a chama, a ponta ganhando cor de âmbar. A luz transforma seu rosto de uma maneira que basta para deixar uma marca que jamais esquecerei pelo resto de minha vida, não importa quão longa ou curta seja.

Uma cascata densa de cabelos pretos como tinta cai para a frente, e, quando ela se endireita, revela a pele da cor de bronze polido e uma íris negra emoldurada por grossos cílios escuros. Uma onda de cabelos obscurece a outra metade da face. Ela aninha o cigarro entre os dois primeiros dedos e dobra um cotovelo delicado, pulso para cima, contra o quadril. Cada movimento de cada articulação é perfeito e gracioso, como se os viesse praticando ao longo de séculos, embora, mesmo na escuridão, pareça ter no máximo apenas dez anos a mais que eu. Seu sorriso é como a luz ofuscante de faróis, e sou o animal silvestre paralisado por ela.

— Obrigada.

As palavras se enroscam ao redor de meus nervos.

Uma onda de sensações e sentimentos — nostalgia, *déjà vu*, inevitabilidade, incredulidade — força palavras para fora de minha boca:

— Preciso...

— O quê? — indaga ela. — O que você precisa fazer?

— Ir — respondo, minha voz se desfazendo nas beiradas.

— Que pena. Tinha esperanças de que pudesse me dar uma ajudinha.

Ela me traz de volta a mim mesmo, pelo menos um tanto, coagindo o surgimento de um sorriso sem alegria.

— Não posso ajudar ninguém — explico.

— É questão de vida ou morte.

A gravidade ridiculamente dramática da frase se destaca do peso de sua força.

— Se é a minha, você está perdendo seu tempo.

— Não é.

— De quem, então?

Leva a onda de cabelos para trás da orelha.

— De uma pessoa que amamos — responde.

Já vi o rosto desta mulher antes, capturado em preto e branco, em uma fotografia que encontrei entre as coisas de mamãe, com ela a seu lado. Já a vi pintada com pinceladas ousadas e vibrantes, pendurada em uma parede na casa de Mara, sentada sozinha, exigindo a atenção de todos que a vissem. É belíssima — de uma maneira assombrosa e familiar, e sei. Mesmo no momento que enuncio a pergunta, eu sei.

— Quem é você?

— Pode me chamar de Mara — responde, acrescentando aquele sorriso imenso. — Todos chamam.

agradecimentos

STE LIVRO NÃO EXISTIRIA SEM OS LEITORES QUE LERAM E AMA-ram a história de Mara Dyer e quiseram poder ler mais. Sou profundamente grata a vocês por terem me dado a chance de compartilhar a história de Noah, e a toda a equipe da Simon & Schuster pelo entusiasmo e colaboração na tarefa de dar vida às Confissões de Noah Shaw.

Um obrigada especial a minha editora, Liz Kossnar, que se atirou de cabeça neste projeto no meio do caminho e o guiou até a linha de chegada; a Christian Trimmer, que me ajudou a levá-lo além; e a Lucy Ruth Cummins, por torná-lo lindo. Também devo um agradecimento, eterno e especial, a meu agente, Barry Goldblatt, por tudo o que faz por mim.

Obrigada também a Holly Black, Sarah Rees Brennan e a Kat Howard, por terem me ajudado a encontrar o tom neste livro, e a Libba Bray, Nova Ren Suma e Justin Weinberger, pelo estímulo e incentivo ao longo da jornada. Acima de tudo, meus agradecimentos eternos a Stephanie Feldstein, que carregou o peso maior nas costas, em todos os sentidos possíveis.

Por último, mas nunca menos importante, devo tudo a minha família crescente, pela qual sou mais do que grata. Não poderia fazer o que faço sem vocês, e não estaria onde estou sem vocês.

Este livro foi composto na tipologia Janson Text LT Std,
em corpo 11/15,15, e impresso em papel offwhite,
no Sistema Cameron da Divisão Gráfica
da Distribuidora Record.